RELATOS FANTÁSTICOS Y DE TERROR

H. P. Lovecraft

Título: Relatos fantásticos y de terror
Autor: H. P. Lovecraft

© Edimat Libros, SA
C/ Primavera, 10, nave 35
28500 Arganda del Rey
Madrid-España
www.edimat.es

Traducción e introducción: Javier Blanco Urgoiti
Diseño e ilustraciones de cubierta: Karakachoff Estudio
Ilustración de cubierta: Pablo Estevez para Karakachoff Estudio

ISBN: 978-84-9794-654-4
Depósito Legal: M-26317-2024

Impreso en España - *Printed in Spain*

INTRODUCCIÓN

H. P. Lovecraft

Vamos a comenzar por algo de lo que no es posible dudar: Howard Phillips Lovecraft fue un genio dotado con esa extraña capacidad, que poseen casi todos los de su clase, de no dejar indiferente: puede que a usted le guste más o menos o puede que no; puede que su mundo de ficción le enganche y le lleve a profundizar en su gigantesca creación o, quizá, le parezca un autor lineal, monolítico y previsible. No lo descarto, pero está fuera de toda cuestión que fue el creador de una de las más grandes, artificiosas, complicadas e intrincadas mitologías de la historia de la literatura, recogida en los «Mitos de Cthulhu». Aunque, a decir verdad, no fue Lovecraft el único en contribuir a la creación del mito, sino que fue todo un círculo de escritores, el Círculo Lovecraft, cuyos miembros desarrollaron este mundo de fantasía que partió, eso sí, de la imaginativa cabeza del escéptico Howard Phillips, más conocido como H.P. Su círculo lo formaron escritores, guionistas y admiradores de Lovecraft, entre los que estaban Frank Belknap Long, Robert Bloch, August Derleth, Henry Kuttner, Clark Ashton Smith, Donald Wandrei y Robert E. Howard, el creador de «Conan el Bárbaro», uno de los mejores amigos de Lovecraft al que, sin embargo, no llegó a conocer en persona.

H. P. Lovecraft llevó una vida pobre, trabajó de casi cualquier cosa que le saliera para ganarse el sustento, aunque de forma muy poco constante, porque la literatura no le daba para vivir. Hoy, en cambio, ha alcanzado una popularidad póstuma que lo ha convertido en un fenómeno global, yo casi diría que viral, si tenemos en cuenta su difusión por las redes sociales e Internet. Sus seguidores son legión, se conocen su mundo de ficción al dedillo y lo publican y difunden en webs, en páginas de Facebook, en perfiles de Instagram, en *wikis* participativas dedicadas exclusivamente al autor, a su círculo de amigos y a su creación. Es tanta la pasión que levanta que apuesto a que más de uno asegura haber encontrado, y leído, una copia del *Necronomicón,* del árabe loco Abdul Alhazred y que todos están de acuerdo en cuál es la pronunciación canónica de Cthulhu (a pesar de que el propio autor asegura que es la transcripción fonética aproximada de una especie de gargajeo gutural en un idioma extraterrestre).

SWEET HOME NEW ENGLAND

Howard Phillips Lovecraft, HP, nació en Providence, Estado de Rhode Island, Estados Unidos, el 20 de agosto de 1890. Allí, en la vieja, profunda y puritana Nueva Inglaterra, *land of the braves,* origen del país que es Estados Unidos, se desarrolla la base de toda su obra, incluso cuando sus personajes se van de expedición a la Antártida, como en *En las montañas de la locura* lo hacen partiendo de Nueva Inglaterra y por encargo de la ficticia Universidad de Miskatonic, de la ficticia ciudad de Arkham, del nada ficticio Estado de Massachussets. Quiero decir con esto que su ficción no es pura, sino que se mezcla con escenarios, universidades, ciudades y nombres y referencias que son reales, algunos coetáneos del propio Lovecraft y otros, anteriores, pero siempre con base en su Nueva Inglaterra natal. Incluso, Providence, su ciudad, goza de infinidad de referencias y descripciones dentro de su obra, siempre con tendencia a ponderar y exaltar su antigüedad, su legado, su vejez... Queda claro que Providence es una ciudad tradicionalista, caduca y, por supuesto, gótica.

Nueva Inglaterra, además, es un escenario magnífico para la clase de terror, o de ciencia ficción (o, más bien, la mezcla de ambos) que hace Lovecraft: es una región que, tradicionalmente, está ligada a lo sobrenatural, sobre todo después de los hechos acontecidos en la ciudad de Salem, Massachussets, entre 1692 y 1693, cuando más de ciento cincuenta personas fueron detenidas y acusadas de brujería y sometidas a juicios de lo más dudoso, en los que la presunción de inocencia, las garantías procesales y cualquier derecho que pudiera tener un reo, culpable o no, fueron deliberadamente pisoteados con el único fin de aplacar el miedo extendido en la población. Una lección, la de que la histeria es incompatible con la justicia, de la que la humanidad no acaba de aprender, a pesar de la larga fila de películas que se han filmado en Hollywood sobre los juicios de Salem.

Lovecraft tenía ocho años cuando murió su padre, Winfield Scott Lovecraft (1853-1898), aunque ya había perdido toda referencia paterna cinco años antes del fallecimiento de su progenitor, ya que WS Lovecraft se los pasó internado en el psiquiátrico de Providence, el Butler Hospital, aquejado de una neurosífilis, es decir, una sífilis no tratada que se extiende al sistema nervioso y que acaba matando al paciente o dejándolo en coma. La cuestión es que la figura paterna desapareció pronto de su vida y, aunque fue sustituida por la de su abuelo materno, Whipple Van Buren Phillips, son muchos los que opinan que su madre, Sarah Susan Phillips (1857-1921), ejerció una pésima influencia sobre el pequeño Howard, con la inestimable ayuda de sus hermanas, sus tías, Lillian Delora Phillips y Annie Emeline Phillips.

Los Phillips eran lo más cercano a lo que se puede llamar nobleza de Nueva Inglaterra, aunque venidos a menos, y su genealogía y su orgullo llegaba hasta los primeros colonos ingleses, los puritanos del Mayflower, algo que también marcó al joven Lovecraft, junto con la sobreprotección a la que fue sometido por parte de su madre y de sus «titas», que lo acabaron convirtiendo en un niño enfermizo, solitario, taciturno, con pocos amigos... Menos mal que, al menos, el abuelo le dio un poco de vidilla al chaval alentando su pasión por la lectura y, desde luego, por la escritura, aunque los primeros escritos de Lovecraft son poesías y unas novelas policíacas muy infantiles.

Tan dominado estaba por su madre, que no se decidió a casarse hasta después de su muerte, en 1921, aunque, por supuesto, sus «titas» no vieron con buenos ojos la unión. Se dice que Lovecraft era una persona asexual, incluso el famoso director de cine Guillermo del Toro rodó un documental sobre la vida del autor, *Lovecraft: fear of unknown,* donde se asegura, entre otras cosas, que era un hombre poco masculino y nada atraído por las mujeres. En 1924, se mudó a Nueva York y se casó con Sarah Green, una mujer de origen judío de mucho carácter (¿una sustituta de su madre?) cuya relación con HP apenas duró dos años. Las dificultades económicas, pues Lovecraft no conseguía vivir de la literatura y era incapaz de mantener mucho tiempo un trabajo, problemas de salud, la distancia entre ambos (Sarah se mudó a Cleveland por motivos laborales dejando a Howard en Nueva York), incluso el carácter elitista de Lovecraft, que, como se ha dicho, era un caballero anglosajón, hicieron imposible el matrimonio. Pese al divorcio, firmado en 1926, y frente a los que defienden la tesis de la asexualidad de Lovecraft, su exmujer declaró en una ocasión que «Howard es un amante excelente y adecuado».

DE VUELTA A PROVIDENCE

Aunque al principio de su estancia en Nueva York, Lovecraft mostró un entusiasmo inusitado por la Gran Manzana, lo cierto es que acabó odiando la ciudad. Sería falta de adaptación o la mencionada incapacidad para mantener un trabajo o para vivir de sus escritos, pero la cuestión es que en 1927 hizo el petate y se volvió a su querida y conocida Providence, en Rhode Island, a vivir de su pasado y a sumergirse en su imaginación, alimentada por el ambiente gótico de la vieja Nueva Inglaterra.

De esta época, son sus mejores obras. Publicadas en la revista «Weird tales» (Cuentos extraños) donde conoció a todos los autores de relatos de terror que, apasionados por la imaginación de Lovecraft, crearon el círculo que lleva su nombre y acrecentaron la mitología lovecraftiana. H. P., no sólo no tiene un duro, sino que, además, le cuesta vender sus relatos porque las revistas le piden cuentos cortos: no están interesados en novela, por más que las novelas de Lovecraft sean breves.

Pobre, sin recursos, se aloja en un pequeño cuarto en casa de una de sus tías, crece su sentimiento de frustración y se abandona a la soledad y al aislamiento que, de una manera u otra, siempre habían dominado su vida. Quizá sea esta circunstancia, y los largos paseos nocturnos, lo que contribuye de forma definitiva a que sean los años más fructíferos de su obra, a la que hay que añadir una extensa correspondencia con colaboradores y amigos donde se da rienda suelta a la creación de su universo.

H. P. Lovecraft muere en Providence el 15 de marzo de 1937, víctima de un cáncer intestinal. Los últimos años de su vida se dedica a escribir, editar los cuentos de otros por dinero e, incluso, a hacer de «escritor fantasma», es decir, de negro literario. Algo mágico tenía este escritor, desde luego, cuando, a pesar de que su literatura no le daba para vivir, levantó ese velo de admiración a su alrededor que se extiende a muchos otros autores y escritores posteriores, desde

Stephen King, el reconocido maestro del terror, hasta el francés Michel Houellebeqc.

Sin embargo, Lovecraft es un precursor, un adelantado, alguien que llevó el terror tradicional, el de las brujas que vuelan con escobas, los aquelarres y los ritos demoníacos e, incluso, los vampiros, a un nivel más allá mezclándolo con una ciencia ficción que ño es futurista, o no del todo, sino muy anterior a la humanidad, que representa un terror que está latente, durmiente, esperando el momento para despertar y acabar con el mundo tal y como lo conocemos.

Como terror, lo que se dice terror, no provoca demasiado. Es posible que en su época sí fuera terrorífico y que los años no le hayan sentado demasiado bien, porque, claro, la sociedad ha evolucionado mucho en este siglo. Y sus miedos, más. Vivimos en un mundo muy escéptico en el que los personajes mágicos, generalmente, ya están bien ubicados en el mundo de la fantasía, racionalizados y, por tanto, no resultan una amenaza real. Hoy el terror se centra más en lo que no se ve, en lo intangible: la locura humana, lo irracional, una enfermedad que avanza sin remedio y, eso sí, zombis. Mucho zombi: la perfecta alegoría del destino al que, lentamente, está llegando la humanidad.

POE, EL GRAN REFERENTE

No es posible escribir un prólogo sobre Lovecraft sin hacer una referencia larga a Edgar Allan Poe, el gran escritor de Boston, Massachussets, padre del género de detectives, del suspense, gran renovador de la novela gótica, del terror, y uno de los precursores de la ciencia ficción. Coincide con Lovecraft en muchos elementos, salvo, por supuesto, en la forma de escritura: Poe es un escritor romántico que está ciertamente preocupado por el estilo, de hecho su influencia es reconocida por autores de la talla del norteamericano William Faulkner, el checo Franz Kafka, el argentino Jorge Luis Borges, el mencionado ruso Dostoievski o el alemán Thomas Mann, el universalmente conocido como Arthur Conan Doyle y su Sherlock Holmes o el cáustico Ambrose Bierce, del «Diccionario del diablo».

Poe se hizo célebre con el poema narrativo «El cuervo», publicado originalmente en el NY Evening Mirror, en 1845, que logra crear un ambiente sobrenatural, con mensaje moral, a través de un lenguaje estiloso, musical y pulcro que es su constante en otras grandes obras como *Los crímenes de la calle de la Morgue,* cuyo protagonista, Auguste Dupin es el antecesor de Sherlock Holmes, *El escarabajo de oro* o *Las aventuras de Arthur Gordon Pym.* La referencia a ellas en Lovecraft es constante.

Edgar Allan Poe murió relativamente joven, a los cuarenta años, aunque no se sabe muy bien de qué: quizá de una vida de abusos, quizá un paro cardíaco, quizá el alcohol y las drogas. La cuestión es que hay una nueva coincidencia morbosa, *post mortem,* entre ambos escritores que denota lo separados que estaban en su concepción literaria: sus lápidas no se limitan con rezar el nombre y la fecha de nacimiento y muerte. En la de Poe, sobre el mármol, en el lugar donde debería ir la cruz, un cuervo tallado parece que vigila la tumba de su creador, en clara referencia a su obra. En la de Lovecraft, aparte de los datos biográficos normales, sólo una frase: «Yo soy Providence».

La obra de H. P. Lovecraft (completada con la de sus seguidores miembros del Círculo que lleva su nombre) es extensísima y se mueve siempre dentro de este universo fantasioso, mezclado a ratos con referencias, personas, localizaciones y citas reales hasta el punto de que el lector, por muy culto que sea, va a perderse a buen seguro entre la realidad y la ficción.

Ya lo he dicho: era un genio, un adelantado, y no le va a dejar indiferente.

Que lo disfrute.

RELATOS FANTÁSTICOS
Y DE TERROR

A TRAVÉS DE LAS PUERTAS
DE LA LLAVE DE PLATA
(1933)

Con E. Hoffmann Price[1].

CAPÍTULO PRIMERO

En una vasta habitación, decorada con tapices con extrañas representaciones y el suelo cubierto de alfombras de Bokhara de una antigüedad y una confección impresionantes, cuatro hombres estaban sentados alrededor de una mesa llena de documentos. En los rincones opuestos, unos extraños trípodes de hierro forjado lanzaban hipnóticos humos con aroma a olíbano, mientras eran reabastecidos de vez en cuando por un envejecido negro con librea. Mientras, en una hornacina profunda, a un lado, sonaba el tictac de un reloj con forma de ataúd, cuya esfera mostraba incomprensibles jeroglíficos y cuatro manecillas que no funcionaban con arreglo a ningún sistema de medir el tiempo conocido en este planeta. Era una habitación singular e inquietante, pero bien adaptada para el asunto en cuestión, porque aquí, en la casa de Nueva Orleans del místico, matemático y orientalista más grande de este continente, se estaba dirimiendo por fin el legado de otro místico, erudito, autor y autor no menos grande, desaparecido de la faz de la Tierra hace cuatro años.

Randolph Carter, que trató durante toda su vida de escapar del tedio y de las limitaciones del mundo de la vigilia mediante atractivas visiones en sueños y fabulosas vías de acceso a otras dimensiones, desapareció de la vista del ser humano el 7 de octubre de 1928, a la edad de cincuenta y cuatro años. Su carrera había sido extraña y so-

---

[1] *A través de las puertas de la llave de plata* es un relato escrito en colaboración con EDGAR HOFFMANN PRICE (1898-1988), escritor de ciencia ficción norteamericano, y publicado en la revista *Weird tales* (Cuentos extraños), en 1934. *(N. del T.)*

litaria, y había quienes suponían, por sus extravagantes novelas, que habían debido sucederle cosas aún más extrañas que las que se sabían de él. Su relación con Harley Warren, el místico de Carolina del Sur cuyos estudios sobre la primitiva lengua naacal de los sacerdotes himalayos tan atroces conclusiones ofreció, fue íntima. Lo cierto es que Carter había sido quien, una noche enloquecedora y terrible en un cementerio abandonado, vio descender a Warren por una cripta húmeda y salitrosa de la que nunca regresó[2]. Carter vivía en Boston, pero todos sus antepasados procedían de esa región montañosa y agreste que se extiende tras la vieja ciudad de Arkham, llena de leyendas sobre brujería. Y fue allí, entre esos montes antiguos, preñados de misterio, donde, finalmente, había desaparecido él también.

Su viejo sirviente, Parks, que murió a principios de 1930, había hablado de un cofre de madera extrañamente aromático, cubierto de horribles tallas que había encontrado en el desván, así como un pergamino indescifrable y una llave de plata labrada con raros dibujos que estaba dentro del cofre. En torno a estos objetos, el propio Carter había mantenido correspondencia con otras personas. Según dijo, Carter le había contado que esta llave provenía de sus antepasados y que le ayudaría a abrir las puertas de su infancia perdida, así como de otras dimensiones y de fantásticas regiones que hasta entonces había visitado sólo en sueños vagos, fugaces y evanescentes. Un día, finalmente, Carter había cogido el cofrecillo con su contenido, y se había marchado en su coche para no volver más.

Su automóvil fue encontrado más tarde, junto a un viejo camino lleno de hierbas, que, a espaldas de la desolada ciudad de Arkham, atraviesa las colinas que habitaron un día los antepasados de Carter, de cuya gran residencia sólo queda el sótano ruinoso, abierto de cara al cielo. En un bosquecillo de olmos inmensos había desaparecido en 1781 otro de los Carter, no muy lejos de la casita medio derruida donde la bruja Goody Fowler preparaba sus abominables pociones, tiempo atrás. En 1692, la región había sido colonizada por gentes que huían de la caza de brujas de Salem, y aún ahora conserva una fama siniestra, aunque se trata de meras sospechas y habladurías difícil de determinar. Edmund Carter había logrado huir justo a tiempo del ca-

---

[2] La historia de la desaparición de Warren se cuenta en el título *El testimonio de Randolph Carter*. *(N. del T.)*

dalso, adonde le querían llevar sus conciudadanos, y todavía corrían muchos rumores acerca de sus hechizos y brujerías. ¡Y ahora, al parecer, su único descendiente había ido a reunirse con él!

En su coche hallaron el fragante cofre de madera horriblemente tallada y el pergamino que ningún hombre podía leer. La llave de plata había desaparecido, probablemente con Carter. No había más pistas sobre el caso. La Policía de Boston había dicho que las vigas derrumbadas de la vieja morada de los Carter mostraban cierto desorden y que alguien había encontrado un pañuelo en la siniestra ladera rocosa cubierta de árboles que se eleva detrás de las ruinas, no lejos de la llamada Guarida de las Serpientes. Fue entonces cuando las leyendas que corrían por la región sobre la Guarida de las Serpientes cobraron renovada vitalidad. Los campesinos volvieron a hablar en voz baja de las prácticas impías a las que el viejo Edmund Carter el brujo se había entregado en aquella horrible gruta, a lo que ahora venía a añadirse la extraordinaria afición que el propio Randolph Carter había mostrado de niño por ese lugar. Durante la infancia de Carter, la venerable mansión se había mantenido en pie, con su anticuada techumbre de cuatro vertientes, habitada sólo por su tío abuelo Christopher. Él la había visitado con frecuencia, y había hablado de modo especial sobre la Guarida de las Serpientes. Las gentes recordaban que más de una vez se había referido a una grieta que había en un rincón ignorado de la cueva, y hacían cábalas sobre el cambio que había experimentado a raíz de un día que pasó entero dentro de la caverna, con sólo nueve años. Esto había sucedido en octubre, y desde entonces parecía haber adquirido una inusitada facultad para predecir acontecimientos futuros.

La noche en que Carter desapareció, había llovido a última hora y nadie fue capaz de rastrear sus huellas desde el coche. En el interior de la Guarida de las Serpientes se había formado un barro líquido y viscoso, debido a las grandes filtraciones de agua. Sólo los campesinos ignorantes murmuraron sobre ciertas huellas que habían creído descubrir en el sitio donde los grandes olmos sobresalían por encima de la carretera y en la siniestra pendiente próxima a la Guarida de las Serpientes donde había sido encontrado el pañuelo. Pero ¿quién iba a hacer caso de aquellos rumores, según los cuales esas huellas eran idénticas a las que dejaban las botas de puntera cuadrada que había usado Randolph Carter de niño? Esa historia era tan insensata como aquella otra de que habían visto las huellas inconfundibles de las botas de Benjiah Corey, que según decían iban al encuentro de las huellas pequeñas de la carretera. El viejo Benjiah Corey había sido el criado del señor Carter cuando Randolph era muy joven, pero hacía treinta años que había muerto.

Debieron de ser los rumores, más lo que el propio Carter dijo a Parks y otros de que la extraña llave de plata llena de arabescos lo ayudaría a abrir la puerta de su infancia perdida, lo que hizo que varios estudiantes místicos declararan que el hombre desaparecido había conseguido invertir la marcha del tiempo, regresando, a través de cincuenta y cuatro años, a ese día de octubre de 1883 en que, siendo niño, había permanecido tantas horas en la Guarida de las Serpientes. Sostenían que, cuando salió aquella noche de la cueva, Carter había logrado de algún modo viajar hasta 1928 y volver... ¿Acaso no sabía después las cosas que habrían de suceder más tarde? No obstante, jamás se había referido a suceso alguno posterior a 1928.

Uno de esos estudiosos, un excéntrico anciano de Providence, Rhode Island, que había disfrutado de una larga y estrecha correspondencia con Carter, tenía una teoría aún más elaborada: pensaba que Carter no sólo había vuelto a la infancia, sino que también había logrado una mayor liberación a través de las vistas prismáticas del sueño de la infancia. Después de haber sufrido extrañas visiones, el hombre publicó un relato sobre la desaparición de Carter en el que insinuaba que el perdido ahora reinaba sobre el trono de ópalo de Ilek-Vad, fabulosa ciudad de innumerables torreones, asentada en lo alto de los acantilados de cristal que dominan ese mar crepuscular en que los gnorri, barbudas criaturas provistas de aletas, construyen sus singulares laberintos.

Fue este anciano, Ward Phillips, quien se opuso en alta voz contra el reparto de los bienes de Carter entre sus herederos, todos ellos primos lejanos, porque aseguraba que todavía estaba vivo en otra dimensión temporal y que podría regresar cualquier día. Contra este argumento se alzó uno de los primos, Ernest K. Aspinwall, de Chicago, diez años mayor que Carter, que era experto abogado y combativo como un joven cuando se trataba de batallas judiciales. Durante cuatro años, la contienda había sido furiosa; pero la hora del reparto había llegado y esta inmensa y extraña sala de Nueva Orleans iba a ser el escenario del acuerdo.

Era el hogar del representante literario y financiero de Carter, el distinguido estudiante criollo de misterios y antigüedades orientales, Etienne-Laurent de Marigny. Carter había conocido a De Marigny durante la guerra, cuando ambos servían en la Legión Extranjera francesa, y enseguida se sintió atraído por él a causa de la similitud de gustos y pareceres. Cuando, durante un memorable permiso colectivo, el erudito y joven criollo condujo al ávido soñador bostoniano a Bayona, en el sur de Francia, y le enseñó ciertos secretos terribles que ocultaban las tenebrosas criptas inmemoriales excavadas bajo esa ciudad milenaria y henchida de misterios, la amistad entre ambos quedó sellada para siempre. El testamento de Carter nombraba albacea a De Marigny, y ahora este estudioso infatigable presidía de mala gana el reparto de la herencia. Era un triste deber para él porque, como le pasaba al viejo excéntrico de Rhode Island, tampoco él creía que Carter hubiera muerto. Pero ¿qué peso podían tener los sueños de dos místicos frente a la rígida ciencia mundana?

Alrededor de la mesa, en esa habitación extraña del antiguo barrio francés, estaban sentados todos los hombres que tenían interés en el proceso. La reunión se había anunciado, como es preceptivo en estos casos, en los periódicos de las ciudades donde pudiera vivir alguno de los herederos de Carter. Sin embargo, sólo había allí cuatro personas reunidas escuchando el tictac singular de aquel reloj en forma de ataúd que no marcaba ninguna hora terrestre, y el rumor cristalino de la fuente del patio que se veía a través de las cortinas. A medida que pasaban las horas lentamente, los semblantes de los cuatro se iban borrando tras el humo ondulante de los trípodes que cada vez parecían necesitar menos los cuidados de aquel viejo negro de furtivos movimientos y creciente nervio.

Estaban, además del mismo Etienne de Marigny, delgado, oscuro, guapo, con bigotes, y todavía joven, Aspinwall, que representaba a los herederos, era de pelo blanco, cara de apoplejía, bigotes laterales y corpulento. Phillips, el místico de Providence, flaco, de pelo gris, nariz larga, cara afeitada y cargado de espaldas; el cuarto era de edad indefinida, delgado, rostro moreno y barbudo, absolutamente impasible, tocado de un turbante que denotaba su elevada casta brahmánica. Sus ojos eran negros como la noche, llenos de fuego, casi sin iris, y parecía mirar desde un abismo situado muy por detrás de su rostro. Se había presentado a sí mismo como el *swami*[3] Chandraputra, un adepto venido de Benarés con cierta información de suma importancia. Tanto De Marigny como Phillips —que habían mantenido correspondencia con él— habían reconocido inmediatamente la autenticidad de sus pretensiones esotéricas. Su voz tenía un acento singular, un tanto forzado, hueco, metálico, como si el empleo del inglés le resultara complicado a sus órganos vocales; no obstante, su lenguaje era tan fluido, correcto y natural como el de cualquier anglosajón. Su indumentaria en general era europea, pero las ropas le quedaban flojas y le caían extraordinariamente mal, lo cual, sumado a su barba negra y espesa, su turbante oriental y sus blancos mitones, le daba un aire de exótica excentricidad.

De Marigny, tocando el pergamino encontrado en el coche de Carter, estaba hablando.

—No, no he podido hacer nada con el pergamino. El señor Phillips, aquí presente, también se ha dado por vencido. El coronel Churchward declara que no es idioma naacal y no se parece en nada a los jeroglíficos de esas mazas de madera de la isla de Pascua. Los relieves del cofre, en cambio, sí recuerdan a las esculturas de la isla. Que yo recuerde, lo más parecido a estos caracteres del pergamino (observen cómo todas las letras parecen colgar de las líneas horizontales) es la caligrafía de un libro que poseía el malogrado Harley Warren. Le acababa de llegar de la India, precisamente, cuando Carter y yo habíamos ido a visitarle, en 1919, y no quiso decirnos de qué se trataba. Aseguraba que era mejor que no supiéramos nada y nos pareció entender que su origen podía ser extraterrestre. Se lo llevó consigo aquel día de diciembre en que desapareció bajo la cripta del antiguo cementerio, pero ni él ni su libro volvieron a la superficie otra vez. Hace algún tiempo le envié a nuestro amigo, el *swami* Chandraputra, el dibujo de alguna de aquellas letras, hecho de memoria, y una foto del manuscrito de Carter. Él cree que podrá aportar alguna luz sobre tales caracteres después de realizar ciertas investigaciones y consultas. En cuanto a la llave, Carter me envió una fotografía. Sus extraños arabescos no son

---

[3] *Swami* es un terminó hindú que significa «amo de sí mismo» y que se puede traducir como «señor», aunque no significa exactamente eso. *(N. del T.)*

letras, pero parece como si perteneciesen a la misma tradición cultural que el pergamino. Carter decía siempre que estaba a punto de resolver el misterio, aunque nunca llegó a darme detalles. Una vez casi se puso poético hablando de todo este asunto. Aquella antigua llave de plata, según decía, abriría las sucesivas puertas que impiden nuestro libre caminar por los imponentes corredores del espacio y del tiempo, hasta el mismo confín que ningún hombre ha traspasado jamás desde que Shaddad, empleando su genio terrible, construyó y ocultó en las arenas del desierto de Arabia las prodigiosas cúpulas y los incontables minaretes de Irem, la ciudad de los mil pilares[4]. Según escribió Carter, han regresado santones hambrientos y nómadas enloquecidos por la sed, para hablar de su pórtico monumental y de la mano esculpida sobre la clave del arco; pero ningún hombre lo ha cruzado y ha vuelto después para decirnos que sus huellas atestiguan su paso por las arenas del interior. Carter suponía que la llave era precisamente lo que la mano ciclópea del arco intentaba agarrar en vano. Lo que no sabemos es por qué razón no se llevó Carter el pergamino igual que hizo con la llave. Tal vez lo olvidaría, o quizá se abstuvo al recordar que su amigo llevaba consigo un libro de parecidos caracteres al descender a la cripta y no regresó. O sencillamente, puede que no tuviera nada que ver con la empresa que él pretendía llevar a cabo.

Cuando De Marigny hizo una pausa, el viejo Phillips intervino con voz áspera y aguda.

—Podemos conocer los vagabundeos de Randolph Carter por lo que soñamos. He estado en muchos lugares extraños en sueños y he escuchado muchas cosas extrañas y significativas en Ulthar, más allá del río Skai. No parece que se necesitara el pergamino, ya que ciertamente Carter reescribió el mundo de los sueños de su infancia y ahora es rey en Ilek-Vad.

El señor Aspinwall adquirió un aspecto doblemente apoplético mientras escupía.

—¿Puede alguien callar a ese viejo memo? Ya hemos oído suficientes tonterías. El problema es dividir la propiedad y ya es hora de que lo hagamos.

---

[4] Irem, la ciudad de los mil pilares, legendaria ciudad perdida que cumple en el Corán el mismo papel que Sodoma y Gomorra en la Biblia. *(N. del T.)*

Por primera vez, el *swami* Chandraputra habló con su extraño acento.

—Señores, hay más de lo que ustedes piensan en este asunto. El señor Aspinwall no hace bien en reírse de la evidencia de los sueños. El señor Phillips ofrece una visión incompleta, tal vez porque no ha soñado lo suficiente. Yo mismo he soñado mucho, nosotros en la India siempre lo hemos hecho, al igual que todos los Carter parecen haberlo hecho. Usted no, señor Aspinwall, porque es primo suyo por parte de madre y, por tanto, no es un Carter. Mis propios sueños, y algunas otras fuentes de información, me han revelado ciertas cosas que todavía siguen ocultas para ustedes. Por ejemplo, Randolph Carter dejó olvidado ese pergamino que no pudo descifrar, pero le habría sido muy conveniente llevárselo. Como ven ustedes, he llegado a enterarme de muchas de las cosas que le han ocurrido a Carter desde que, hace cuatro años, en el atardecer del 7 de octubre, abandonó su coche y se fue con la llave de plata.

Aspinwall se burló ostensiblemente, pero los demás se incorporaron mostrando el mayor de los intereses. El humo de los trípodes aumentó y el tictac loco del reloj en forma de ataúd pareció caer en patrones desacordes, como puntos y rayas de un mensaje morse del espacio exterior. El hindú se reclinó, entornó los ojos y continuó con esa voz extrañamente trabajada y, a la vez, idiomática, mientras que ante su audiencia comenzó a aparecer una imagen de lo que le había ocurrido a Randolph Carter.

CAPÍTULO II

Las colinas de detrás de Arkham están llenas de una extraña magia, algo, tal vez, que el viejo mago Edmund Carter convocó desde las estrellas y desde las criptas de la Tierra inferior, cuando huyó de Salem en 1692. Tan pronto como Randolph Carter regresó a las colinas, comprendió que se encontraba cerca de la puerta que sólo unos pocos hombres temerarios y detestados han logrado abrir a través de las titánicas murallas que separan el mundo y lo absoluto. Tenía el presentimiento de que era aquí y ahora cuando podría poner en práctica con éxito el mensaje, descifrado meses antes, que se ocultaba en los arabescos de aquella enmohecida y antigua llave de plata. Ahora sabía cómo hacerla girar y cómo alzarla bajo los rayos del sol poniente, y qué fórmulas ceremoniales debían ser entonadas al vacío, tras darle el noveno y último giro. En un lugar tan próximo al vértice transdimensional y a la puerta mística, era imposible que la llave fallara en la misión para la que había sido creada. Era seguro que Carter descansaría aquella noche en su perdida niñez, por la que nunca había dejado de suspirar.

Salió de su automóvil con la llave en el bolsillo, ascendiendo la pendiente y adentrándose más y más en el interior sombrío de aquel inquietante territorio de brujas. Cruzó las tapias de piedra cubiertas de enredadera, el bosque de árboles amenazadores y ramas retorcidas, el huerto abandonado, la granja desierta de rotas ventanas abiertas, y las ruinas sin nombre. A la hora del crepúsculo, cuando las lejanas agujas de campanario de Kingsport relucían con resplandores rojizos, sacó la llave, le dio las vueltas necesarias y entonó las fórmulas requeridas y se sorprendió de lo rápido que se había hecho efectivo el ritual.

Después, bien entrado el crepúsculo, había escuchado una voz llegada desde el pasado. Era el viejo Benijah Corey, el criado de su tío abuelo. ¿No había muerto ya el viejo Benijah hacía treinta años? Treinta años, ¿cuándo? Pero ¿treinta años a partir de qué fecha? ¿En qué año estaba ahora? ¿Dónde había estado? ¿Qué tenía de raro que Benijah le estuviera llamando hoy, 7 de octubre de 1833? ¿Acaso no llevaba fuera de casa mucho más rato de lo que la tía Martha le tenía dicho? ¿Qué llave era esta que llevaba en el bolsillo de la blusa, en vez del pequeño catalejo que le regaló su padre al cumplir los nueve años? ¿No la habría encontrado en el desván de casa? ¿Abriría el pórtico que sus ojos perspicaces habían descubierto entre las rocas desgarradas del fondo de la Guarida de las Serpientes? Todo el mundo relacionaba ese lugar con Edmund Carter el hechicero. La gente no quería pasar por allí y nadie, excepto él, había descubierto la grieta de la roca, ni se había colado por ella hasta la gran cámara interior donde se encontraba el portón. ¿Qué manos habrían tallado la roca viva formando como un pórtico de templo? ¿Quizá las del viejo Edmund, el hechicero, o acaso las de otros seres invocados por él y que actuaban bajo su mandato?

A la mañana siguiente, se levantó temprano y, a través del huerto de manzanos de ramas retorcidas, se dirigió hacia el grupo de árboles que estaba más arriba, donde la entrada de la Guarida de las Serpientes se ocultaba de forma negra y prohibida, entre gruesos y grotescos robles. Sentía en su interior una insospechada ansiedad, y ni siquiera se dio cuenta de que se le había caído el pañuelo al comprobar una vez más si la llave seguía en el bolsillo. Se deslizó a través del negro orificio con intrépida seguridad, alumbrándose el camino con las cerillas que había cogido del cuarto de estar. Un momento después, se había colado a través de la grieta de la roca y se hallaba en la inmensa gruta interior, cuya rocosa pared final recordaba la forma de un pórtico labrado intencionadamente en la piedra. Allí permaneció en pie, ante la pared húmeda y goteante, silencioso, aterrado, encendiendo cerilla tras cerilla mientras la contemplaba. ¿Aquella prominencia que emergía de la clave del arco sería acaso la gigantesca mano esculpida? Entonces sacó la llave, hizo ciertos movimientos y entonó determinados cánticos cuyo origen recordaba confusamente. ¿Habría olvidado algo? Sólo sabía que deseaba cruzar la barrera que le separaba de las regiones ilimitadas de sus sueños, de los abismos donde todas las dimensiones se disuelven en lo absoluto.

CAPÍTULO III

Lo que sucedió entonces apenas se puede describir con palabras. Está lleno de esas paradojas, contradicciones y anomalías que no tienen lugar en la vida despierta, pero que llenan nuestros sueños más fantásticos y se aceptan, por supuesto, como si fueran materiales, hasta que regresamos a nuestro estrecho, rígido, objetivo mundo, de causalidad limitada y lógica tridimensional. Al proseguir su relato, el hindú tuvo que andarse con cuidado para no dar la impresión de estar delirando con trivialidades pueriles, en vez de contando la experiencia de un hombre trasladado a su niñez a través de los años. El señor Aspinwall, disgustado, dio un bufido y dejó prácticamente de escuchar.

El rito de la Llave de Plata, tal y como lo ejecutó Randolph Carter en aquella cueva negra y embrujada, no resultó infructuoso. Desde el primer movimiento, desde la primera sílaba que pronunció, sintió el aura de una extraña y pavorosa mutación. Su percepción del espacio y del tiempo experimentó un cambio profundísimo y perdió las nociones de lo que conocemos nosotros como movimiento y duración. Imperceptiblemente, conceptos como la edad o la localización espacial dejaron de tener significado alguno. El día anterior, Randolph Carter había saltado milagrosamente un abismo de años. Ahora no había ya diferencia alguna entre niño y hombre. Sólo existía la entidad Randolph Carter, dotada de cierta cantidad de imágenes que habían perdido ya toda conexión con las escenas terrestres y las circunstancias con que habían sido adquiridas. Poco antes estaba en el interior de una caverna, en cuya pared del fondo parecían destacarse vagamente los trazos de un arco monstruoso y de una mano gigantesca esculpida. Ahora no había ya ni caverna ni ausencia de caverna, ni paredes ni ausencia de paredes. Había un fluir de sensaciones no tanto visuales como cerebrales, en medio de las cuales la entidad que era Randolph Carter captaba y archivaba todo lo que su espíritu percibía, aun sin tener clara conciencia de cómo tales impresiones llegaban hasta él.

Cuando terminó el rito, Carter sabía que ya no estaba en ninguna región cuyo lugar pudieran identificar los geógrafos de la Tierra ni en una edad cuya fecha pudieran determinar los historiadores. Sin embargo, todo lo que pasaba le era en cierto modo familiar. En los misteriosos fragmentos pnakóticos figuraban alusiones a procesos análogos y, una vez descifrados los símbolos grabados en la llave de plata, todo un capítulo del *Necronomicón,* obra del árabe loco Abdul Alhazred, había adquirido significado. Acababa de abrir una puerta. No era la Última Puerta, desde luego, pero le daba acceso, desde el tiempo terrenal, a aquella extensión de la Tierra situada fuera del tiempo, en la que, a su vez, se halla la Última Puerta. Esta comunica con los pavorosos misterios del Vacío Final que se extiende más allá de todos los mundos, de todos los universos y de toda la materia.

Habría un guía, y uno muy terrible; un guía que había sido una entidad de la Tierra millones de años antes, cuando el hombre no era ni un sueño, y cuando las formas olvidadas se movían en un planeta humeante, construyendo extrañas ciudades entre cuyas últimas ruinas se derrumbaban los primeros mamíferos a retozar. Carter recordó lo que el monstruoso *Necronomicón* había advertido vaga y desconcertantemente sobre ese Guía.

«Y aunque hay quienes han osado», había escrito el loco árabe, «a asomarse al otro lado del velo, y a aceptarle a él como guía, habrían dado muestras de mayor prudencia no haciendo trato alguno con Él; porque está en el Libro de Thoth cuán terrible es el precio de una simple de sus miradas. Y aquellos que entraren no podrán volver jamás, porque en los espacios infinitos que transcienden nuestro mundo existen formas tenebrosas que atrapan y envuelven. La Entidad que fluctúa en la noche, y la Malignidad capaz de desafiar al Signo Arquetípico, y la Horda que vigila el portal secreto de cada tumba y medra con lo que se forma en los moradores de esta. Todos estos Horrores son inferiores al de aquel que guarda el umbral, al de ESE que guiará al temerario, más allá de todos los mundos, hasta el abismo de los devoradores innombrables. Porque ÉL es 'UMR AT-TA WIL, El Más Antiguo, nombre que el escriba traduce por EL DE LA VIDA PROLONGADA».

En medio de un hirviente caos, la memoria y la imaginación dieron forma a las medias imágenes oscuras con contornos inciertos, pero Carter sabía que no eran más que eso: memoria e imaginación. Pero también se daba cuenta de que esas imágenes no habían aparecido en su conciencia por azar, sino más bien a causa de la realidad inmensa, inefable y sin dimensiones que le rodeaba, la cual se esforzaba por expresarse en los únicos símbolos que él podía comprender. Ningún espíritu de la Tierra es capaz de captar directamente —sino por símbolos— las formas indecibles que se entrelazan en los tortuosos abismos exteriores al tiempo y a las dimensiones que conocemos.

Allí flotó ante Carter un espectáculo nublado de formas y escenas que, de alguna manera, vinculó con el pasado primitivo y olvidado de la Tierra. Monstruosas formas de vida se movían con lentitud a través de escenarios fantásticos como jamás han aparecido ni en los más delirantes sueños del hombre, en medio de vegetaciones increíbles, de acantilados, de montañas y de edificios distintos en todo a los que el hombre construye. Había ciudades bajo el mar y estaban habitadas; y había torres que se alzaban en los desiertos, y de ellas despegaban globos y cilindros, y también criaturas aladas, y regresaban a ellas después de cruzar el espacio. Carter veía todo esto, aunque las imágenes no guardaban clara relación entre sí, ni tampoco con él. Y él mismo no poseía forma ni posición, sino sólo vagas intuiciones de forma y posición proporcionadas por su imaginación en continuo movimiento.

Había deseado encontrar las regiones encantadas de sus sueños de infancia, donde las galeras navegan por el río Oukranos pasando las agujas doradas de Thran, y las caravanas de elefantes cruzan las selvas perfumadas de Kled, más allá de palacios olvidados con columnas de marfil veteadas que duermen encantadoras y sin interrupciones bajo la luna. Pero, intoxicado por visiones más vastas y profundas, apenas si sabía ahora lo que buscaba. En su mente despertaron pensamientos de infinito y blasfemo atrevimiento, y comprendió que se enfrentaría al Temible Guía sin miedo y que le preguntaría cosas monstruosas y terribles.

De repente, el desfile de impresiones pareció lograr una vaga clase de estabilización. Había grandes masas de piedra imponente, talladas en diseños extraños e incomprensibles y dispuestas de acuerdo con las leyes de una geometría inversa, desconocida. La luz se filtraba desde un cielo sin color asignable, en direcciones desconcertantes y contradictorias, y se jugaba casi con sensatez sobre lo que parecía ser una línea curva de pedestales jeroglíficos gigantes más hexagonales que de otra manera y coronada por formas encapuchadas y mal definidas.

Había además otra figura que no ocupaba pedestal alguno, sino que parecía mecerse o flotar sobre la vaporosa superficie horizontal que parecía ser el suelo. No tenía silueta estable, pero adoptaba formas fugaces que sugerían remoto antepasado del hombre o acaso algún ser que hubiese seguido una evolución paralela a la humana. Su tamaño, sin embargo, era aproximadamente el de la mitad de un hombre normal. Como las figuras de los pedestales, parecía pesadamente embozado en una especie de tejido de color neutro. Carter no descubrió en el tejido ninguna abertura para mirar. Pero sin duda no la necesitaba la criatura embozada, ya que debía pertenecer a una clase de seres de estructuras y facultades totalmente ajenas al mundo físico que conocemos.

Un instante más tarde, Carter supo que esto era así porque la figura se dirigió a él mentalmente, sin sonido ni lenguaje. Y aunque el nombre con que se dio a conocer era pavoroso y terrible, Randolph Carter no se dejó vencer por el miedo. Al contrario, contestó sin emplear tampoco ningún sonido ni lenguaje, y le rindió el homenaje que había aprendido del *Necronomicón*. Porque esta figura era nada menos que la de Aquél ante quien ha temblado el mundo entero desde que Lomar emergió de las aguas y los Hijos de las Brumas de Fuego habían bajado a la Tierra para enseñarle al hombre la Sabiduría Arquetípica. Era, en efecto, el espantoso Guía y Guardián del Umbral: UMR AT-AWIL, El Más Antiguo, cuyo nombre ha traducido el escriba por EL DE LA VIDA PROLONGADA.

El Guía, que sabe todas las cosas, estaba enterado de la búsqueda de Carter y de su llegada, y que este buscador de sueños y secretos se encontraba ante él sin miedo. De Él no irradiaba horror ni malignidad alguna, y Carter comenzó a preguntarse si las alusiones horrendas y blasfemas del árabe loco no obedecerían a la envidia o al deseo jamás cumplido de haber hecho lo que él estaba a punto de realizar. O quizá el Guía reservase su horror y su malignidad para aquellos que le temían. Como la comunicación telepática continuaba, Carter acabó finalmente por interpretar el mensaje en forma de palabras:

—Yo soy el más antiguo —decía el Guía—, de todo lo que conoces. Te estábamos esperando, los Ancianos y yo. Sé bienvenido, aunque viene con mucho retraso. Tienes la llave y has abierto la Primera Puerta. Ahora tienes que atravesar la Última Puerta, que ya está preparada para tu prueba. Si tienes miedo, no debes seguir. Todavía puedes regresar sin peligro al lugar del que has venido, pero si decides proseguir...

La pausa fue ominosa, pero las radiaciones continuaron siendo amistosas. Carter no dudó ni un momento, impulsado por su ardiente curiosidad.

—Voy a proseguir —irradió— y te acepto como mi Guía.

Al recibir esta respuesta, el Guía pareció hacer un gesto, a juzgar por los movimientos de la túnica en que se veía envuelto, que podían responder bien al hecho de haber levantado un brazo. Después hizo otra señal, y gracias a sus conocimientos de lo oculto, Carter entendió que estaba muy cerca de la Última Puerta. La luz adquirió entonces una coloración inexplicable y las siluetas de los pedestales hexagonales se hicieron más definidas. Al perfilarse más, tomaron un mayor parecido con el hombre, aunque Carter sabía que no podían ser hombres. Sobre sus cabezas tapadas llevaban unas mitras altas de inciertos colores que recordaban extrañamente a las de las abominables figuras talladas por algún escultor olvidado a lo largo de los barrancos rocosos de cierta montaña inmensa y prohibida de Tartaria. Entre los repliegues de sus tupidos velos aparecían unos cetros largos cuyos pomos esculpidos representaban un misterio grotesco y arcaico.

Carter adivinó qué eran, de dónde venían y a quién servían; y adivinó, también, el precio de su servicio. Pero aún se consideraba dichoso, porque se había embarcado en una aventura tan extraordinaria que podría aprender todos los secretos del universo. La maldición —se dijo— es sólo una palabra que circula entre aquellos cuya ceguera les hace condenar a todos los que ven, aunque sea con un solo ojo. Se asombraba de la inmensa presunción de quienes hablan sin conocimiento de los perversos Primigenios, como si ellos pudieran abandonar sus sueños eternos para desatar su cólera sobre la humanidad. Esto sería tan absurdo —pensó— como imaginar a un mamut cobrándose una venganza contra una lombriz. Entonces, todo el conjunto de pedestales hexagonales le saludó inclinando sus extraños cetros esculpidos y con un mensaje radiado por telepatía que pudo comprender:

—Te saludamos, a ti, el Más Antiguo, y a ti, Randolph Carter, cuya audacia te ha convertido en uno de nosotros.

Carter vio que uno de los pedestales estaba vacío y un gesto del Más Antiguo le dijo que estaba reservado para él. Y vio también otro pedestal, más alto que los demás, en el centro de la fila —que no era semicírculo, ni elipse, ni parábola, ni hipérbola— que formaban todos ellos. «Este debe de ser el trono del propio Guía», pensó. Caminando y subiendo de manera singular e indefinible, Carter fue a ocupar su sitio, y al hacerlo, vio que el Guía se había sentado también.

Poco a poco, paulatinamente, parecía que se iba haciendo evidente que el Más Antiguo estaba sosteniendo algo, un objeto agarrado en los pliegues de su túnica, como para que estuviera a la vista, o a lo que respondiera a la vista, de sus compañeros. Era una gran esfera, o algo parecido, de un metal oscuramente iridiscente; y al mostrarla el Guía, una sorda e intensa impresión de sonido comenzó a latir como un pulso que no se parecía a ningún ritmo de la Tierra. Era algo así como un cántico, o lo que una imaginación humana podría haber interpretado como tal. Luego, el objeto parecido a una esfera comenzó a adquirir luminosidad, igual que si brillara con una luz fría de color indefinible, y Carter comprobó que sus destellos se acompasaban con el ritmo extraño de los cánticos. Entonces, todas las siluetas mitradas de los pedestales iniciaron un singular balanceo, siguiendo el mismo ritmo inexplicable, mientras los nimbos de una luz indefinible —semejante a la de la esfera— envolvían sus cubiertas cabezas.

El hindú detuvo aquí su relato y miró con curiosidad el reloj en forma de ataúd, con las cuatro manecillas y la esfera jeroglífica, cuyo tictac loco no seguía el ritmo de la Tierra.

—No tengo necesidad de contarle a usted, señor De Marigny —dijo de pronto a su sabio anfitrión— del ritmo particularmente extraño que seguían las envueltas siluetas de los pedestales hexagonales con sus cánticos y balanceos. Además de Carter, es usted el único en América que ha sentido alguna premonición de la Dimensión Exterior. Supongo que este reloj se lo enviaría el yogui de quien solía hablar el pobre Harvey Warren, el vidente que decía haber sido el único que había estado en Yian-Ho, escondido reducto de la antiquísima Leng, llevándose ciertas cosas de aquella ciudad pavorosa y prohibida. Me pregunto qué objetos delicados conocerá usted de allá. Si mis sueños y lecturas no me engañan, esa ciudad fue construida por gentes que conocían bastante bien la Primera Puerta. Pero seguiré mi relato.

Finalmente, continuó el *swami,* el balanceo y el sugerente canto cesaron, los nimbos fosforescentes que rodeaban sus cabezas, ahora caídas e inmóviles, palidecieron y las figuras se hundieron extrañamente en sus pedestales. La esfera, no obstante, continuó palpitando con inexplicable luz. Carter comprendió que los Primigenios dormían de nuevo como cuando los viera por primera vez, y se preguntó de qué sueños cósmicos les habría sacado su llegada. Lentamente, fue abriéndose camino en su espíritu el auténtico sentido de esos cánticos extraños: había sido un ritual de iniciación, y el Más Antiguo había cantado para inducir en sus compañeros una nueva categoría de sueño cuyos ensueños permitieran abrir la Última Puerta para pasar la cual la llave de plata servía de pasaporte. Y comprendió que, en lo más hondo de ese sueño profundo, los Primigenios contemplaban las insondables inmensidades de las infinitas dimensiones exteriores, y que así cumplían lo que su presencia les había exigido. El Guía no compartía este sueño, sino que parecía seguir dándoles instrucciones mediante una irradiación sutil y sin palabras. Sin duda les imponía las imágenes de aquello que quería que soñaran sus Compañeros y Carter comprendió que cuando cada Primigenio soñase la idea prescrita, nacería el germen de una manifestación visible para sus ojos terrestres. Cuando los sueños de todas las siluetas se fundieran en una unidad, surgiría esta manifestación, y todo lo que él desease se materializaría mediante concentración. Él había visto cosas parecidas en la Tierra: en la India, donde la voluntad de un círculo de adeptos, combinada y proyectada, puede hacer que un pensamiento tome sustancia tangible; y en la arcaica Atlaanât, de la que muy pocos se atreven a hablar.

Carter no podía estar seguro de lo que era exactamente la Última Puerta ni cómo debía superarse, por lo que una sensación de tensa expectación se apoderó de él. Tenía conciencia de poseer alguna clase de corporeidad y de llevar la llave fatal en la mano. Las masas descollantes de roca que se alzaban frente a él parecían como una muralla informe, hacia el centro de la cual se sentían sus ojos irresistiblemente atraídos. Y entonces, de pronto, sintió que la irradiación mental del Más Antiguo había dejado de fluir.

Por primera vez, Carter se dio cuenta de lo terrible que puede ser el silencio absoluto, mental y físico. Durante las primeras fases de su aventura percibía aún cierto ritmo, que acaso no fuera sino el latido lejano y secreto de la extensión tridimensional de la Tierra. Pero, ahora, la quietud del abismo parecía haberlo inmovilizado todo. A pesar de su conciencia de poseer un cuerpo físico, no consiguió oír su propia respiración. El resplandor de la esfera de 'Umr at-Tawil' se había quedado inmóvil y petrificado. Un halo imponente, más resplandeciente aún que los nimbos que rodeaban las cabezas de las Siluetas, brillaba aterradoramente en torno al cráneo amortajado del espantoso Guía.

Sintió un leve mareo y perdió su sentido de la orientación multiplicado por mil. Las luces extrañas parecían poseer la calidad de la más impenetrable negrura acumulada sobre las mismas tinieblas. En torno a los Primigenios, tan solitarios sobre sus tronos hexagonales, reinaba una atmósfera de la más pasmosa lejanía. Luego se sintió arrebatado hacia unas profundidades inconmensurables, notando sobre su rostro los efluvios de un cálido perfume. Era como si flotara en un mar tórrido y rojizo, un mar de vino embriagador cuyas olas espumosas rompieran contra unas costas de bronce incandescente. Un gran temor le invadió al vislumbrar aquella vasta extensión marina cuyo oleaje rompía en costas lejanas. Pero el tiempo del silencio había terminado: las olas le hablaban con un lenguaje sin sonidos ni palabras articuladas:

—El hombre dueño de la verdad está más allá del bien y del mal —entonó una voz que no era una voz—. El hombre que sabe la verdad ha ignorado al Todo-Es-Uno. El hombre de la Verdad ha aprendido que la Ilusión es la única realidad y que la sustancia es falaz.

Y entonces, en aquellas elevadas construcciones rocosas hacia las cuales se sentían sus ojos atraídos tan irresistiblemente, apareció el perfil titánico de un arco semejante al que recordaba haber visto hacía muchísimo tiempo en aquella cueva oculta en el interior de otra cueva, en la lejana e irreal superficie de la Tierra tridimensional.

Se dio cuenta de que había utilizado la llave de plata, de que la había movido instintivamente, sin previo aprendizaje, de acuerdo con un ritual muy semejante al que le sirvió para abrir la Primera Puerta. Ahora comprendió que aquel mar rosado y embriagador que lamía sus mejillas no era sino la masa impenetrable de la sólida muralla, que se disolvía ante su conjuro y ante el vórtice en que se habían concentrado los pensamientos de los Primigenios. Guiado aún por una instintiva y ciega determinación siguió avanzando en el vacío...

Y atravesó la Última Puerta.

CAPÍTULO IV

El avance de Randolph Carter a través de esa masa cíclica de mampostería anormal fue como una precipitación vertiginosa a través de los abismos sin medida entre las estrellas. Sentía, a una gran distancia, el oleaje triunfante y celeste de dulzura mortal; después, un batir de alas enormes y como el gorjeo o murmullo de unos seres ignorados en la Tierra y en el sistema solar. Miró hacia atrás, y vio, no una entrada sólo, sino una multitud de puertas, en algunas de las cuales vociferaban ciertas figuras que él prefirió no recordar.

Y entonces, de repente, sintió un terror más grande que el que cualquiera de las figuras podía imbuir, un terror del cual no podía huir porque estaba relacionado con él mismo. Al traspasar la Primera Puerta, había perdido algo de su propia consistencia, sumiéndose en dudas sobre la forma de su cuerpo y su afinidad con los objetos brumosos y difusos que le rodeaban; sin embargo, no se había alterado su sentido de la propia unidad. Había seguido siendo Randolph Carter, un punto fijo en el caos multidimensional. Ahora, una vez cruzada la Última Puerta, se dio cuenta, en un instante de miedo aniquilador, de que no era una persona, sino muchas personas a la vez.

Estaba en muchos lugares al mismo tiempo. En la Tierra, el 7 de octubre de 1883, un niño pequeño llamado Randolph Carter abandonaba la Guarida de las Serpientes a la silenciosa luz del atardecer y corría por la cuesta rocosa y atravesaba el bosque de ramas retorcidas hacia la casa de su tío Christopher en las colinas más allá de Arkham. Sin embargo, en ese mismo momento, y sin saber cómo, a primeros de 1928, una sombra vaga que también era Randolph Carter se hallaba sentada sobre un pedestal entre los Primigenios, en la prolongación tridimensional de la Tierra. Al mismo tiempo, había un tercer Randolph Carter, en el amorfo e ignorado abismo del cosmos que se extiende más allá de la Última Puerta. Y en otras zonas, en un caos de escenas cuya infinita multiplicidad y monstruosa diversidad le arrastraban al borde de la locura, había una ilimitada confusión de seres que eran tan él mismo como la manifestación espacial que ahora se hallaba al otro lado de la Última Puerta.

Había «Carters» en entornos pertenecientes a todas las edades conocidas y supuestas de la historia de la Tierra, y a edades más remotas de entidades terrenales que trascienden el conocimiento, la sospecha y la credibilidad. «Carters» de formas tanto humanas como no humanas, vertebradas e invertebradas, conscientes y sin sentido, animales y vegetales. Y más aún los había que no tenían nada en común con la vida terrestre, que se agitaban de manera repugnante en otros planetas, sistemas, galaxias y continuos cósmicos. Veía esporas de vida eterna que vagaban de mundo en mundo, de universo en universo, y todas eran igualmente él mismo. Alguna de estas visiones le recordaban ciertos sueños —confusos y vívidos a la vez, fugaces y duraderos— que había tenido durante muchos años desde que comenzó a soñar; y algunas de ellas le resultaban pasmosas, fascinantes, casi horriblemente familiares, lo cual era inexplicable según la lógica terrestre.

Frente a este descubrimiento, Randolph Carter se tambaleó por un horror supremo; horror que ni siquiera pudo sospechar aquella noche espantosa en que dos hombres se aventuraron, bajo la luna menguante, en cierta necrópolis horrenda y antigua, de la que sólo uno de ellos pudo regresar. Ni la muerte, ni la fatalidad, ni la ansiedad pueden producir la insoportable desesperación que resulta de perder la propia identidad. Sumergirse en la nada supone caer en un olvido apacible; pero tener conciencia de existir y saber, no obstante, que ya no se es un ser definido, distinto de los demás seres, que ya no se posee la propia esencia, es la indecible culminación del horror y de la angustia.

Sabía que había habido un Randolph Carter de Boston, pero no podía estar seguro de si él, el fragmento o faceta de una entidad terrenal más allá de la Última Puerta, había sido ese o algún otro. Su yo había sido aniquilado y, sin embargo, él —si es que efectivamente podía, ante aquella absoluta falta de existencia individual, decir él con entera propiedad— tenía conciencia de ser igualmente una legión de «yos». Era como si su cuerpo se hubiese transformado repentinamente en una de esas efigies de brazos y cabezas múltiples que se adoran en los templos de la India, y contemplase el conglomerado resultante de un atolondrado intento de distinguir su cuerpo original de dichas reproducciones, si es que realmente —¡qué idea majestuosa!— había un original distinto de las infinitas encarnaciones.

Después, en medio de estas devastadoras reflexiones, el fragmento de Carter más allá de la puerta fue arrebatado de lo que parecía el colmo del horror para ir a parar a los negros abismos de otro horror aún más profundo, que esta vez procedía del exterior. Era una fuerza personal que súbitamente apareció frente a él, envolviéndole, penetrándole, invadiéndole. Además de poseer presencia concreta, parecía también formar parte de él mismo y coexistir asimismo con todo tiempo y todo espacio. No hubo imagen visual alguna, pero la sensación de entidad y la horrible idea de una combinación de los conceptos de localización, identidad e infinidad, le causaron un terror paralizante que superaba cualquier experiencia que las personalidades de Carter fueran capaces de soportar en sus existencias.

Ante esa espantosa maravilla, el cuasi-Carter olvidó el horror de la individualidad destruida. Era un Todo-en-Uno y Uno-en-Todo de ser y yo ilimitados, no simplemente una cosa de un continuo espacio-tiempo, sino que formaba parte de la misma esencia animada del torbellino caótico de la vida y del ser; del último, del absoluto torbellino de confines y que rebasa tanto el campo de la fantasía como el de la matemática. Era, seguramente, Aquel a quien en algunos cultos secretos de la Tierra daban el nombre de Yog-Sothoth, y entre otros adoraban con nombres distintos; Aquel a quien los crustáceos de Yuggoth llaman El-del-Más-Allá, prosternándose ante él, y los seres vaporosos de la nebulosa espiral representan con un signo intraducible. Pero, en un instante de clarividencia, el fragmento Carter comprendió cuán triviales y fraccionarias son todas estas concepciones.

Y ahora aquel SER se dirigió a la faceta de Carter en prodigiosas ondas que golpeaban y quemaban y tronaban, una concentración de energía que abrumaba a su receptor con una violencia casi insoportable, y que seguía, con ciertas variaciones definidas, el singular ritmo sobrenatural que marcaba el canto y el balanceo de los Primigenios y el parpadeo de las monstruosas luces de aquella turbadora región situada detrás de la Primera Puerta. Era como si los soles y los mundos y los universos se hubieran concentrado en un punto cuya verdadera posición espacial se hubieran propuesto aniquilar con un impacto de irresistible furia. Pero, en medio de un terror inmenso, se atenúan otros terrores menores: pareció como si aquellas oleadas aislasen de alguna manera al Carter que estaba Más-Allá-de-la-Última-Puerta de toda la infinita multiplicidad de los demás Carter, lo cual le restituyó, por así decir, cierto sentimiento de identidad. Pronto fue capaz de empezar a traducir aquellos efluvios en formas lingüísticas por él conocidas, y disminuyeron sus sensaciones de horror y opresión. El espanto se convirtió en sagrado pavor, y lo que le había parecido diabólico y blasfemo, adquirió ahora la apariencia de una majestad inefable.

—Randolph Carter —parecía decir—, mis manifestaciones en la extensión de tu planeta, que son los Primigenios, te han enviado a mí porque, aun cuando podías haber regresado a las regiones menores del sueño que perdiste con tu infancia, sin embargo, has alzado el vuelo hacia más grandes y más nobles anhelos e intereses. Deseabas navegar por el Oukranos, buscar las olvidadas ciudades de marfil de Kled, el país de las orquídeas, y ocupar el trono de ópalo de Ilek-Vad, cuyas torres fabulosas e innumerables cúpulas se elevan poderosas hacia una única estrella roja que brilla en un firmamento extraño a tu Tierra y a toda la materia. Ahora, después de haber atravesado las dos puertas, deseas cosas más elevadas aún. No huyes como un niño de una visión desagradable a un sueño placentero, sino que te sumerges como un hombre en el último y más recóndito de los secretos que yace detrás de todas las visiones y de todos los sueños.

«Apruebo eso que deseas y estoy listo para otorgar lo que he concedido sólo once veces a seres de tu planeta, cinco a lo que tú conoces como hombres, o que se parecen a ellos. Estoy dispuesto a mostrarte el Último Misterio, cuya contemplación aniquila a los débiles de es-

33

píritu. Pero antes de contemplar el primero y último de los misterios, todavía eres libre de regresar, si quieres, por las dos puertas, porque el velo aún no te ha sido retirado de los ojos.

CAPÍTULO V

El repentino cese de las ondas dejó a Carter en un escalofriante silencio que llenó su espíritu de desolación. Por todos lados sentía el agobio de la ilimitada inmensidad del vacío. Sin embargo, sabía que el Ser estaba aún allí. Después, formuló mentalmente las palabras cuyo significado deseaba transmitir al vacío: «Acepto. No retrocederé».

Las ondas volvieron a surgir y Carter supo que el SER había escuchado. Y entonces emanó de aquel espíritu ilimitado una corriente de sabiduría y comprensión que abrió ante él horizontes nuevos y le preparó para contemplar una visión del cosmos que jamás habría esperado llegar a tener. Le explicó cuán infantil y estrecha es la noción de un mundo tridimensional, y qué infinidad de direcciones existen además de las conocidas de abajo-arriba, delante-detrás y derecha-izquierda. Le mostró la infértil pequeñez y presuntuosa de los dioses de la Tierra, con sus mezquinos intereses humanos y sus odios, cóleras, amores y vanidades ruines, sus apetencias de honores y sacrificios, y sus exigencias de que se les tribute una fe contraria a toda razón y naturaleza.

Mientras que la mayoría de las impresiones se traducían en Carter como palabras, había otras a las que los otros sentidos le daban su interpretación. Quizá con la vista, o tal vez con la imaginación, se daba cuenta de que se hallaba en una región cuyas dimensiones eran ajenas a las que el ojo y el entendimiento humano pueden concebir. En las sombras de lo que al principio había sido como una concentración de poder, y luego como un vacío ilimitado, percibía ahora un torbellino de fuerzas creadoras que aturdían sus sentidos. Desde algún punto de vista inconcebiblemente elevado, dominó un panorama de formas prodigiosas cuyas múltiples dimensiones rebasaban cualquier idea de ser, tamaño y contorno que su entendimiento hubiera podido concebir hasta entonces, a pesar de haber consagrado su vida al estudio de lo misterioso y lo oculto. Empezaba a comprender vagamente por qué podía existir a un tiempo un niño llamado Randolph Carter en una casa de campo de Arkham en el año 1883, una forma brumosa sobre un pedestal hexagonal al otro lado de la Primera Puerta, el fragmento que ahora se hallaba ante la Presencia del abismo ilimitado, y todos los demás Carters que percibía su imaginación o sus sentidos.

Inmediatamente, las ondas incrementaron su fuerza y trataron de mejorar su comprensión, reconciliándolo con la entidad multiforme de la cual su fragmento presente era una parte infinitesimal. Le hicieron saber que cada figura espacial no es más que el resultado de la intersección, en un plano, de una figura correspondiente que posee además otra dimensión, como el cuadrado resulta de la sección de un cubo, o el círculo de la de una esfera. El cubo y la esfera, con sus tres dimensiones, corresponden a su vez a la sección de otras figuras de cuatro dimensiones, que los hombres conocen sólo por sueños y conjeturas; y estas a su vez, son sección de otras figuras de cinco dimensiones, y así sucesivamente, hasta remontarse a la inalcanzable infinitud arquetípica. El mundo de los hombres y de los dioses humanos es tan sólo una fase infinitesimal de un ser infinitésimo: la fase tridimensional de la pequeña totalidad que termina en la Primera Puerta, donde 'Umr at-Tawil' dicta sus sueños a los Primigenios. Aunque los hombres la proclamen como única y auténtica realidad, y tachen de irreal todo pensamiento sobre la existencia de un universo original de dimensiones múltiples, la verdad consiste en todo lo contrario. Lo que llamamos sustancia y realidad es sombra e ilusión, y lo que llamamos sombra e ilusión es sustancia y realidad.

El tiempo, continuaron las ondas, está inmóvil, no tiene principio ni fin. Es un error considerarlo como movimiento y causa de todo cambio. En realidad, el tiempo en sí mismo es una ilusión, porque, a excepción de la visión estrecha de los seres de dimensiones limitadas, no existen cosas tales como pasado, presente y futuro. Los hombres comprenden el tiempo en tanto que significa cambio; ahora bien, el cambio también es una ilusión. Todo lo que fue, es y será, existe simultáneamente.

Estas revelaciones llegaron con una solemnidad divina que dejó a Carter sin dudas. Aun cuando casi escapasen a su comprensión, sentía que eran ciertas a la luz de aquella realidad cósmica final que desmiente toda perspectiva parcial y toda visión estrecha; por su parte, había ahondado en las más profundas cuestiones filosóficas como para liberarse de la servidumbre que impone toda concepción fragmentaria y parcelada. ¿Acaso no se había basado todo este viaje al trasmundo en una convicción de la irrealidad de lo fragmentario y parcial?

Las ondas continuaron, después de un imponente silencio, diciendo que lo que los habitantes de zonas de pocas dimensiones llaman cambio es simplemente una función de su conciencia, que ve el mundo externo desde varios ángulos cósmicos. Las figuras que se obtienen al seccionar un cono parecen variar según el ángulo del plano que lo secciona, engendrando el círculo, la elipse, la parábola o la hipérbola, sin que el cono experimente cambio alguno; y del mismo modo, los aspectos locales de una realidad inmutable e infinita parecen cambiar con el ángulo cósmico de observación. Los débiles seres de los mundos inferiores son esclavos de esta diversidad de ángulos de conciencia, ya que, aparte alguna rara excepción, no llegan a dominarlos. Sólo unos pocos seres versados en materias prohibidas han logrado una ínfima parte de ese dominio, conquistando de este modo el tiempo y el cambio. Pero las entidades que habitan más allá de las puertas dominan todos los ángulos. Y pueden contemplar a voluntad, ya las miríadas de facetas distintas del cosmos en su forma fragmentaria y sometida al cambio, ya la inmutable totalidad no deformada por perspectiva alguna.

Cuando las ondas volvieron a silenciarse, Carter empezó a comprender, de manera vaga y aterrorizada, el trasfondo final del enigma de la individualidad perdida que, al principio, tanto le había horrorizado. Su intuición fue articulando los datos de las distintas revelaciones, acercándose más y más a la comprensión del misterio. Comprendió que gran parte de ese espantoso descubrimiento —la división de su yo en millares de duplicados terrestres— habría podido llegar a revelársele al atravesar la Primera Puerta, si la magia de 'Umr at-Tawil' no lo hubiera impedido con el fin de que pudiera utilizar con precisión la llave de plata para abrir la Última Puerta. Deseoso de una mayor claridad, emitió ondas telepáticas para preguntar más detalles sobre la relación entre sus múltiples manifestaciones: entre el fragmento que había traspasado la Ultima Puerta, el que aún se alzaba sobre el pedestal hexagonal detrás de la Primera Puerta, el niño de 1883, el hombre de 1928, las diversas formas primitivas de vida que constituían sus antepasados y que habían ido configurando su ego, y los abominables habitantes de remotísimas edades y universos perdidos que en su primer destello de percepción absoluta había identificado consigo mismo. Poco a poco, las ondas del SER surgieron como respuesta, tratando de esclarecer lo que casi estaba fuera de la comprensión humana.

Todas las líneas descendientes de seres de las dimensiones finitas —continuaron las ondas— y todas las etapas de crecimiento en cada uno de estos seres, son simplemente manifestaciones de un ser eterno y arquetípico en el espacio fuera de las dimensiones. Cada ser aislado —hijo, padre, abuelo, y sucesivamente— y cada fase evolutiva de un mismo ser —niño, muchacho, joven, hombre— es tan sólo una de las infinitas facetas de ese mismo ser arquetípico y eterno, originada por una variación del ángulo de la conciencia-plano que lo corta. Randolph Carter en todas sus edades, Randolph Carter y todos sus antepasados, humanos y prehumanos, terrestres y anteriores a la Tierra, no son sino meras facetas de un Carter último y eterno, exterior al espacio y al tiempo, proyecciones fantasmales diferenciadas únicamente por el ángulo con que el plano de la conciencia había incidido en cada caso sobre el arquetipo eterno.

Un ligero cambio de ángulo podría convertir al estudiante de hoy en el hijo de ayer; podría convertir a Randolph Carter en el hechicero Edmund Carter que huyó de Salem a las colinas detrás de Arkham, en 1692, o en Pickman Carter, quien en el año 2169 utilizará medios extraños para repeler a las hordas mongolas de Australia; al Carter humano en una de aquellas entidades primordiales que habitaron en la arcaica Hiperbórea y adoraron al negro y pastoso Tsathoggua, después de huir de Kythamil, el planeta doble que un día giró en torno a Arcturus; al Carter terrestre en un antepasado remotísimo y rudimentario, morador del propio Kythamil, o incluso en las criaturas aún más remotas de las transgalácticas Stronti, o en una conciencia etérea y tetradimensional de un continuo espaciotemporal aún más antiguo, o en una mente vegetal del futuro, habitante de un cometa radiactivo de órbita inconcebible. Y así sucesivamente en infinitos ciclos cósmicos.

Los arquetipos —proseguían las palpitantes ondas— son la gente del abismo definitivo: sin forma, inefables, adivinados sólo por soñadores señalados como seres extraños en el mundo de pocas dimensiones. Por encima de todos ellos está el mismo SER que comunica estas revelaciones, el cual, en verdad, es justamente el arquetipo del propio Carter. El insaciable deseo de Carter y de todos sus antepasados por descubrir los secretos cósmicos era el resultado natural de la procedencia del propio Arquetipo Supremo. En cada mundo, todos los grandes hechiceros, todos los grandes pensadores, todos los grandes artistas, son facetas de Él.

Aturdido y asombrado, pero con una especie de deleite aterrador, la conciencia de Randolph Carter rindió un homenaje a esa ENTI-DAD trascendente de la que procedía. Cuando las ondas se detuvieron otra vez, aquel imponente silencio lo invitó a la reflexión, a pensar en extrañas ofrendas, extrañas preguntas y aún más extrañas peticiones. Por su deslumbrada mente fluían imágenes contradictorias de paisajes insólitos y revelaciones imprevistas. Se le ocurrió que, si aquellos descubrimientos eran realmente ciertos, podría visitar corporalmente todas aquellas edades infinitamente lejanas y aquellas regiones del universo que hasta entonces sólo conocía en sueños. Le bastaría con poseer el poder mágico de cambiar el ángulo del plano de su conciencia. ¿Y no le proporcionaría esa magia la llave de plata? ¿No había transformado al principio a un hombre de 1928 en un niño de 1883, y después en algo absolutamente ajeno al tiempo y al espacio? Era fantástico, pues a pesar de su aparente falta de corporeidad, sabía que tenía aún la llave consigo.

Mientras el silencio se mantenía, Randolph Carter irradiaba los pensamientos y preguntas que lo asaltaban. Sabía que, en este abismo final, se hallaba situado en un punto equidistante de cada una de las facetas de su arquetipo, humanas o no humanas, terrestres o extra-terrestres, galácticas o transgalácticas; y sentía una curiosidad febril por conocer las otras facetas de su ser, especialmente las más alejadas en tiempo y lugar del año terrestre de 1928, o las que más le habían obsesionado en sueños durante su vida. Se daba cuenta de que su entidad arquetípica podía enviarle corporalmente, si quería, a cualquiera de esas fases de vida pasadas y lejanas con sólo modificar el plano de incidencia de su psique. Y así, pese a las maravillas que había presenciado, ardía en deseos de experimentar ese otro prodigio de caminar, en carne y hueso, por los escenarios increíbles y grotescos que sus visiones nocturnas le habían mostrado de manera fragmentaria.

Sin una intención definida, le rogaba a aquella PRESENCIA acceso a un mundo oscuro y fantástico cuyos cinco soles multicolores, constelaciones ignotas, barrancos sombríos y vertiginosos habitados por seres con garras y hocico de tapir, extrañas torres metálicas, inexplicables túneles y misteriosos cilindros flotantes, se habían deslizado una y otra vez en sus sueños. Presentía vagamente que aquel mundo era el que estaría más en contacto con los demás universos, y anhelaba explorar a fondo los paisajes que tan sólo había vislumbrado, y navegar por los espacios hacia aquellos mundos aún más remotos con los que traficaban los habitantes de zarpas y hocico de tapir. No había tiempo para el temor. Como en todas las crisis de su insólita vida, una aguda curiosidad cósmica se imponía por encima de toda otra consideración.

Las ondas reanudaron sus impactantes pulsaciones y Carter supo entonces que su osada petición había sido concedida. El Ser le habló de los tenebrosos abismos que tendría que atravesar, de la desconocida estrella quíntuple de cierta galaxia insospechada en torno a la cual gira ese mundo extraño, y de los horribles moradores de madrigueras contra los que perpetuamente lucha la raza de garras y hocico. Le habló también de cómo el ángulo del plano de su conciencia y la relación existente entre este ángulo y las coordenadas espaciotemporales del mundo deseado debían inclinarse simultáneamente con el fin de hacer retornar a ese mundo aquella faceta de Carter que ya había habitado allí.

La Presencia le advirtió de que se asegurara de llevar consigo los símbolos si es que deseaba regresar alguna vez del mundo remoto y extraño que había elegido, pero él respondió con impaciencia, pues sentía que la llave de plata seguía en su poder, y sabía que en ella estaban grabados dichos símbolos, y que con ella había logrado inclinar a la vez su plano personal y el universal cuando regresó a 1883. Pero, entonces, el Ser, comprendiendo su impaciencia, le hizo saber que se disponía a llevar a cabo una monstruosa transposición. Las ondas cesaron bruscamente y sobrevino un instante de tensa quietud, de espantosa e inenarrable expectación.

Después, sin previo aviso, se escucharon unos zumbidos y tambores cuyo ruido se fue incrementando hasta convertirse en un tronido tremebundo. Una vez más se sintió Carter en el punto focal de una intensa concentración de energía que le abrasaba, que le destrozaba, que le desintegraba con aquel ritmo insoportable del espacio exterior que ya iba conociendo. Y, sin embargo, no sabía exactamente si tal energía era el fuego irresistible de una estrella fulgurante o el frío helador del abismo final. Ante él brotaron franjas y rayos de color enteramente ajenos a cualquier espectro luminoso de nuestro universo, trenzándose y entrelazándose mientras cobraba conciencia de ir desplazándose a una prodigiosa velocidad. Y muy fugazmente, vislumbró una figura solitaria sentada sobre un trono de apariencia hexagonal.

CAPÍTULO VI

El hindú hizo una pausa en su historia y vio que De Marigny y Phillips lo observaban atónitos. Aspinwall fingía ignorar la narración y mantenía la mirada ostentosa en los papeles que tenía delante. El extraño tictac del reloj en forma de ataúd tomó un sentido nuevo y ominoso, en tanto que las vaharadas de los trípodes excesivamente recargados se entrelazaban componiendo siluetas fantásticas e inexplicables, combinándose de manera inquietante con las grotescas figuras de las tapicerías movidas por el viento. El viejo negro que los había estado rellenando se había ido, tal vez porque la tensión creciente que reinaba le había asustado. El orador reanudó el monólogo con su lenguaje trabajoso y fluido, después de una ligera vacilación.

—Todo este asunto sobre el abismo, imagino, les habrá sido difícil de creer —dijo—, pero las cosas tangibles y materiales que vienen a continuación serán aún más difíciles. Así es el camino de nuestras mentes. Lo maravilloso resulta doblemente increíble al trasladarlo de las regiones vagas de los sueños posibles a este mundo tridimensional. No me extenderé mucho en ello porque resultaría una historia muy distinta. Sólo les contaré lo que estrictamente deben saber.

Carter, después de ese último vórtice de ritmo alienígena y policromático, se encontró en lo que por un momento pensó que era su viejo sueño recurrente. Como tantas veces en sus vagabundeos oníricos, se encontraba ahora entre multitudes de seres con zarpas y hocico, y caminaba por las calles de un laberinto metálico inexplicablemente construido, bajo los fulgores de una luz solar de variados colores y, al mirar hacia abajo, se dio cuenta de que su cuerpo era como el de los demás: rugoso, parcialmente cubierto de escamas y articulado de manera singular, muy semejante al de un insecto, aunque recordaba rudimentariamente la forma humana. Aún llevaba consigo la llave de plata, pero ahora la sujetaba con una zarpa repugnante.

En un momento, el sentido del sueño se desvaneció, y se sintió más bien como alguien que acaba de despertar. El abismo último, el Ser, la entidad llamada Randolph Carter y perteneciente a una absurda y remota raza aún no nacida en quién sabe qué mundo futuro, formaban parte de los sueños que insistentemente visitaban al hechicero Zkauba, habitante del planeta Yaddith. Eran sueños tan persistentes que obstaculizaban el cumplimiento de sus deberes, que consistían en preparar hechizos para mantener a los dholes en sus madrigueras, y llegaban a confundirse con sus recuerdos de miríadas de mundos que había visitado con su envoltura de luz. Y ahora parecían más reales que nunca. Esta llave de plata que tenía en su zarpa derecha, imagen exacta de una que había soñado, no indicaba nada bueno. Debía descansar y reflexionar, y consultar las tablillas de Nhing para ver qué debía hacer. Subió a un muro de metal por un callejón apartado de los lugares de gran afluencia, entró en su aposento y se acercó a los estantes donde se apilaban las tablillas grabadas.

Siete fracciones de tiempo más tarde, Zkauba se puso en cuclillas en su prisma con asombro y desesperación, pues la verdad había abierto un nuevo y conflictivo conjunto de vivencias. Nunca más volvería a conocer la paz de ser una unidad. Efectivamente, en todo tiempo y espacio se vería desdoblado: Zkauba, el hechicero de Yaddith, disgustado por la idea de que en el futuro sería un repugnante mamífero de la Tierra llamado Carter, algo que, por otra parte, ya había sido; y Randolph Carter, de la ciudad terrestre de Boston, que temblaba de terror ante aquella criatura de zarpas y hocico que había sido él en el pasado y en la que se había convertido nuevamente.

Las unidades de tiempo gastadas en Yaddith —masculló el *swami,* cuya voz trabajosa estaba empezando a mostrar signos de fatiga—, crearon un relato en sí mismos que no podía ser contado en tan breve espacio. Hubo viajes a Shonhi y Mthura y Kath, y a otros mundos de las veintiocho galaxias accesibles a las envolturas luminosas de las criaturas de Yaddith, y viajes de ida y vuelta a través de millones y millones de años, realizados con ayuda de la llave de plata y de otros muchos símbolos que los hechiceros de Yaddith conocían. Hubo luchas tremendas con los pálidos y viscosos dholes que moran en las madrigueras de aquel minado planeta. Hubo pavorosas sesiones de estudio en bibliotecas donde se acumulaba una ingente masa de sabiduría recogida de diez mil mundos vivos o muertos. Hubo violentas discusiones con otros espíritus de Yaddith, incluso con el del Archiantiguo Buo. Zkauba no confesó a nadie lo que le había sucedido a su personalidad, pero cuando en él predominaba el fragmento Randolph Carter, se dedicaba frenéticamente a estudiar todos los medios posibles para regresar a la Tierra y recuperar la forma humana, y practicaba desesperadamente el lenguaje humano con sus extraños órganos vocales tan poco aptos para ello.

La faceta de Carter pronto supo con horror que la Llave de Plata no podía activar su regreso a la forma humana. Lo dedujo demasiado tarde por algunas cosas que recordaba, de sus propios sueños y de la sabiduría de Yaddith. Esta llave había sido forjada en Hiperbórea, en la Tierra, y sólo tenía poder sobre los ángulos de conciencia de los seres humanos. No obstante, podía cambiar el ángulo planetario y enviar a su poseedor a través del tiempo sin que su cuerpo sufriera mutación alguna. Había un hechizo adicional que confería a la llave ilimitados poderes, de los que de otro modo carecía; pero este hechizo también había sido descubierto por el hombre en sus inalcanzables regiones del espacio, y jamás podría ser reproducido por los hechiceros de Yaddith. Se hallaba escrito en el pergamino indescifrable que acompañaba a la llave de plata en su cofrecillo de horribles adornos, y Carter se lamentaba amargamente de habérselo olvidado. El Ser ahora inaccesible del abismo ya le había advertido que debía conservar los símbolos y, sin duda, había creído que no le faltaba ninguno.

Según iba pasando el tiempo, se esforzaba más y más en utilizar la monstruosa tradición de Yaddith para encontrar el camino de regreso al abismo y a la ENTIDAD omnipotente. Con sus nuevos conocimientos, podría haber sacado mucho provecho del enigmático pergamino; pero ese otro poder, en las circunstancias presentes, era pura ironía. Había ocasiones, sin embargo, en que predominaba la faceta Zkauba, y entonces se esforzaba por borrar los turbadores recuerdos de Carter que tanto le angustiaban.

Pasaron, por tanto, largos espacios de tiempo: eras más largas de lo que el cerebro del hombre podía comprender, ya que los seres de Yaddith mueren solo después de ciclos prolongados. Después de muchos centenares de revoluciones, el fragmento Carter se fue imponiendo sobre el fragmento Zkauba, y se pasó grandes períodos calculando la distancia espacio-temporal que habría entre Yaddith y la Tierra habitada por los hombres. Las cifras eran inconcebibles —innumerables millones de años luz— pero la sabiduría inmemorial de Yaddith permitió a Carter comprender todas estas cosas. Ejercitó su poder de orientarse en sueños hacia la Tierra, y aprendió muchas cosas acerca de nuestro planeta que jamás había sabido antes. Pero no podía soñar con la fórmula del pergamino que necesitaba.

Así que, finalmente, concibió un descabellado plan de escape de Yaddith, que comenzó cuando encontró una droga que mantendría su faceta de Zkauba siempre inactiva, pero sin la disolución del conocimiento y los recuerdos de Zkauba. Pensó que sus cálculos le permitirían realizar un viaje en una de las envolturas luminosas, como ningún ser de Yaddith lo había realizado jamás: un viaje corporal, a través de innumerables millones de años de increíbles extensiones galácticas, hasta el sistema solar y la Tierra misma. Una vez en la Tierra, aunque encarnado en un ser de zarpas y hocico, podría encontrar de algún modo el pergamino de extraños jeroglíficos que había dejado en su coche abandonado en Arkham, y descifrarlo; y con su ayuda, y la de la llave, recuperar su aspecto terrestre normal.

No era ajeno a los peligros de semejante iniciativa. Sabía que cuando inclinara el ángulo planetario hacia el período requerido —cosa imposible de hacer durante su veloz trayectoria por el espacio—, Yaddith sería un mundo muerto, dominado por los triunfantes dholes, y que su huida en la envoltura luminosa estaría expuesta a graves eventualidades. Sabía también que habría de suspender su vida, a la manera de un iniciado, para soportar un viaje de millones de años a través de abismos insondables. Y sabía que —en caso de rematar con éxito el viaje— debía inmunizarse contra las bacterias y demás condiciones terrestres hostiles a un cuerpo de Yaddith. Además, debería adoptar algún medio de fingir la forma humana entre los habitantes de la Tierra, hasta que lograra encontrar y descifrar el pergamino, y recuperar su verdadera imagen. En caso contrario, sería descubierto probablemente por gentes que lo matarían, horrorizadas ante una criatura que les resultaría inconcebible. Y debería de llevar consigo algo de oro —fácil de obtener en Yaddith— para poder salir de apuros durante su búsqueda.

Carter fue preparando su plan despacio. Se proporcionó una envoltura de onda de luz de dureza extraordinaria, capaz de soportar tanto la prodigiosa transición temporal como un vuelo sin precedentes a través del espacio. Comprobó todos los cálculos y orientó una y otra vez sus sueños hacia la Tierra, tratando de aproximarse lo más posible a 1928. Practicó la suspensión de las funciones vitales. Descubrió los agentes bactericidas que necesitaba y logró calcular la fuerza de gravedad a la cual debía acostumbrarse. Modeló con gran habilidad una máscara de cera y confeccionó un atuendo que le permitiera desenvolverse entre los hombres como un ser humano normal y corriente, e inventó un hechizo doblemente poderoso con el que podría contener a los dholes en el momento de su partida del negro y consumido planeta Yaddith de inconcebible futuro. Tuvo también la precaución de hacerse con una buena provisión de drogas —imposibles de obtener en la Tierra— para mantener aletargado al fragmento Zkauba, hasta poder despojarse del cuerpo de Yaddith; e hizo acopio de una buena reserva de oro para utilizarlo en la Tierra.

El día de la partida estuvo lleno de dudas y de zozobra. Carter se subió a la plataforma de lanzamiento con el pretexto de trasladarse a la triple estrella Nython, y se metió en la envoltura de brillante metal. Tenía el sitio justo para llevar a cabo el ritual de la llave de plata y comenzó a ejecutarlo mientras se elevaba lentamente la envoltura. Se originó un torbellino aterrador, se oscureció la luz del día y sintió un dolor punzante e intolerable. El cosmos pareció tambalearse como gobernado por un dios loco, y en la negrura del firmamento danzaron constelaciones nuevas.

De pronto, sintió un nuevo equilibrio. El frío de las brechas interestelares corroía el exterior de su envoltura y pudo ver que flotaba libre en el espacio. El edificio de metal del que acababa de despegar se había hundido en ruinas años antes. Por debajo de él, el suelo estaba plagado de gigantescos dholes; y mientras los miraba, uno de ellos se incorporó varios centenares de pies y tendió hacia él una extremidad blancuzca y viscosa. Pero sus hechizos surtieron efecto y un momento después se alejaba de Yaddith sin haber sido alcanzado.

CAPÍTULO VII

En aquella extraña habitación de Nueva Orleans, de la que el viejo sirviente negro había huido instintivamente, la extraña voz de *swami* Chandraputra se volvió más ronca.

—Caballeros —continuó—, no les pediré que se crean esta historia hasta que les haya mostrado una prueba esencial. Acepten, mientras, como si fuera un mito que les cuente los miles de años luz —miles de años de tiempo y miles de millones de kilómetros de distancia— que Randolph Carter empleó en cruzar el espacio en su cuerpo abominable e inhumano, protegido por una envoltura de metal electroactivo y pueden considerarlo mera fantasía. Carter había regulado cuidadosamente la duración de su suspensión vital, disponiendo que esta concluyera pocos años antes de aterrizar en la Tierra en 1928.

Nunca olvidará ese despertar. Recuerden, caballeros, que antes de ese largo sueño había vivido conscientemente durante miles de años terrestres en medio de las extrañas y horribles maravillas de Yaddith. Sintió la intensa mordedura del frío, cesaron los sueños amenazadores, y se asomó por los portillos de la envoltura. Las estrellas, las constelaciones, las nebulosas se desparramaban por todo el firmamento... Y, finalmente, sus siluetas empezaron a parecerse a la majestad de las constelaciones de la Tierra que él conocía.

Algún día su descenso al sistema solar podrá ser contado. Vio a Kynarth y Yuggoth en el borde, paso muy cerca de Neptuno y vislumbró los infernales hongos blancos que ensucian su superficie, descubrió cierto secreto inenarrable a su paso por las nieblas de Júpiter, vio el horror que mora en uno de sus satélites, y contempló las ruinas ciclópeas esparcidas sobre el disco rojizo de Marte. Al aproximarse a la Tierra, la vio como un tenue creciente que aumentaba de tamaño de manera alarmante. Aflojó la velocidad, aunque la emoción del regreso le empujaba a no perder ni un instante. Pero no pretendo contarles esas sensaciones tal como yo las he sabido del propio Carter.

Finalmente, Carter se quedó flotando en la atmósfera terrestre, esperando a que la luz del día llegara al hemisferio occidental. Quería aterrizar en el mismo lugar del que había partido, cerca de la Guarida de las Serpientes, en las colinas de detrás de Arkham. Si alguno de ustedes ha estado fuera de su hogar durante mucho tiempo —y sé que uno de ustedes sí lo ha estado—, que calcule lo que le tuvo que emocionar la visión de las ondulantes colinas de Nueva Inglaterra, sus enormes olmos y sus bosques de árboles nudosos y viejos, cercados de piedra.

Al alba, descendió en el prado inferior de la antigua casa de Carter, y agradeció el silencio y la soledad. Era otoño, como cuando se había ido, y el olor de las colinas era un bálsamo para su alma. Se las arregló para subir la envoltura por la ladera, hasta el bosque, y ocultarla en la Guarida de las Serpientes, pero no consiguió hacerla pasar por la grieta hasta la cueva interior. Allí mismo cubrió su cuerpo extraño con las ropas humanas y la máscara de cera. La envoltura quedó en aquel lugar durante un año, hasta que ciertas circunstancias le obligaron a buscarle otro escondite.

Caminó hasta Arkham, practicando por el camino un manejo de su cuerpo que lo hiciera aparecer en postura humana y contra la gravedad terrestre y se dirigió al banco a cambiar su oro por dinero. También hizo algunas averiguaciones —haciéndose pasar por un extranjero desconocedor del inglés— y descubrió que era el año 1930, sólo dos años después de la meta que había apuntado.

Como es natural, la situación que se le planteo era espantosa. Incapaz de afirmar su identidad, obligado a vivir en guardia en todo momento, con ciertas dificultades relacionadas con la comida y con la necesidad de conservar la droga alienígena que mantenía su faceta Zkauba inactiva. Por todo ello, se daba cuenta de que debía actuar con la mayor rapidez posible. Marchó a Boston y tomó una habitación en el ruinoso barrio de West End, donde pudo vivir sin grandes gastos y en el más oscuro anonimato, y comenzó inmediatamente a hacer indagaciones sobre los bienes y efectos de Randolph Carter. Fue entonces cuando se enteró de lo ansioso que estaba el señor Aspinwall, aquí presente, por efectuar el reparto de la herencia, y supo con cuánta valentía se empeñaban el señor De Marigny y el señor Phillips en conservarla intacta.

El hindú les hizo una reverencia, aunque ninguna expresión cruzó la oscuridad de su cara apacible y su poblada barba.

—Indirectamente —prosiguió—, Carter consiguió una copia fiel del pergamino perdido y comenzó a trabajar en su desciframiento. Me complace poder decir que he tenido la satisfacción de ayudarle en este trabajo, porque, efectivamente, recurrió muy pronto a mí y por mediación mía, entró en contacto con otros místicos repartidos por el mundo. Me fui a vivir con él a Boston, en un pésimo tugurio de Chambers Street. En cuanto al pergamino, me complazco en poder sacar de dudas al señor De Marigny. Permítame que le diga que la lengua en que están escritos estos jeroglíficos no es naacal, sino r'lyehiana, idioma que fue traído a la Tierra, hace innumerables eras geológicas, por los descendientes de Cthulhu. Naturalmente, se trata de la traducción de un original hiperbóreo, millones de años más antiguo, escrito en la primordial lengua Tsath-yo.

Había más para descifrar que lo que Carter había buscado, pero en ningún momento perdió la esperanza. A principios de este año hizo grandes progresos gracias a un libro que le trajeron del Nepal y no cabe duda de que lo logrará antes que pase mucho tiempo. Desgraciadamente, sin embargo, ha surgido una dificultad. Se le ha terminado la droga que mantiene aletargado al fragmento Zkauba. Pero esta calamidad no es tan grande como él temía. La personalidad de Carter domina cada vez más en ese cuerpo, y cuando Zkauba logra alcanzar cierta preponderancia, cosa que sucede durante períodos cada vez más breves y sólo cuando experimenta alguna inusitada excitación, se suele quedar demasiado confundido para contrarrestar el trabajo de Carter. No puede encontrar la envoltura de metal, que podría llevarle de regreso a Yaddith; una vez estuvo a punto de encontrarla, pero Carter, aprovechando que el fragmento Zkauba había vuelto a sumirse en su letargo, la escondió en otro lugar. El único daño que ha hecho Zkauba ha sido asustar a unas cuantas personas y dar origen a ciertos rumores terroríficos que han circulado entre los polacos y los lituanos del barrio de West End, de Boston. Hasta el momento, no ha llegado a estropear del todo el cuidadoso disfraz preparado por el fragmento Carter, aunque a veces lo arroja de tal manera, que ha tenido que recomponerlo por algunos sitios. Yo he visto lo que hay debajo de ese disfraz... Y no resulta agradable de ver.

Hace un mes, Carter vio el anuncio de esta reunión y supo que debía actuar rápidamente para salvar su patrimonio. No podía esperar a descifrar el pergamino y reanudar su forma humana. Por consiguiente, me encomendó que actuara por él, y en esa calidad estoy aquí.

Señores, les digo que Randolph Carter no está muerto, que se encuentra temporalmente en una condición anómala, pero que, dentro de dos o tres meses, máximo, se presentará en su verdadera forma y exigirá la restitución de sus bienes. Estoy dispuesto a presentarles pruebas de ello si es necesario. Por lo tanto, les ruego que suspendan esta reunión por tiempo indefinido.

CAPÍTULO VIII

De Marigny y Phillips miraron al hindú como si estuvieran hipnotizados, mientras que Aspinwall emitió una serie de resoplidos y bufidos. El viejo abogado se había puesto furioso, estallando con una furia incontenible que le hizo golpear la mesa con un puño veteado por la apoplejía. Cuando por fin habló, lo hizo con una especie de ladrido.

—¿Cuánto tiempo se llevará esta tontería? ¡He escuchado durante una hora a este loco, este farsante... Y ahora tiene el maldito descaro de decir que Randolph Carter está vivo, para pedirnos que pospongamos el acuerdo ¡sin ninguna razón! ¿Por qué no echas de aquí a este sinvergüenza, De Marigny? ¿Pretende usted que me deje tomar el pelo por este charlatán majadero?

De Marigny levantó las manos en señal de calma y habló en voz baja.

—Calma. Reflexionemos. La historia es muy singular y hay en ella algunas cosas que yo, como ocultista no del todo ignorante, considero bastante posibles. Además, desde 1930 he venido recibiendo cartas del *swami* que concuerdan con el relato.

Al detenerse De Marigny, el viejo señor Phillips se aventuró a decir una palabra.

—*Swami* Chandraputra ha dicho que tiene pruebas. A mí también me parece que hay cosas muy significativas en esta historia, y también yo he recibido muchas cartas del *swami* que lo confirman. Pero algunas de estas declaraciones parecen excesivas. ¿No nos puede usted mostrar alguna prueba tangible?

Con el rostro impasible, el *swami* respondió lentamente y con voz ronca, mientras extraía un objeto del bolsillo de su abrigo.

—Aunque ninguno de ustedes haya visto jamás la llave de plata, el señor De Marigny y el señor Phillips sí la han visto en fotografía. ¿Les resulta esto familiar?

Y tendió torpemente sobre la mesa, con su mano grande enfundada en guantes blancos, una pesada llave de plata deslustrada, de casi cinco pulgadas de largo, de factura desconocida y absolutamente exótica, cubierta de punta a punta de jeroglíficos de las formas más extrañas. De Marigny y Phillips se quedaron sin aliento.

—¡Eso es! —gritó De Marigny—. La cámara no miente. ¡No puedo estar equivocado!

Pero Aspinwall ya había lanzado su respuesta.

—¡Tontos! ¿Qué prueba eso? Si acaso esa fuera realmente la llave que perteneció a mi primo, este extranjero, este condenado negro, tendría que explicarnos cómo ha llegado a sus manos. Randolph Carter desapareció con esa llave hace cuatro años. ¿Cómo sabemos que no se la robó y le asesinó después? Mi primo estaba medio chiflado y tenía relación con gente más chiflada aún. Vamos a ver, negro: ¿de dónde has sacado esa llave? ¿Has matado a Randolph Carter?

Las facciones del *swami,* excepcionalmente apacibles, no cambiaron, pero los remotos ojos negros sin iris ardían peligrosamente. Hablaba con gran dificultad.

—Haga el favor de controlarse, señor Aspinwall. Hay otra clase de prueba que podría enseñarles, pero el efecto que les causaría no sería agradable. Seamos razonables. Aquí tengo algunos papeles que evidentemente han sido escritos en 1930 y con la letra inconfundible de Randolph Carter.

Sacó torpemente un sobre grande de su abrigo suelto y se lo entregó al farfullante abogado, mientras De Marigny y Phillips presenciaban la escena hechos un mar de confusiones y con una incipiente sensación de terror insuperable.

—Por supuesto, la escritura a mano es casi ilegible, pero recuerde que Randolph Carter ahora no tiene manos bien adaptadas para la escritura humana.

Aspinwall ojeó los papeles. Estaba visiblemente perplejo, pero no cambió de actitud. En la estancia reinaba una tensa excitación y un temor apenas reprimido. El ritmo extraño del reloj en forma de ataúd resultaba completamente diabólico para De Marigny y Phillips, pero al abogado no parecía impresionarle en absoluto. Aspinwall habló otra vez:

—Parecen hábiles falsificaciones. Si no lo fueran, pueden significar que Randolph Carter ha sido secuestrado y está siendo controlado por personas con malos propósitos. Sólo hay una cosa que hacer: arrestar a este farsante. De Marigny, ¿llamarás a la Policía?

—Aguarde —contestó su anfitrión—. No creo que este caso requiera de la Policía. Tengo una idea. Señor Aspinwall, este caballero hindú es un ocultista de verdadero talento que afirma estar en íntima comunicación con Randolph Carter. ¿Se quedaría usted satisfecho si contestara a ciertas preguntas cuya respuesta sólo podría conocer alguien que estuviera en estrecho contacto con él? Conozco a Carter y puedo hacer preguntas de esta índole. Permítame traer un libro que, según creo, podrá servirnos de prueba.

Se dirigió hacia la puerta para ir a la biblioteca, y Phillips, perplejo, le siguió maquinalmente. Aspinwall permaneció en su sitio escrutando con atención al hindú que estaba sentado frente a él, con su rostro impasible. De repente, cuando Chandraputra recogía con torpeza la llave y se la guardaba en el bolsillo, el abogado lanzó un grito gutural:

—¡Vaya, por Dios! ¡Ya lo tengo! Este sinvergüenza está disfrazado. A mí no me hace creer que es un indio del Asia. Esa cara... ¡No es una cara, es una máscara! La idea me la ha debido dar su historia, pero es verdad. No se le mueve por nada, y el turbante y la barba le ocultan los bordes. ¡Este tipo es un vulgar criminal! Ni siquiera es extranjero. Es un yanqui o algo peor. Me he dado cuenta por su manera de hablar. Y miren esos mitones. Sabe que puede dejar huellas dactilares. ¡Maldita sea, se la voy a arrancar!...

—¡Basta! —la ronca y extraña voz del *swami* mantuvo un tono más allá de todo miedo terrenal—. Ya le he dicho que había otra forma de probarlo, que podría dar esa prueba si fuera necesario, y te advertí que no me provocaras. Este viejo entrometido tiene razón: no soy un indio de verdad. Este rostro es una máscara, pero el que hay debajo no es humano. Ustedes también lo han sospechado, me he dado cuenta hace unos minutos. No resultaría nada agradable que me quitara la máscara. Déjelo estar, Ernest. De todos modos, tengo que decírtelo ya: yo soy Randolph Carter.

Nadie se movió. Aspinwall resopló e hizo movimientos vagos. De Marigny y Phillips, desde el otro extremo de la habitación, veían el congestionado rostro del viejo y la espalda de la figura con turbante que se alzaba ante él. En el anormal latido del reloj había algo espantoso, y el humo de los trípodes y las figuras de los tapices parecían moverse al son de una danza macabra. El abogado, fuera de sí, rompió el silencio:

—No, no lo eres, ladrón. ¡No puedes asustarme! Tienes otras razones para no querer quitarte esa máscara. Tal vez sabríamos quién eres. ¡Quítate la máscara!

Aspinwall se abalanzó encima del *swami,* que le agarró la mano con las suyas, enfundadas en los mitones, y emitió un extraño grito, mezcla de dolor y sorpresa. De Marigny quiso interponerse entre los dos, pero se detuvo desconcertado cuando el grito de protesta del falso hindú se transformó en una especie de zumbido o rechinamiento inexplicable. Aspinwall tenía el rostro congestionado y enfurecido, y lanzó su mano libre a la espesa barba de su oponente. Esta vez consiguió cogerla, y de un tirón frenético, desprendió del turbante el rostro de cera, que quedó colgando de la mano del abogado.

Al hacerlo, Aspinwall dejó escapar un grito ahogado y Phillips y De Marigny vieron que su cara se contraía en la convulsión más salvaje, en la más espantosa mueca de horror que nunca vieran en rostro humano. Entretanto, el falso *swami* había soltado su otra mano y se había quedado de pie, como atontado, emitiendo una serie de ruidos entrecortados de lo más incomprensible. Luego, la figura del turbante se acurrucó en una postura muy poco humana y comenzó a arrastrarse de manera singular hacia el reloj en forma de ataúd, que seguía marcando un ritmo cósmico anormal. Su cara descubierta estaba en ese momento vuelta hacia otro lado, y De Marigny y Phillips no podían ver lo que el abogado había puesto al descubierto. Centraron su atención en Aspinwall, que se había desplomado en el suelo. El hechizo se había roto... Pero cuando se acercaron al viejo, estaba muerto.

Al darse la vuelta con rapidez hacia el *swami,* que retrocedía arrastrándose, De Marigny vio cómo de uno de sus brazos colgantes se desprendía un enorme mitón blanco. Las vaharadas del olíbano eran espesas, y todo lo que logró ver de la mano descubierta fue una cosa larga y negra. Antes de que el criollo pudiera llegar hasta el ser que retrocedía, el anciano señor Phillips le retuvo por el hombro.

—¡No! —susurró—. No sabemos a qué nos enfrentamos. Puede ser la otra faceta. Ya sabes: Zkauba, el mago de Yaddith...

La figura del turbante había alcanzado el extraño reloj y ambos observaron a través de la humareda cómo una zarpa negra manipulaba en la alargada puerta cubierta de jeroglíficos. Aquella manipulación produjo un extraño golpeteo. Luego, la figura entró en la caja en forma de ataúd y cerró la tapa tras de sí.

De Marigny no pude retenerse más, pero cuando alcanzó y abrió el reloj, estaba vacío. El tictac anormal continuó, superando el ritmo cósmico oscuro que subyace en todas las aberturas de puertas místicas. En el suelo, el gran mitón blanco, y un hombre muerto con una máscara en su mano crispada; ni un solo rastro más.

Un año ha pasado sin que se haya sabido nada más de Randolph Carter. Sus bienes siguen sin repartirse aún. Las señas de Boston, desde donde un tal *swami* Chandraputra había enviado información a diversos místicos entre los años 1930 y 1932, correspondían al domicilio de un extraño hindú, pero este se había ausentado poco antes de la reunión de Nueva Orleáns, y no se le volvió a ver desde entonces. Era, al parecer, un individuo moreno, inexpresivo y con barba. El dueño de la casa asegura que la máscara de color oscuro que le mostraron se parece muchísimo a él. Sin embargo, jamás se sospechó que hubiera relación alguna entre el desaparecido hindú y las apariciones de pesadilla sobre las que tanto murmuraban los esclavos del barrio. Las colinas de Arkham fueron registradas en busca de una «envoltura metálica», pero sin resultado. Sin embargo, un empleado del First National Bank de Arkham recuerda que, en octubre de 1930, un extranjero con turbante cambió por dinero cierta cantidad de barras de oro.

De Marigny y Phillips no saben qué pensar del asunto. Después de todo, ¿qué pruebas hay? El relato, una llave que podía haber sido imitada de una de las fotografías que Carter había distribuido en 1928, algunos documentos... Ninguna de estas pruebas era concluyente. Había un extranjero enmascarado, pero ¿vivía alguien que hubiera visto lo que ocultaba la máscara? En medio de la tensión nerviosa y del humo del olíbano, aquella desaparición en el interior del reloj podía muy bien explicarse como una alucinación sufrida por ambos. Los hindúes conocen los secretos de la hipnosis. La razón proclama que el *swami* era un criminal que había tratado de apoderarse de la herencia de Randolph Carter. Pero la autopsia decía que Aspinwall había muerto de un ataque al corazón. ¿Fue sólo un arrebato de cólera lo que provocó el desenlace? Hay ciertos detalles en esa historia...

En una inmensa estancia con tapices de extrañas figuras y ambiente impregnado por el humo del olíbano, Etienne-Laurent de Marigny se sienta a menudo a escuchar el ritmo anómalo de ese reloj en forma de ataúd, cubierto de extraños jeroglíficos.

DAGÓN
(1917)

Escribo esto bajo los efectos de una considerable tensión, ya que esta misma noche habré fallecido. Sin un penique, agotada mi provisión de droga, que es lo único que me ha hecho la vida tolerable, no puedo aguantar más esta tortura; voy a lanzarme por la ventana de mi buhardilla a la estrecha calle que pasa por debajo. No piensen que porque soy adicto a la morfina soy una persona voluble o un degenerado. Cuando hayan leído estas páginas garabateadas con urgencia podrán suponer, aunque no creo que sean capaces de asumirlo por completo, por qué debo olvidar o morir.

Fue en una de las regiones más abiertas y menos transitadas del inmenso océano Pacífico donde el paquebote en el que yo ejercía de sobrecargo fue apresado por un buque de saqueo alemán. La Gran Guerra estaba entonces en sus primeros días y las fuerzas navales alemanas aún no habían sucumbido a su posterior degradación, de modo que nuestro barco fue abordado de forma legítima y nuestra tripulación fue tratada con toda la justicia y consideración debidas a nuestra condición de prisioneros navales. Tan liberal, en verdad, era la disciplina a la que nos sometieron nuestros captores que cinco días después del abordaje, logré escapar solo en un bote pequeño, cargado de provisiones y agua suficientes para mucho tiempo.

Cuando por fin me encontré libre y a la deriva, sabía muy poco sobre el lugar que me rodeaba. Nunca he sido buen navegante, así que sólo pude conjeturar, gracias al sol y a las estrellas, que me hallaba en algún punto al sur del Ecuador. Ignoraba por completo en qué longitud y no se divisaban ni islas ni líneas de costa. El tiempo se mantuvo en calma, así que durante días incontables me mantuve navegando sin rumbo fijo bajo un sol abrasador, a la espera de que pasara algún barco o que la marea acabara por arrojarme a alguna playa de una tierra habitable. Pero ni barco ni tierra alguna aparecían y yo me empecé a desesperar solo en medio de aquella inmensidad azul convulsa e interminable.

El cambio sucedió mientras dormía. Nunca sabré los detalles exactos porque, aunque agitado y lleno de pesadillas, nada interrumpió mi sueño. Cuando me desperté, me descubrí a mí mismo en medio de un fango viscoso, negro e infernal que se extendía a mi alrededor en monótonas ondulaciones hasta donde me alcanzaba la vista, y en el que mi bote había penetrado unas brazas hasta quedar encallado.

Cualquiera podría suponer que mi primera sensación sería de asombro ante aquella transformación tan prodigiosa e inesperada del paisaje, pero lo cierto es que estaba más asustado que sorprendido, pues flotaba en el aire y sobre el suelo algo tan siniestro que me enfrió hasta la médula. La zona estaba podrida, llena de cadáveres de peces en descomposición y de otras cosas de más difícil descripción que se veían sobresalir por encima del asqueroso lodo que cubría la llanura sin fin. No albergo la esperanza de ser capaz de transmitir en meras palabras el indescriptible horror que viví en silencio en aquella árida inmensidad. No se oía nada ni había nada a la vista excepto una vasta extensión de limo negro; sin embargo, aquella calma total y la uniformidad del paisaje me oprimieron con un miedo nauseabundo.

El sol brillaba con crueldad desde un cielo sin nubes que se me antojaba casi negro, como si se reflejara en él el pantano de tinta que bullía por debajo de mí. Mientras me arrastraba dentro del bote varado, me di cuenta de que sólo una teoría podía dar una explicación lógica a mi situación: que un levantamiento volcánico sin precedentes hubiera arrojado hacia la superficie una parte del fondo oceánico, exponiendo regiones que durante innumerables millones de años habían estado escondidas en las insondables profundidades del mar. Tan grande era la extensión de la nueva tierra que se había levantado a mis pies, que no podía detectar ni el más leve ruido del océano, ni forzando mis oídos tanto como me era posible. Tampoco había aves marinas para alimentarse de aquellos seres muertos.

Pasé varias horas, meditando, dándole vueltas, sentado en el bote que yacía de medio lado y que, según el sol se iba desplazando a través del cielo, me proporcionaba una ligera sombra. A medida que avanzaba el día, el terreno perdió algo de su adherencia y parecía probable que en poco tiempo se secara lo suficiente como para poder moverme.

Esa noche dormí muy poco y al día siguiente me preparé un paquete con comida y agua para emprender un viaje por tierra en busca del desaparecido mar y de un posible rescate.

En la mañana del tercer día, noté que el suelo se había secado lo suficientemente como para caminar con facilidad. El olor del pescado muerto era enloquecedor, pero yo estaba demasiado preocupado por la gravedad de mi situación como para que un detalle tan leve me inquietara, así que reuní toda mi audacia para ponerme en marcha hacia una meta desconocida. Durante todo el día, avancé en dirección oeste, guiado por un lejano montículo que se alzaba por encima de cualquier otra elevación que hubiera en el desierto ondulado. Esa noche acampé, y al día siguiente seguí viajando hacia el montículo, aunque no parecía que estuviera más cerca del objeto que cuando lo divisé por primera vez. En la tarde del cuarto día, alcancé el pie del montículo, que resultó ser mucho más alto de lo que me había parecido desde la distancia; un valle intermedio realzaba aún más su altura en relación con el resto de la superficie. Estaba demasiado cansado para ascender, así que dormí a la sombra de la colina.

No sé por qué aquella noche tuve sueños muy agitados, pero antes de que la luna menguante y fantásticamente gibosa se hubiera levantado muy por encima de la llanura oriental, estaba despierto bañado en sudor frío y decidido a no dormir más. Las visiones que había experimentado habían sido demasiado como para soportarlas otra vez. Bajo la luz de la luna comprendí lo imprudente que había sido viajar durante el día. Sin el abrasador sol, habría gastado menos energía en mi desplazamiento; de hecho, ahora me sentía capaz de realizar el ascenso al que había renunciado al atardecer. Recogí mi mochila e inicié mi ascenso hacia la cumbre del promontorio.

Ya he contado que la monotonía ininterrumpida de la ondulada llanura fue una fuente de un impreciso horror para mí; pero mi horror se acrecentó cuando alcancé la cima del montículo y descubrí al otro lado una sima o cañón inconmensurable, tan profundo que la luna no tenía suficiente elevación para iluminar sus negros rincones. Sentí que me encontraba en el final del mundo, como si me estuviera asomando al borde de un caos insondable de noche eterna. Curiosamente, el miedo me despertó el recuerdo del viejo «Paraíso perdido»[5] y de la terrorífica ascensión de Satanás a través de los reinos de la oscuridad.

A medida que la luna ascendía en el cielo, comencé a ver que las laderas del valle no eran tan verticales como había imaginado. Multitud de salientes y afloramientos de roca ofrecían fáciles puntos de apoyo para los pies en caso de descenso, además de que, después de una caída inicial de unos pocos centenares de pies, la vertiente se suavizaba gradualmente. Llevado por un impulso que yo mismo no puedo entender con claridad, empecé a descender a gatas por las rocas hasta llegar a la parte en que la pendiente se hace más suave, contemplando aquellas estigias profundidades en las que nunca había penetrado la luz.

De repente, en la pendiente opuesta, captó mi atención un vasto y singular objeto que se elevaba abruptamente a unos cien metros delante de mí y que, nada más recibir el resplandor de la luna, emitía un brillo blanquecino. Lo primero que me dije es que no era más que un gigantesco trozo de piedra; pero había algo en su contorno y colocación que me daba la clara impresión de que no eran del todo un trabajo de la naturaleza. Un examen más detenido me llenó de sensaciones que no puedo expresar; porque a pesar de su enorme magnitud y de su ubicación en el fondo de un abismo que había bostezado en el fondo del mar desde que el mundo era joven, me di cuenta de que, sin duda, aquel extraño objeto era un monolito bien labrado cuya mole había conocido la mano de obra y, tal vez, el culto de criaturas vivientes y racionales.

Aturdido y asustado, pero no sin cierta sensación de deleite, propia del científico o del arqueólogo ante un descubrimiento, examiné el entorno con detenimiento. La luna, ahora cerca de su cenit, brillaba extraña y vívidamente por encima de los elevados precipicios que se alzaban desde el abismo, y me reveló el hecho de que en lo más profundo fluía una gran cantidad de agua, que desaparecía de la vista en todas las direcciones y que casi me llegaba a los pies, tal y como estaba yo colocado en la pendiente. Al otro lado del abismo, un leve oleaje bañaba la base del ciclópeo monolito, sobre cuya superficie ahora me

---

[5] «Paraíso perdido» *(Paradise Lost),* de JOHN MILTON, publicado en 1667 es uno de los grandes clásicos de la literatura en inglés. El joven H. P. Lovecraft, que escribe *Dagón* en 1919, lo cita para mostrar ya cierta erudición. *(N. del T.)*

era posible vislumbrar tanto inscripciones como grotescos bajorrelieves. Parecía un sistema de escritura jeroglífica, desconocida para mí y diferente a todo lo que había visto en libros, pues en su mayor parte representaban símbolos acuáticos convencionales tales como peces, anguilas, pulpos, crustáceos, moluscos, ballenas y similares. Varios caracteres representaban extrañas criaturas marinas, obviamente desconocidas para el mundo moderno, pero cuyas formas yo había visto en descomposición en la planicie surgida del océano.

Sin embargo, lo que me causó mayor fascinación fue la talla pictórica. Gracias a su enorme tamaño, a pesar del agua que mediaba entre nosotros, a simple vista se podían observar una serie de bajorrelieves cuyos temas habrían despertado la envidia de un Doré[6]. Desde la distancia, me pareció que se trataba de representaciones humanas, al menos de cierto tipo de hombres, pero en los grabados se comportaban como peces en una especie de gruta submarina o rindiendo homenaje a un santuario monolítico que también parecía estar bajo las olas. De sus caras y figuras no me atrevo a hablar en detalle porque el simple hecho de recordarlas ya me provoca un desmayo. Grotescos, más allá de la imaginación de un Poe o un Bulwer[7], eran de aspecto principalmente humanos, aunque con manos y pies palmeados, los labios asombrosamente anchos y flácidos, los ojos vidriosos y saltones y otras características menos agradables de recordar. Curiosamente, parecían estar mal cincelados, sin ninguna proporción con su fondo escénico, porque una de las criaturas se mostraba en el momento de matar a una ballena representada sólo un poco más grande que él mismo. Observé, como digo, su aspecto grotesco y su tamaño desproporcionado, pero de pronto me di cuenta de que debían de ser simplemente los dioses imaginarios de una tribu de pescadores o de primitivos marinos; alguna tribu cuyo último descendiente había perecido eras antes de que naciera el primer antepasado de Piltdown[8] o del Hombre de Neanderthal.

---

[6]   GUSTAVE DORÉ, 1832-1883, pintor y escultor francés famoso por sus ilustraciones del *Quijote* y de la *Divina Comedia* de Dante. *(N. del T.)*

[7]   De Edgar Allan Poe ya se ha dicho en la introducción que es el gran referente para H. P. Lovecraft en todo lo que se refiere a literatura fantástica y las referencias a sus obras es una constante. EDWARD BULWER-LYTTON, escritor británico nacido en Londres en 1803 y muerto en 1873, autor, entre otros, de *Los últimos días de Pompeya*, al que se le atribuye la frase «Puede más la pluma que la espada». *(N. del T.)*

[8]   El hombre de Piltdown es el nombre de los restos de homínido hallados en Sussex, Inglaterra, en 1908 y que, antes de descubrirse que se trataba de un montaje, fue considerado el eslabón perdido, es decir, el homínido que conecta la evolución de simio a hombre. *(N. del T.)*

Asombrado por el inesperado hallazgo de un pasado que va más allá del conocimiento del antropólogo más atrevido, me paré a reflexionar mientras la luna lanzaba extraños reflejos sobre el silencioso canal que tenía ante mí.

Entonces de pronto lo vi. Con sólo un ligero batido que me anunció su ascenso a la superficie, esa cosa se deslizó a mi vista sobre las aguas oscuras. Inmenso, parecido a Polifemo[9], y repugnante, se precipitó sobre el monolito como un monstruo formidable de pesadilla, alcanzándolo con sus gigantescos brazos escamosos, mientras inclinaba su horrible cabeza y profería unos sonidos acompasados. Entonces, pensé que me volvería loco.

De mi ascenso frenético por la pendiente y el acantilado, y de mi delirante viaje de regreso al bote varado, recuerdo poco. Creo que canté mucho y que, cuando no podía cantar, me reía de forma extraña y escandalosa. Tengo recuerdos difusos de una gran tormenta algún tiempo después de llegar al bote, al menos estoy seguro de que escuché truenos y otros sonidos que la naturaleza sólo profiere en estado más salvaje.

Cuando salí de las sombras estaba ya en un hospital de San Francisco al que me había llevado el capitán del barco estadounidense que había recogido mi bote en medio del océano. Según parece, deliré mucho, pero me di cuenta de que mis palabras habían recibido poca atención. De la supuesta agitación del Pacífico, mis rescatadores no sabían nada y yo tampoco vi necesario insistir en algo que sabía que no iban a creer. Una vez fui a pedir la opinión de un célebre etnólogo al que divertí un rato con mis peculiares preguntas sobre la antigua leyenda filistea de Dagón, el dios de los peces; pero pronto me percaté de que era una persona irremediablemente convencional y no insistí en mis preguntas.

Es por las noches, especialmente cuando la luna es menguante y gibosa, que vuelvo a ver aquella cosa. Probé con la morfina; pero la droga sólo me produce un cese pasajero y me ha enganchado con sus garras hasta convertirme en un adicto sin esperanza. Así que ahora debo terminar con todo, después de haber escrito este relato completo

---

[9] Polifemo, cíclope de la mitología griega, hijo de Poseidón, dios de los océanos. En la «Odisea» de Homero, para huir de su cautiverio, Ulises lo emborracha y le clava una lanza en su único ojo dejándole ciego. *(N. del T.)*

que servirá para informar a mis semejantes o, bien, para alimentar sus burlas. A menudo me pregunto si no habrá sido todo fruto de mi fantasía... un monstruo nacido de la fiebre producida por la insolación de los días en el abierto bote tras mi fuga del buque de guerra alemán. Me lo pregunto a menudo, pero siempre, como respuesta, se me presenta este vívido recuerdo. No puedo pensar en las profundidades del mar sin estremecerme ante las criaturas sin nombre que, en este mismo momento, podrían estar arrastrándose y debatiéndose en su lecho fangoso, adorando a sus antiguos ídolos de piedra y labrando sus propias efigies detestables en obeliscos submarinos de granito empapado en agua. Sueño con el día en que se eleven por encima de las olas para arrastrar hacia abajo con sus garras apestosas los restos de una humanidad insignificante y agotada por la guerra, con el día en que la tierra se hundirá y el fondo del océano oscuro ascenderá en medio del pandemonio universal.

El final está cerca. Escucho un ruido en la puerta, como de un inmenso cuerpo resbaladizo que respira contra ella. No me encontrará. ¡Dios, esa mano! ¡La ventana! ¡La ventana!

EL MODELO DE PICKMAN
(1926)

No debes pensar que estoy loco, Eliot; muchos otros tienen prejuicios más extraños que este. ¿Por qué no te ríes del abuelo de Oliver, que se niega a viajar en un automóvil? Si no me gusta ese maldito metro, es asunto mío y llegamos aquí más rápido de todos modos en el taxi. Habríamos tenido que subir a pie la colina desde Park Street si hubiéramos tomado el metro.

Sé que estoy más nervioso de lo que estaba cuando me viste el año pasado, pero no es necesario que llames a la clínica para que me internen. Hay muchas razones para ello, Dios lo sabe, y creo que tengo suerte de estar cuerdo. ¿Por qué este tercer grado? No solías ser tan inquisitivo.

Bueno, si quieres escucharlo, no sé por qué no. Quizá hasta tengas derecho a saberlo, ya que fuiste el único en escribirme, como si fueras un padre preocupado, cuando te enteraste de que ya no frecuentaba el Art Club y que me mantenía distanciado de Pickman. Ahora que Pickman ya no está, de vez en cuando me doy una vuelta por el club, pero desde ahora te digo que mis nervios no son los de antes.

No, no sé qué ha sido de Pickman, y no quiero ponerme a conjeturar. Pudiste sospechar que yo sabía algo importante cuando me distancié de él... Y es la causa por la que me niego a pensar hacia dónde habrá ido. Dejemos que la Policía investigue cuanto pueda. No creo que sea mucho, teniendo en cuenta que todavía no sabe nada acerca de la casa que, bajo el nombre de Peters, alquiló en el North End. Tampoco estoy seguro de que yo mismo sea capaz de encontrarla otra vez... Ni siquiera de que piense en ir a encontrarla, aún a plena luz del día. Sí, creo saber por qué la alquiló. Sobre esto puedo hablarte. Así sabrás, mucho antes de que haya concluido, por qué motivo no voy a la Policía. Me obligarían a que los llevara hasta ella, pero la verdad es que no podría regresar a esa casa ni aunque conociera el camino. Bien, por eso no puedo tomar el metro, ni bajar a sótano ni bodega alguna, y esto también te causará risa.

Debería pensar que habrías adivinado que no abandoné a Pickman por las mismas razones absurdas que esas viejas remilgadas del doctor Reid o Joe Minot o Bosworth. El arte morboso no me asombra y cuando un hombre tiene el genio de Pickman, siento que es un honor conocerlo, sin importarme la dirección que tome su trabajo. Boston nunca tuvo un pintor más grande que Richard Upton Pickman. Lo dije al principio y lo digo todavía, y nunca me desvié de eso una pulgada, ni siquiera cuando él mostró su «alimentándose»[10]. Eso, recuerdas, fue cuando Minot cortó con él.

Para crear un arte como el de Pickman, sabes que se necesita una técnica muy depurada y un conocimiento muy profuso de la naturaleza. Cualquier ilustrador de portadas está en condiciones de volcar absurdamente color sobre un papel y anunciar que nos está entregando una pesadilla, un aquelarre de brujas o un retrato del diablo. Pero sólo un gran artista puede llegar a un resultado que nos impresione por parecer verosímil y que nos aterrorice. Esto es posible porque solamente un verdadero artista puede reconocer la verdadera anatomía de lo terrible y la fisiología del miedo: es el único que conoce el tipo exacto de líneas que despiertan los instintos adormecidos o los heredados recuerdos del miedo, es el único capaz de rastrear los contrastes precisos de color y los efectos de luz que estimulan en su espectador el latente sentido de lo anormal. No necesito explicarte por qué un Fuseli[11] nos produce escalofríos, mientras que la portada de una revista de fantasmas sólo nos mueve a la risa. Existe algo que esos seres excepcionales captan, algo que está más allá de la vida, y son capaces de transmitirlo, aunque sea fugazmente. Es el don que distingue a Gustave Doré[12]. Sidney Sime tambien lo tiene. Angarola, de Chicago,

---

[10] No tenemos palabra en castellano para «Ghoul», que es una especie de demonio necrófago, es decir, que se alimenta de la carne de los muertos. *(N. del T.)*

[11] Henry Fuseli, en verdad JOHANN HEINRICH FÜSSLI, pintor suizo nacido en Zurich en 1741 y muerto en Londres en 1825, a menudo comparado con Goya por sus pinturas que exploran lo irracional y su mundo oscuro paralelo al romanticismo alemán. *(N. del T.)*

[12] GUSTAVE DORÉ, Estrasburgo, 1832- París, 1883, fue el ilustrador más famoso de su época. Creó obras para Rabelais, Cervantes, Dante, Lord Byron y muchos otros clásicos y contemporáneos, como el adorado por Lovecraft, Edgar Allan Poe. SIDNEY SIME y ANTHONY ANGAROLA son ilustradores de la época que trabajaron para algunos de los autores del Círculo Lovecraft. *(N. del T.)*

también. Y Pickman lo poseía en grado superlativo, como nadie lo tuvo antes de él y como nadie, así lo quiera el Señor, volverá a tenerlo.

No me preguntes qué es lo que ven. En la práctica artística se advierte una gran diferencia entre las obras que captan estos seres esenciales arrancados a la naturaleza y los productos industriales que se fabrican en un estudio. En suma, debería decir que el artista propiamente fantástico está dotado de un tipo de visión que lo faculta para percibir motivos genuinos de un mundo espectral. Por esto, logra unos resultados que distan kilómetros de las melosas representaciones de sueños, así como las obras de un pintor «vitalista» toman distancia de los pastiches de alguien que ha aprendido a dibujar por correspondencia. ¡Si alguna vez me hubiese sido permitido ver lo que Pickman vio!... Pero no. Mejor vayamos a beber un trago antes de enfrascarnos en este asunto. ¡Por Dios! No estaría con vida si hubiera visto lo que ese hombre —si es que era un hombre— vio.

Como recordarás, el fuerte de Pickman eran las caras. No creo que nadie, desde Goya, haya puesto tanta intensidad en unos rasgos o en una expresión[13]. Y antes que Goya habría que buscar en los anónimos artistas medievales que crearon las gárgolas o las quimeras de Notre Dame o del Mont Saint Michel. Ellos creían en la realidad de las criaturas que plasmaban en sus obras... Y tal vez también veían esa clase de criaturas, sobre todo si se recuerda que la Edad Media tuvo algunas etapas muy curiosas. Recuerdo perfectamente que en cierta ocasión le preguntaste a Pickman dónde demonios conseguía tales ideas y visiones. La respuesta fue una por demás desagradable carcajada. Esa carcajada fue, casualmente, la razón por la que Reid se disgustó con él. Reid venía de graduarse en Patología Comparada y era un saco de grandes ideas sobre el significado biológico o evolutivo de cualquiera de los síntomas mentales o físicos imaginables. Su aversión a Pickman era cada vez más notoria y terminó prácticamente en miedo al pintor; decía que la expresión de Pickman e incluso sus rasgos tomaban un derrotero progresivo que no le gustaba: se desarrollaban en un sentido que no era humano. Si has mantenido correspondencia con Reid, supongo que le habrás dicho que su error consistió en dejar que

---

[13]   Efectivamente, FRANCISCO DE GOYA Y LUCIENTES, el famoso pintor español, tiene en sus pinturas negras, los murales de la Quinta del Sordo, una serie de aquelarres en los que consigue las expresiones más horribles de las caras con apenas dos trazos de pincel. *(N. del T.)*

los cuadros de Pickman operaran directamente sobre sus nervios o su imaginación. Fue lo que yo dije por aquel entonces. Pero ten en cuenta que no dejé a Pickman por nada como esto. Por el contrario, mi admiración por él siguió creciendo; para mí el «Ghoul alimentándose» fue un gran logro. Ya sabes que el club no lo exhibiría y el Museo de Bellas Artes no lo aceptaría ni como regalo; y puedo agregar que nadie lo compraría, así que Pickman lo tuvo en su casa hasta que se fue. Ahora su padre lo tiene en Salem; ya sabes, Pickman proviene de una antigua estirpe de esa ciudad y que, incluso, un antepasado suyo fue colgado después de los juicios en 1692.

Me acostumbré a llamar a Pickman con bastante frecuencia, especialmente después de comenzar a hacer notas para una monografía sobre el arte fantástico. Tal vez haya sido su propia obra la que me sugirió la idea. De todos modos, debo confesar que su obra fue una rica cantera de sugerencias y de datos para aquel propósito. Me facilitó el acceso a todos sus trabajos, a todos los cuadros y dibujos que tenía con él, incluyendo algunos bocetos a tinta que hubieran significado su inmediata expulsión del Club de haber caído ante los ojos de sus integrantes. En poco tiempo me había transformado en una especie de acólito que pasaba horas enteras pendiente de teorías artísticas y especulaciones filosóficas tan desatinadas que por sí solas habrían justificado el internamiento de Pickman en el manicomio de Danvers. El pintor se volvió muy confidencial conmigo, seguramente debido tanto a mi demostrada admiración cuanto al hecho de que casi toda la gente había comenzado a rehuirlo. Una tarde me dijo que si estuviese seguro de mi discreción y de mi entereza me mostraría algo distinto a lo que yo estaba acostumbrado a ver, algo considerablemente más perturbador que cualquiera de las piezas que tenía en su casa.

—Ya sabes que hay ciertas cosas —me dijo— que no se toleran en la Newbury Street; estarían fuera de lugar y tampoco podrían ser concebidas en cualquier caso. Mi misión consiste en capturar las armonías del alma y esto claramente resulta imposible de practicar en una serie de aburridas calles de reciente construcción. Back Bay no es Boston... Todavía sigue siendo nada porque no ha tenido tiempo suficiente como para compactar recuerdos y poblarse de espíritus locales. Los fantasmas de aquí son fantasmas domesticados que han olvidado su hogar inicial en un pantano o en una cueva de relativa profundidad.

Yo necesito fantasmas humanos, fantasmas de seres lo suficientemente fuertes como para haber resistido una ojeada al infierno y lo suficientemente aptos como para haber vuelto con el significado de lo que habían visto.

»El lugar indicado para que un artista viva —continuó—, es el North End. Si fuera coherente y sincero consigo mismo y con su obra, el artista sólo habitaría en barrios pobres, allí donde se acumulan las tradiciones. Esos lugares no sólo han sido construidos, han ido desarrollándose. Allí han vivido, sentido y muerto generación tras generación, en épocas en que la gente se atrevía a vivir, sentir y morir. ¿Sabías que en 1632 existía un molino en la Copp's Hill y que la mitad de las actuales calles fueron trazadas en 1650? Puedo mostrarte edificios que se mantienen en pie desde hace más de dos siglos y medio, casas que han soportado cosas que harían derrumbarse a los edificios modernos. ¿Qué sabe la gente de hoy en día acerca de la vida y de las fuerzas que las mueven? Hoy le llamas fantasías a la brujería de Salem, pero mi retatarabuela bien podría haber usado otras palabras. La colgaron en la Gallow Hill, custodiada por la mirada beata de Cotton Mather[14]. El maldito Mather siempre estaba obsesionado con que alguien lograra fugarse de aquella demoníaca cárcel de monotonía. ¡Lástima que no lo hubieran hecho víctima de un hechizo o que no le hubieran chupado toda la sangre durante la noche!

»Puedo mostrarte uno de los lugares donde vivió y también puedo llevarte a otra casa a la que no se atrevía a entrar pese a sus muchas bravatas. Conocía cosas que no se animó a escribir en aquel desabrido *Magnalia* ni en el pueril *Maravillas del mundo invisible*. A propósito, ¿sabías que existió una época en que todo el North End estaba surcado por una red de túneles que permitían a ciertas personas el contacto con ciertas casas, con el cementerio y con el mar? Por mucho que las procesaran y persiguieran por la tierra... Todos los días sucedían cosas que no se podían explicar y por la noche se oían risas que no se podían localizar.

»Apuesto a que en ocho de cada diez casas construidas antes de 1700 puedo mostrarte algo raro en la bodega. No pasa un mes sin

---

[14]   Las referencias a Cotton Mather son constantes en toda la obra de Lovecraft, cuando se refiere a los famosos juicios de Salem de finales del siglo XVII, contra la brujería. Cotton Mather es un personaje real: fue uno de los principales jueces de aquellos hechos. *(N. del T.)*

que leamos en los periódicos que un grupo de obreros descubrió pasadizos subterráneos que no llevan a ninguna parte. Hace poco se localizó uno en la Henchman Street. Había brujas y la invocación de sus sortilegios, contrabandistas, piratas y lo que del mar recogían. Puedes estar seguro de que en otras épocas la gente sabía cómo vivir y cómo ingeniárselas para dilatar las fronteras de la vida. Por cierto, este no es el único mundo que un hombre con imaginación y valiente puede conocer. Y pensar que hoy, en cambio, las mentes se han aguado tanto que incluso un club de pretendidos artistas se estremece y conmociona si un cuadro traspone los sentimientos que pudo experimentar un feriante de la Beacon Street.

»Lo único que salva al presente es su propia estupidez, porque lo inhabilita para interrogar al pasado. ¿Qué dicen en realidad del North End los mapas, los archivos y las guías? Puedo llevarte a treinta o cuarenta callejuelas ubicadas al norte de la Prince Street, cuya existencia no es conocida ni siquiera por diez personas, aparte de los extranjeros que viven en ellas. ¿Y qué saben acerca de su naturaleza esos hombres morenos? Nada, Thurber, nada. Esos lugares ancestrales están llenos de terror, de maravillas y de puertas que dan acceso a mundos diferentes de los vulgares. Y, sin embargo, no hay nadie que sepa comprenderlos o sacarles el provecho necesario. Mejor dicho: hay una sola alma capaz... ¿O piensas que he estado escudriñando el pasado en vano?

»Por lo que he notado, te interesan esta clase de cosas. Pues bien, ¿qué dirías si te confiara que tengo otro estudio por esa zona, donde puedo capturar el lóbrego espíritu de horrores pasados y pintar cosas que jamás habrían acudido a mi imaginación en la Newbury Street? Por supuesto que no haría esta revelación a los estúpidos menopáusicos del Club... Empezando por Reid... ¡Maldito! Siempre susurrando como si yo fuera una especie de monstruo. Puedes creerme, Thurber, hace ya tiempo que decidí pintar el terror de la vida, de manera análoga a como se pinta su belleza, así que realice algunas investigaciones en sitios sobre los que tenía motivos para saber que habitaba el terror.

»Localicé un lugar que aparte de mí mismo sólo han visto tres hombres nórdicos vivientes. No se encuentra a mucha distancia del metro, pero está a siglos de él en cuanto a espíritu se refiere. Me decidí a alquilarlo debido al extraño pozo con paredes de ladrillos que hay en la bodega. El edificio está casi en ruinas, por lo que a nadie se le ocurriría ir a vivir allí. Me avergonzaría confesarte lo que pago por él. He tapiado las ventanas ya que no necesito luz solar para mi tarea. He instalado el taller en la bodega, lugar donde la inspiración se vuelve más intensa, pero también tengo otras habitaciones con muebles en la planta baja. El edificio pertenece a un siciliano y para alquilárselo he usado el nombre de Peters.

»Si te animas, te llevo esta noche. Estoy seguro de que los cuadros te gustarán mucho, puesto que en ellos está lo mejor de mí. No tendremos que caminar mucho. Siempre voy a pie para no llamar la atención con un taxi en semejante lugar. Tomaremos el metro en la South Station e iremos hasta Battery Street. Luego un pequeño paseo y llegaremos.

Entenderás, Eliot, si te digo que, tras semejante discurso, habría acompañado a Pickman hasta el mismo infierno. Tomamos el metro en la South Station y muy cerca de las doce nos encontrábamos en la Battery Street, caminando a lo largo del muelle dejando atrás Constitution Wharf. No me fijé en los cruces y no sé exactamente por donde pasamos, pero estoy seguro de que no fue por Greenough Lane.

Después, subimos por todo el largo de una desierta callejuela que era la más vieja y la más sucia que había visto en toda mi vida, salpicada por casas de tejados reventados, ventanas astilladas y maltrechas chimeneas a medio desintegrarse, que, sin embargo, aún se erguían contra el cielo. Me dio la impresión de que todas las casas que yo veía también las había visto Cotton Mather. Desde luego, vislumbre por lo menos dos con alero y me pareció ver una hilera de casas de tejado puntiagudo, al olvidado estilo holandés, ese que dicen los historiadores que ya no existe en Boston.

Al llegar a una esquina mezquinamente iluminada torcimos a la izquierda y tomamos un callejón mucho más estrecho, igualmente silencioso, pero sin luz alguna. De pronto nos detuvimos y Pickman extrajo de entre sus ropas una linterna con la que proyectó un haz de luz contra una puerta antediluviana de madera tan podrida que parecía imposible que se tuviera en pie. Pickman la abrió y me invitó a entrar a un desierto vestíbulo que aún conservaba los rastros de lo que en otros tiempos supo ser un magnífico artesonado de roble. Era simple, por supuesto, pero claramente indicativo de la época de Andros, Phipps y la brujería. Luego me hizo franquear una puerta a la izquierda, encendió una lámpara de petróleo y me invitó a que me pusiera cómodo, como si estuviera en mi propia casa.

Como sabes, Eliot, soy lo que se podría llamar un tipo duro, pero te confieso que lo que me enseñaban las paredes de aquella casa me hizo un nudo en el alma y las tripas. Eran los cuadros de Pickman —los que no podía pintar, ni mucho menos exhibir, en la Newbury Street— y... ¡cómo contártelo! Mejor vamos a tomar otra copa. La necesito.

Carece de sentido que intente describirte aquellas telas, porque ¿cómo hacer para describir el más terrible, herético horror, y la más hedionda descomposición moral mediante unas simples pinceladas de color puestas sobre un plano? No se veía en esas obras la técnica sofisticada que se advierte en Sidney Sime, ni siquiera los panoramas o la vegetación cósmica que Clark Ashton Smith[15] emplea para suscitar el horror. Los contornos recogían por lo general los desdibujados rasgos de antiguos cementerios, bosques tenebrosos, rocas linderas al mar, túneles revestidos de ladrillos, viejas habitaciones artesonadas o sencillas criptas de mampostería. El cementerio de la Copp's Hill, que seguramente no se encontraba muy lejos de dónde estábamos, era el escenario predilecto.

Sobre las figuras del primer plano, se cebaban la locura y la deformidad, puesto que, como sabes, en la pintura de Pickman predomina el retrato satánico. Las figuras no eran del todo humanas; más bien, intentaban acercarse a diversos grados de lo humano. La mayor parte de los seres, apenas bípedos, ostentaban un aire canino. ¡Me parece verlos! Estaban ocupados en... Mejor no me pidas que dé detalles. Por lo general se hallaban alimentándose. No te voy a decir en qué consistía su alimento. Algunas veces se agrupaban en cementerios o pasadizos subterráneos y de vez en cuando se disputaban su presa... o, mejor dicho, su preciado botín. Y, sobre todo, esa maldita expresividad que Pickman sabía insuflar a los cegados rostros del macabro botín. En algunos cuadros las criaturas saltaban a través de una ventana abierta al corazón de la noche o anidaban en el pecho de algún ser durmiente para entretenerse con su garganta. Una de las pinturas mostraba a una

---

[15] CLARK ASHTON SMITH (1893-1961) pintor, ilustrador y escritor amigo de Lovecraft y miembro del Círculo que lleva su nombre. *(N. del T.)*

jauría de aquellas repugnantes criaturas aullando en torno a una bruja empalada en la Gallows Hill, cuya fisonomía tenía una notable similitud con la de los seres que la rodeaban.

Pero no creas que lo que me provocó náuseas de aquellos cuadros fue su temática. No soy un niño y bien cierto es que he visto imágenes similares muchas veces. Fueron los rostros, Eliot, aquellos rostros que parecían escapar de la tela movidos por un hálito vital. En este mismo momento podría jurarte que estaban vivos. Dame otro trago, Eliot.

Recuerdo una tela llamada «La lección»... ¡Dios Santo! No sé si puedes llegar a imaginar a un grupo de esos seres dispuesto en un semicírculo en un cementerio entregados a la tarea de enseñar a un niño a alimentarse como ellos. Supongo que se trataría del final de uno de esos intercambios... Seguramente conoces la vieja historia de que los seres sobrenaturales practican unas terribles sustituciones, dejando en las cunas a sus propias crías y llevándose a los niños que duermen en ellas. Ese cuadro de Pickman mostraba qué les ocurre a esos niños robados, cómo se desarrollan... Y desde ese momento empecé a advertir una espantosa similitud entre los rostros de las figuras humanas y las no humanas. En lo esencial Pickman se dedicaba a establecer, con todos los grados de morbosidad posibles, un siniestro nexo evolutivo entre lo cabalmente humano y lo envilecidamente inhumano. En su origen, aquellos seres caninos... ¡Eran seres humanos!

Tampoco me quedé con la duda de qué es lo que sucede con las crías que dejaban en las cunas, a modo de intercambio, porque había un cuadro que puso bien claro ante mis ojos los que pasaba con ese tema. La tela representaba los interiores de una casa puritana, adornada con muebles del siglo XVII, y una reunión familiar en torno al padre, que leía las Escrituras. Todos los rostros, a excepción de uno, trasmitían integridad y solemnidad; el diverso exhalaba la más repulsiva mofa. Se trataba de un joven, por lo que podía inferirse hijo de aquel piadoso padre, aunque su hermandad con los seres infrahumanos era indudable. Era el producto de uno de aquellos trueques... y en un impulso de ironía superior, Pickman había conferido a las facciones del joven una estremecedora semejanza con las suyas propias.

En ese momento, Pickman prendió la luz de una lámpara en la habitación de al lado y me invitó a pasar para enseñarme sus últimos estudios. Aún no había abierto la boca para comunicarle mis impresiones sobre lo que había visto —el terror y la emoción me habían dejado sin palabras—, pero él percibió claramente mi estado anímico y, sin duda, se sintió halagado. Nuevamente, Eliot, quiero que tengas en cuenta que no soy un payaso capaz de ponerse a gritar frente a cualquier espectáculo que se aparte de lo que llamamos normal. Soy lo bastante mayor como para no dejarme impresionar con facilidad. No obstante, lo que vi en aquella habitación me arrancó un grito y me vi obligado a asirme al marco de la puerta para no caer al piso. La primera de las salas era el reino de una cantidad de vampiros y de brujas poblando el mundo de nuestros antepasados, pero esta habitación se ocupaba del horror que anida en nuestra vida cotidiana.

¿De dónde sacaba Pickman la inspiración para pintar esas cosas? Había un ensayo llamado «Ataque en el Metro», donde se veía a una jauría de seres diabólicos surgiendo de una descomunal catacumba por una grieta del suelo y atacando a una multitud que esperaba en el andén. Otro mostraba una danza en la Copp's Hill entre las tumbas, pero en la actualidad. También había varias vistas de sótanos, con monstruos medio asomados por agujeros y grietas de la mampostería, haciendo siniestros gestos sin dejar de mantenerse agazapados tras barriles o calefactores a la espera de la primera víctima que bajara por la escalera.

Otro cuadro repulsivo estaba centrado en un sector enorme de las Beacon Hill, mostrando un denso ejército de mefíticos seres que brotaban de miles de agujeros que tapizaban el suelo. Había otros trabajos sobre ritos en cementerios, pero lo que más me perturbó fue una escena en una cripta perdida donde una muchedumbre de pequeñas bestias se arremolinaba en torno a otra que, con una conocida guía de Boston en sus manos, la leía evidentemente en voz alta. Todas las bestias señalaban un mismo pasaje y sus rostros estaban crispados por una risa epiléptica, cuya resonancia casi me pareció oír. El título de la tela era: «Holmes, Lowell y Longfellow están enterrados en Mount Auburn[16]».

Recobré algo de aplomo y de serenidad, mientras me iba adaptando a aquella segunda habitación diabólica y morbosa, y comencé a analizar mi propio estado de ánimo. En primer término, dilucidé

---

[16] OLIVER WENDELL HOLMES (1809-1894), JAMES RUSSELL LOWELL (1819-1891) y HENRY WADSWORTH LONGFELLOW (1807-1882) son tres escritores norteamericanos del siglo XIX que, efectivamente, están enterrados en el cementerio de Mount Auburn, en Boston. *(N. del T.)*

que todo aquello me producía asco porque evidenciaba la falta de humanidad y la crueldad falta de toda piedad de Pickman. Sin duda debía de ser un declarado enemigo de la humanidad para regodearse de aquella manera con la tortura del espíritu y de la carne, y con la degradación de lo humano. En segundo lugar, toda aquella pintura era aterradora debido a su propia grandeza. El suyo era un arte que persuadía: al mirar sus cuadros veíamos a los demonios en persona y, por supuesto, nos inspiraban miedo. Y, lo más curioso de todo era que Pickman pintaba de un modo lineal, sin recurrir a ningún truco o efectismo, sin difuminaciones de la luz o distorsión de lo real: los perfiles eran nítidos y los detalles eran lamentablemente definidos. ¡Y qué decirte de las caras!

Lo que se reflejaba en sus obras era algo que iba más allá que la interpretación de la realidad de un artista; se trataba del mismo infierno, volcado con una similitud inimaginable. No era posible confundir a Pickman con un fantasioso o con un romántico: su tarea se limitaba a reflejar un mundo terrible que él veía cristalinamente. Sólo Dios puede saber dónde había capturado las heréticas formas que se veían en los cuadros, pero fuere cual fuese el origen de sus imágenes, algo era más que evidente: en cuanto a concepción y ejecución, Pickman era un pintor realista y casi científico.

A continuación, mi anfitrión me guio al sótano, donde se encontraba su verdadero estudio. Cuando llegamos al pie de la húmeda escalera, Pickman dirigió el haz de luz de su linterna a un rincón, donde se veía un círculo de ladrillos que era evidentemente el brocal de un pozo de grandes dimensiones, excavado en el suelo. Al acercarnos comprobé que el orificio medía aproximadamente un metro y medio de diámetro, con paredes que tendrían treinta centímetros de espesor y que sobresalían unos quince centímetros por encima del nivel del suelo. Tenía toda la pinta de tratarse de una de esas sólidas obras del siglo XVII. Según me explicó Pickman, se trataba de un acceso para conectarse con la red de túneles que surcaba las entrañas de la colina, de la que me había hablado antes. Advertí que el pozo estaba cubierto con un disco de madera. Al pensar en los sitios adónde debía llevar aquel agujero, si es que las desatinadas revelaciones de Pickman tenían algo de verdad, un estremecimiento recorrió todo mi cuerpo. Continuamos avanzando y, a través de una carcomida puerta, mi anfitrión me hizo pasar a una habitación bastante grande, con piso de madera y equipada propiamente como el estudio de un pintor. Una instalación de gas acetileno aportaba la luz necesaria para trabajar allí.

Colocados sobre caballetes, o sencillamente apoyados en la pared, tenía allí una serie de cuadros sin acabar que producían el mismo horror que los que había visto arriba y volvían a dar fe de la meticulosidad que caracterizaba al artista. El esbozo de las escenas era muy cuidadoso y las líneas de lápiz revelaban el cuidado con que Pickman trataba de conseguir la perspectiva y las proporciones precisas. Era un gran pintor, y puedo seguir diciéndolo ahora, pese a todo lo que sé. Una enorme cámara fotográfica que se hallaba sobre una mesa atrajo mi atención: Pickman me explicó que la empleaba para fotografiar paisajes que luego ponía de fondo en sus telas; con este método se ahorraba el tener que cargar con todos sus cacharros de un lado para otro, hasta dar con el paisaje adecuado. Sostenía que una fotografía era tan buena como un paisaje o un modelo real y que por eso recurría a ellas habitualmente.

Aquellos repulsivos bocetos y todas esas monstruosidades a medio pintar que se agazapaban en todos los rincones del estudio eran realmente perturbadores, pero cuando Pickman levantó una tela enorme que cubría uno de los caballetes, no pude contener un nuevo grito de pavor y ya era el segundo de aquella noche. Sus ecos rodaron en una y otra de las oscuras bóvedas de aquella húmeda y salitrosa bodega y fue grande el esfuerzo que implicó contenerme para no estallar en una histérica carcajada. ¡Santo Dios! Aún hoy no puedo saber hasta qué punto lo que tenía delante era real o fantasía.

En el cuadro se mostraba a un enorme e indescriptible monstruo de ojos rojos y encendidos que sostenía en sus garras afiladas a un ser que parecía humano, al que mordía la cabeza con el mismo deleite que un niño come una golosina. Estaba de cuclillas y cuando lo miraba, me daba la sensación atroz de que en cualquier instante podía arrojar su presa y saltar a procurarse una golosina más apetecible.

A pesar de esta impresión heladora y terrible, lo peor no era el canino rostro de orejas puntiagudas ni sus ojos encendidos en sangre, ni la deforme nariz, ni las fauces de las que chorreaba una baba rosácea. Tampoco eran las garras con escamas ni la repulsiva vellosidad que cubría su cuerpo, ni sus pies ungulados, si bien cualquiera de estos detalles por sí mismos podría haber desestabilizado a un hombre impresionable.

Lo que de verdad impactaba, Eliot, era la técnica. La maldita, implacable, inhumana técnica. Hasta aquella noche no me había sido dado ver sobre una tela un impulso vital de manera tan impiadosamente real. El monstruo estaba entre nosotros, miraba con ferocidad y mordía y mordía, y miraba con ferocidad, y comprendí que sólo un paréntesis breve en la vigencia de las leyes de la naturaleza había permitido a un hombre pintar una cosa como aquella sin un modelo... y sin haber frecuentado ese mundo infrahumano que ningún mortal que no haya vendido el alma al diablo ha conseguido ver.

Pegado a una parte de la tela, como si estuviera allí puesto de forma accidental, se veía un trozo de papel arrugado que, en principio, pensé que se trataba de una de las fotografías que Pickman usaba para lograr el fondo de la espantosa escena que era el motivo central del cuadro. Cuando iba a alisarlo para observarlo más cuidadosamente, Pickman se sobresaltó y reaccionó de manera rápida y algo violenta. Mi grito parecía haber despertado inusitados ecos en la lóbrega bodega y noté que mi anfitrión estaba prestando atención con singular cuidado a posibles ruidos de respuesta. Ahora él también parecía ser presa del miedo, aunque a diferencia del que yo experimentaba, en su caso parecía más físico que espiritual. Se sacó un revólver del bolsillo y con una seña me recomendó que guardara silencio. Avanzó hacia el interior de la bodega, cerró la puerta y me dejó solo en el estudio.

Estaba paralizado de miedo. Agucé el oído y me pareció percibir un sonido sutil en alguna parte, como de alguien arrastrándose por el suelo y a continuación agudos chillidos y golpes fuertes, aunque no podía determinar su procedencia. Mi conmovida imaginación pensó que se trataría de ratas enormes, pero un nuevo sonido consiguió ponerme la piel de gallina: el estrépito de una pesada madera al caer sobre una piedra o ladrillo. ¿Madera sobre ladrillo? Esa combinación me llevaba a un sitio en concreto.

El ruido volvió a sonar, pero con mayor intensidad y seguido de una vibración como si la madera hubiese caído más lejos que la primera vez. No se habían apagado las vibraciones cuando resonaron, uno tras otro, los seis disparos del revólver, distanciados entre sí de un modo especial, como si lo hiciera un domador de leones deseoso de impresionar a su público. Pocos momentos después se abrió la puerta y Pickman entró con su arma humeante y maldiciendo a las ratas que pululaban en el viejo pozo.

—Sólo el diablo sabe qué comen allí, Thurber —dijo sarcástico—, esos túneles tan antiguos comunican con cementerios, refugios de brujas y el mar. Tus gritos seguramente las habrán excitado. No me voy a quejar, después de todo: le dan un poco de atmósfera y color al lugar, ¿no te parece?

La aventura de aquella noche concluyó de ese modo y Pickman cumplió ampliamente con la promesa que me había hecho de mostrarme aquel lugar. Abandonamos el laberinto de callejuelas por otra dirección, ya que de pronto me encontré en la muy familiar Charter Street, aunque estaba demasiado impresionado como para recordar el camino que habíamos usado para llegar hasta allí. Era demasiado tarde como para tomar el metro, así que regresamos a pie por la Hannover Street. Recuerdo muy bien la caminata. Doblamos en Tremont y luego de subir por Beacon llegamos hasta la esquina de Joy, donde Pickman me dejó. Fue la última vez que lo vi.

¿Que por qué? Ten paciencia. Deja que me pida otro trago... No... No fue por los cuadros que vi en aquel sótano, aunque es cierto que hubieran sido motivo más que suficiente para que a Pickman le hubieran prohibido el acceso a nueve de cada diez hogares de Boston. Espero que ahora comprendas la razón de mi fobia a bajar a los túneles del metro y a sótanos. Me aparté de él por algo que encontré a la mañana siguiente en uno de los bolsillos de mi abrigo. Sí, el papel arrugado que estaba prendido a la espantosa tela de la bodega, lo que yo había pensado que era una fotografía con algún paisaje que Pickman se proponía emplear como fondo para el monstruo. Seguramente cuando se produjo el sobresalto súbito de Pickman, me eché inadvertidamente el papel en el bolsillo antes de mirarlo. Y bien, aquí está el trago, Eliot. Te aconsejo que te lo tomes sin agua.

Es este papel el causante de mi distanciamiento de Pickman, de Richard Upton Pickman, el artista más notable que he conocido... Y el ser más execrable que haya atravesado jamás los límites de la vida para caer en el abismo de la leyenda y de la locura. Reid estaba en lo cierto: Pickman no es humano.

Quemé aquel papel nada más ver su contenido y no me pidas que te explique ni hagas conjeturas. Simplemente, hay secretos que se remontan a la época de los juicios de Salem y no olvides que Cotton Mather cuenta cosas aún mucho más extrañas. Bien sabes lo endemoniadamente expresivos que eran los cuadros de Pickman y todas las veces que nos preguntamos de dónde habría sacado aquellos rostros.

Bueno... Una cosa si puedo confesarte sobre aquel papel: era una fotografía, pero no de un paisaje para ser empleado como fondo. En la imagen se veía al ser monstruoso que estaba retratando en aquella terrible tela. Era el modelo que le había servido de inspiración y el fondo no era más que la pared de la bodega registrada con todos sus detalles. Por Dios, Eliot, date cuenta de que era una fotografía tomada del natural.

HECHOS QUE SE REFIEREN AL DIFUNTO ARTHUR JERMYN Y SU FAMILIA
(1920)

CAPÍTULO PRIMERO

La vida es una cosa horrible y, en el fondo, detrás de lo que sabemos de ella, hay una verdad demoníaca que la hace en ocasiones mil veces más horrible. La ciencia, que ya es agobiante con sus continuas revelaciones, será quizá el último exterminador de la especie humana, si acaso somos una especie aparte, ya que su reserva de horrores inimaginables lanzada sobre el mundo nunca podría ser soportada por cerebros mortales. Si supiéramos lo que en verdad somos, deberíamos hacer lo que hizo sir Arthur Jermyn, y Arthur Jermyn empapó sus ropas de aceite una noche y se prendió fuego. Nadie colocó los fragmentos carbonizados en una urna ni alzó un memorial para conmemorar lo que había sido, porque se encontraron ciertos papeles y cierto objeto en una caja que causaron que los hombres quisieran olvidarlo. Algunos de los que lo conocieron ni siquiera admiten que alguna vez existió.

Arthur Jermyn salió al páramo y se quemó después de ver el objeto que contenía una caja que le llegó desde África. Fue este objeto, y no su peculiar apariencia personal, lo que le llevó a acabar con su vida. A muchos no les habría gustado vivir si tuvieran las características peculiares de Arthur Jermyn, pero él había sido poeta y erudito y no le había importado. El aprendizaje estaba en su sangre, porque su bisabuelo, sir Robert Jermyn, Bt.[17], había sido un antropólogo notable, mientras que su tatarabuelo, sir Wade Jermyn, fue uno de los primeros exploradores de la región del Congo y había escrito con gran erudición sobre sus tribus, animales y supuestas antigüedades. De hecho,

---

[17]   Bt. es la abreviatura de *baronet,* el título nobiliario hereditario más bajo del escalafón británico. *(N. del T.)*

el viejo sir Wade había poseído un celo intelectual casi equivalente a una manía; sus extrañas conjeturas sobre una civilización congoleña blanca prehistórica le hicieron ganarse muchas burlas cuando su libro, *Observaciones sobre diversos lugares de África,* fue publicado. En 1765, este intrépido explorador fue ingresado en un manicomio de Huntingdon.

La locura estaba en todos los Jermyn, y la gente se congratulaba de que no hubiera muchos de ellos. La estirpe no ramificó y Arthur era el último. De no haberlo sido, no se puede decir cómo habría reaccionado cuando llegó el objeto. Los Jermyn nunca fueron bien vistos, había algo en ellos que estaba mal, aunque Arthur era el peor y eso que los viejos retratos familiares de Jermyn House anteriores a la época de sir Wade mostraban unos rostros bastante bien parecidos. Ciertamente, la locura comenzó con sir Wade, cuyas salvajes historias de África fueron a la vez el deleite y el terror de sus pocos amigos. Tenía una colección de trofeos y especies que no era como los que un hombre normal acumularía y preservaría. Su extrañeza se veía claramente en el aislamiento al que tenía sometida a su esposa, a la manera oriental. Esta, según contaba él, era la hija de un comerciante portugués que había conocido en África, al que no le gustaban las costumbres inglesas. Ella lo había acompañado, con un hijo recién nacido en África, por el segundo y más largo de sus viajes y volvió a ir con él al tercero y último, del que no regresó jamás. Nadie la había visto de cerca, ni siquiera los sirvientes, pues al parecer tenía un carácter violento y singular. Durante su breve estadía en Jermyn House, ocupó el ala más remota y sólo su esposo la atendía. Sir Wade mostraba, de hecho, una peculiar solicitud por su familia, porque cuando regresara a África, no permitía que nadie cuidara de su pequeño hijo, salvo una repugnante mujer negra de Guinea. Al regresar, después de la muerte de *lady* Jermyn, él mismo asumió el cuidado completo del niño.

Pero fue la forma de hablar de sir Wade, especialmente cuando estaba borracho, lo que principalmente indujo a sus amigos a considerarlo loco. En una era racional como el siglo XVIII, no era prudente que un erudito hablara sobre paisajes salvajes y escenas disparatadas bajo la luna del Congo; de los gigantescos muros y pilares de una ciudad olvidada, desmoronada y cubierta de vegetación, y de húmedos y silenciosos escalones de piedra que bajan interminablemente hacia la oscuridad de las abultadas bóvedas llenas de tesoros e inconcebibles catacumbas. Especialmente era imprudente su delirio sobre los seres vivos que se podían encontrar en ese lugar; criaturas híbridas medio salvajes y medio de aquella ciudad impía y envejecida, criaturas fabulosas que incluso Plinio[18] describiría con escepticismo; seres que podrían haber surgido después de que los grandes monos hubieran invadido la ciudad moribunda con sus paredes y pilares, sus bóvedas y extrañas tallas. Sin embargo, después de regresar a casa por última vez, sir Wade mencionaba tales asuntos con un entusiasmo increíblemente extraño, sobre todo después del tercer trago en el Knight's Head[19]; alardeando de lo que había encontrado en la jungla y de cómo había vivido entre las terribles ruinas que sólo él conocía. Y al final, relató tales cosas sobre los seres que allí vivían que fue llevado al manicomio. Pero se arrepintió muy poco cuando se vio encerrado en la habitación de Huntingdon, porque su mente funcionaba de otra manera. Desde que su hijo había comenzado a crecer y dejar atrás la infancia, cada vez le gustaba menos su hogar, hasta que por fin parecía temerlo. El Knight's Head se había convertido en su cuartel general y cuando lo recluyeron, expresó cierta vaga gratitud por sentirse a salvo. Tres años después murió.

El hijo de Wade Jermyn, Philip, era una persona muy peculiar. A pesar del enorme parecido físico con su padre, su aspecto y su conducta eran tan toscos, en infinidad de detalles, que fue rechazado universalmente. Aunque no heredó la locura como temían algunos, era densamente estúpido y le daban breves episodios de violencia incontrolable. De cuerpo era más bien pequeño, pero poderosamente fuerte y tenía una agilidad increíble. Doce años después de heredar su título, se casó con la hija de su guardabosques, una persona que se decía que era de origen gitano, pero no había nacido aún su hijo cuando se unió a la Armada como un marinero común, colmando la indignación general que sus hábitos y desigual casamiento habían generado. Después del final de la Guerra de Estados Unidos, se supo que era marino mercante en un buque que comerciaba con África, adquiriendo una gran reputación por sus hazañas, hombre fuerte y excelente gaviero,

---

[18] GAYO PLINIO SEGUNDO, Plinio el Viejo, sabio, naturalista y militar romano que vivió en el siglo I de nuestra era, conocido por su «Historia naturalis». (N. del T.)

[19] Knight's Head, Cabeza de caballero, será probablemente el nombre de un *pub* inglés. (N. del T.)

pero una noche desapareció del barco cuando estaba fondeado en la costa del Congo.

En el hijo de sir Philip Jermyn, la ya aceptada peculiaridad familiar dio un giro extraño y fatal. Alto y bastante guapo, con una especie de extraña gracia oriental a pesar de algunas pequeñas rarezas de proporción, Robert Jermyn comenzó su vida como erudito e investigador. Fue él el primero que estudió científicamente la vasta colección de reliquias que su loco abuelo había traído de África y quien hizo el nombre de la familia tan célebre en la etnología como en la exploración. En 1815, sir Robert se casó con una hija del séptimo vizconde Brightholme y posteriormente fue bendecido con tres hijos, el mayor y el más joven de los cuales nunca fueron vistos públicamente debido a deformidades en la mente y el cuerpo. Aterrado por estas desgracias familiares, el científico buscó alivio en el trabajo e hizo dos largas expediciones en el interior de África. En 1849 su segundo hijo, Nevil, una persona singularmente repelente que parecía combinar la seguridad de Philip Jermyn con la arrogancia de los Brightholmes, huyó con una vulgar bailarina, aunque fue perdonado a su regreso al año siguiente. Regresó a Jermyn House, viudo y con un niño pequeño, Alfred, que un día sería el padre de Arthur Jermyn.

Los amigos de sir Robert Jermyn aseguraban que toda esta serie de aflicciones fue lo que acabó trastornando su mente, aunque lo más probable es que la causa del desastre fuera sólo un poco de folclore africano. El anciano erudito había estado recolectando leyendas de las tribus onga cerca del terreno que había explorado su abuelo y él mismo, esperando en cierta forma cotejar los salvajes cuentos de sir Wade sobre una ciudad perdida poblada por extrañas criaturas híbridas. Una cierta coherencia en los extraños documentos de su antepasado sugería que la imaginación del loco podría haber sido estimulada por mitos nativos. El 19 de octubre de 1852, el explorador Samuel Seaton visitó Jermyn House con un manuscrito de notas recogidas entre los onga, creyendo que ciertas leyendas de una ciudad gris de monos blancos gobernados por un dios blanco podrían ser valiosas para el etnólogo. En su conversación, probablemente proporcionó muchos detalles adicionales, cuya naturaleza nunca se conocerá, ya que de pronto acaeció una serie de tragedias horribles. Cuando sir Robert Jermyn salió de su biblioteca, dejó atrás el estrangulado cadáver del explorador y, antes de que pudiera ser detenido, había acabado con sus tres hijos: los dos que nunca habían sido vistos y el hijo que se había escapado. Nevil Jermyn murió defendiendo con éxito a su propio hijo de dos años que, aparentemente, estaba incluido en el plan del viejo asesino. El mismo sir Robert, después de repetidos intentos de suicidio y una terca negativa a emitir un sonido articulado, murió de apoplejía en su segundo año de prisión.

Sir Alfred Jermyn era *baronet* antes de su cuarto cumpleaños, pero sus gustos nunca se ajustaron a su dignidad. A los veinte años se había unido a una banda de intérpretes de *music-hall,* y a los treinta y seis había abandonado a su esposa y a su hijo para viajar con un circo americano itinerante. Su final fue bastante horrible. Entre los animales del espectáculo con el que viajaba, había un enorme gorila macho de color más claro que lo normal; una bestia sorprendentemente dócil muy querida por los artistas. Con este gorila, Alfred Jermyn estaba singularmente fascinado, y en muchas ocasiones los dos se miraban durante largo rato a través de los barrotes de la jaula. Con el tiempo, Jermyn obtuvo permiso para entrenar al animal, asombrando al público y a los otros artistas con sus logros. Una mañana en Chicago, cuando el gorila y Alfred Jermyn estaban ensayando un combate de boxeo sumamente ingenioso, el simio lanzó un golpe con más fuerza que de costumbre, lastimando al mismo tiempo el cuerpo y la dignidad del entrenador aficionado. A los miembros de «El mayor espectáculo del mundo» no les gusta hablar de lo que sucedió a continuación. No se esperaban oír de sir Alfred Jermyn un grito tan agudo e inhumano, ni verlo agarrar a su torpe antagonista con ambas manos, tirarlo al suelo de la jaula y morderlo diabólicamente en la garganta peluda. Al gorila le pilló desprevenido, pero no por mucho tiempo, y antes de que su habitual entrenador pudiera hacerle daño, el cuerpo que había pertenecido a un *baronet* había quedado irreconocible.

CAPÍTULO II

Arthur Jermyn era hijo de sir Alfred Jermyn y de una cantante de *music-hall* de origen desconocido. Cuando el esposo y padre abandonó a su familia, la madre llevó al niño a Jermyn House, donde no quedaba nadie para oponerse a su presencia. No le faltaban nociones de lo que debe ser la dignidad de un noble y se aseguró de que su hijo recibiera la mejor educación que su limitado pecunio podía proporcionarle. Los recursos familiares ahora eran tristemente escasos y Jermyn House había caído en un lamentable mal estado, pero el joven Arthur amaba aquel viejo edificio y todo lo que contenía. No era como los otros de su estirpe, sino poeta y soñador. Algunas de las familias vecinas, que habían escuchado historias sobre la invisible esposa portuguesa de sir Wade Jermyn, aseguraban que se notaba que parte de su sangre era latina, pero la mayoría de las personas simplemente se burlaban de su sensibilidad por la belleza, atribuyéndolo a una madre cantante de *music-hall,* que no estaba socialmente reconocida. La delicadeza poética de Arthur Jermyn era más notable aún debido a su aspecto de persona grosera. La mayoría de los Jermyn tenían una apariencia sutilmente extraña y repelente, pero el caso de Arthur era muy llamativo. Es difícil decir exactamente a qué se parecía, pero su expresión, su ángulo facial y la longitud de sus brazos daban una sensación de repulsión a quienes lo conocían por primera vez.

Pero su inteligencia y su carácter subsanaban el aspecto de Arthur Jermyn. Bien dotado y educado, obtuvo los máximos honores en Oxford y parecía destinado a redimir la fama intelectual de su familia. Aunque de temperamento poético más que científico, planeó continuar el trabajo de sus antepasados en etnología y antigüedades africanas, utilizando la colección verdaderamente maravillosa, aunque extraña, de sir Wade. Su fantasiosa mente, a menudo se centraba en la civilización prehistórica en la que el loco explorador había creído tan explícitamente, y tejía un cuento tras otro sobre aquella ciudad de la jungla silenciosa mencionada en las notas y párrafos más desquiciados de su antepasado. Para las revelaciones misteriosas que concernían a una raza desconocida e insospechada de híbridos, despertó en él un sentimiento peculiar mezcla de terror y atracción; especulaba sobre la posible base de tal fantasía y trataba de sacar algo en claro de los datos más recientes recogidos por su bisabuelo y por Samuel Seaton entre los onga.

En 1911, después de la muerte de su madre, sir Arthur Jermyn decidió dedicarse por completo a sus investigaciones. Vendió una parte de su patrimonio para obtener el dinero necesario, equipó una expedición y se embarcó hacia el Congo. Organizó una partida de guías con las autoridades belgas, pasó un año en el país de Onga y Kaliri, encontrando datos que superaban sus expectativas. Entre los kaliri había un anciano jefe llamado Mwanu, que no sólo poseía una memoria altamente retentiva, sino también un grado singular de conocimiento de las antiguas leyendas. Este anciano le confirmó cada historia que Jermyn había escuchado, agregando su propia versión sobre la ciudad de piedra y los simios blancos, tal y como se la habían relatado.

Según Mwanu, la antigua ciudad y las criaturas híbridas ya no existían: fueron aniquiladas por guerreros n'bangus hacía muchos años. Esta tribu, después de destruir la mayoría de los edificios y matar a todos los seres vivos, se había llevado a la diosa disecada que había sido el objetivo de su ataque, la diosa simia blanca que aquellos seres extraños adoraban y que según la tradición del Congo era la efigie de una princesa que había reinado entre aquellos seres. El aspecto que hubieran podido tener las criaturas blancas parecidas a simios, Mwanu no lo conocía, pero pensaba que fueron ellos los que construyeron la ciudad ahora en ruinas. Jermyn no fue capaz de conseguir más que conjeturas, pero con un minucioso interrogatorio obtuvo una leyenda muy pintoresca sobre la diosa disecada.

La princesa-mono, se decía, se había convertido en la consorte de un gran dios blanco que había llegado de occidente. Durante mucho tiempo habían reinado juntos sobre la ciudad, pero cuando tuvieron un hijo, los tres se fueron. Más tarde, el dios y la princesa regresaron y, tras la muerte de esta, su divino esposo había momificado el cuerpo y lo había consagrado en una enorme casa de piedra, donde se la adoraba. Luego se había marchado solo. La leyenda aquí parecía presentar tres variantes. Según una de ellas, no sucedió nada más, excepto que la diosa disecada se convirtió en un símbolo de supremacía para cualquier tribu que la poseyera. Fue por esta razón que los n'bangus se la llevaron. Una segunda historia hablaba del regreso y la muerte del dios a los pies de su consagrada esposa. Y una tercera, hablaba del regreso del hijo, convertido en hombre, o simio o dios, como fuera el caso, pero inconsciente de su identidad. Sin duda, los imaginativos negros habían aprovechado al máximo cualquier detalle que estuviera cerca de la extravagante leyenda.

De la existencia de la ciudad de la jungla descrita por el viejo sir Wade, Arthur Jermyn no albergaba dudas; y casi no se asombró cuando a principios de 1912 descubrió lo que quedaba de ella. Aunque su tamaño debió haber sido exagerado en las crónicas, las piedras diseminadas no mentían: no se trataba de una mera aldea de negros. Desafortunadamente, no pudieron encontrar las tallas y el reducido tamaño de la expedición impidió las operaciones para despejar el único pasaje visible que parecía conducir hacia el sistema de bóvedas subterráneas que sir Wade había mencionado. Preguntó sobre los simios blancos y la diosa disecada con todos los jefes nativos de la región, pero tuvo que ser un europeo quien mejorara los datos ofrecidos por el viejo Mwanu. M. Verhaeren, agente belga en un puesto de comercio en el Congo, creía que no sólo podía localizar a la diosa disecada, sino también recuperarla, ya que la había oído mencionar vagamente. Los antaño poderosos n'bangus eran ahora servidores sumisos del gobierno del rey Alberto y con poca persuasión podían ser inducidos a desprenderse de la espantosa deidad que se habían llevado. Así, cuando Jermyn regresó a Inglaterra, lo hizo con la enorme expectativa de que en unos pocos meses recibiría una valiosa reliquia etnológica que confirmaría la más demente de las narraciones de su tatarabuelo, es decir, la más descabellada que jamás hubiera escuchado. Los campesinos que vivián en las inmediaciones de Jermyn House tal vez habían escuchado historias aún más desquiciadas, transmitidas por aquellos antepasados suyos que habían escuchado a sir Wade alrededor de las mesas del Knight's Head.

Arthur Jermyn esperó pacientemente la ansiada caja de M. Verhaeren, mientras estudiaba con mayor diligencia los manuscritos dejados por su loco ancestro. Comenzó a sentirse muy identificado con sir Wade, y se puso a buscar los vestigios de su vida personal en Inglaterra, así como de sus hazañas africanas. Los relatos orales sobre su misteriosa y aislada esposa habían sido numerosos, pero no quedaba ninguna huella tangible de su estancia en Jermyn House. Jermyn se preguntó qué circunstancia había provocado o permitido semejante encierro, pero concluyó que la causa principal había sido la locura de su marido. Su bisabuela, recordó, se dice que era hija de un comerciante portugués en África. Sin duda, su herencia práctica y su conocimiento superficial del Continente Oscuro la habían llevado a despreciar lo que contaba sir Wade sobre el interior del Congo, algo que un hombre así probablemente no perdonaría. Ella había muerto en África, quizá arrastrada por un marido decidido a demostrarle que él contaba la verdad, pero cuando

Jermyn se entregaba a estas conjeturas, no podía más que sonreír ante su inutilidad, un siglo y medio después de la muerte de sus dos extraños progenitores.

En junio de 1913, llegó una carta de M. Verhaeren, relatando el hallazgo de la diosa disecada. Era, según el belga, un objeto extraordinario; que iba bastante más allá de su capacidad para clasificarlo. Si era humano o simio, sólo un científico podía determinarlo, y el proceso de identificación se vería seguramente obstaculizado en gran medida por su mala conservación. El tiempo y el clima del Congo no son amables con las momias, especialmente cuando su preparación es obra, como parecía ser el caso aquí, de un aficionado. Alrededor del cuello de la criatura se había encontrado una cadena de oro con un medallón vacío en el que había grabado un escudo de armas, un objeto sin duda, arrebatado por los n'bangus a un infortunado viajero y colgado de la diosa a modo de amuleto. Al comentar sobre el contorno de la cara de la momia, M. Verhaeren sugirió una fantástica comparación o mejor, dijo con maravilloso sentido del humor que no le extrañaría nada si su corresponsal quedaba altamente impresionado, pero Jermyn estaba demasiado interesado en la parte científica del hallazgo, como para desperdiciar saliva con tonterías. La diosa disecada, escribió el belga, llegaría debidamente empaquetada aproximadamente un mes después de recibir la carta.

El objeto debidamente embalado se entregó en Jermyn House en la tarde del 3 de agosto de 1913 y fue llevado de inmediato a la gran cámara que albergaba la colección de especímenes africanos, según fueron dispuestos por sir Robert y Arthur. Lo que pasó a continuación se puede deducir mejor de lo que cuentan los sirvientes que de los objetos y documentos que se examinaron más adelante. De las distintas historias, la que cuenta el viejo mayordomo de la familia, Soames, es la más amplia y coherente. Según este hombre de confianza, sir Arthur Jermyn despidió a todos de la habitación antes de abrir la caja, pero el instantáneo sonido del martillo y el cincel indicó que no demoró mucho la operación. Nada se escuchó por algún tiempo que Soames no puede precisar, pero ciertamente menos de un cuarto de hora más tarde se escuchó el horrible grito, sin duda en la voz de Jermyn. Inmediatamente después, Jermyn salió de la habitación corriendo frenéticamente hacia la entrada de la casa, como si le persiguiera un enemigo horrible. La expresión de su rostro, que ya era suficientemente horrible en reposo, estaba más allá de toda descripción. Cerca de la puerta de entrada, pareció acordarse de algo y retrocedió para, finalmente, desaparecer por las escaleras hacia el sótano. Los sirvientes estaban completamente estupefactos sin dejar de mirar las escaleras, pero su amo no regresó. Un olor a aceite era todo lo que venía de las dependencias de abajo. Al anochecer se escuchó un ruido en la puerta que conducía desde el sótano al patio y un mozo del establo vio a Arthur Jermyn, brillando de pies a cabeza, por el olor que desprendía, embadurnado de aceite, salir furtivamente y desaparecer en el páramo negro que rodea la casa. Entonces, en una exaltación del horror supremo, todos vieron el final: una llama apareció en el páramo y una columna de fuego humano llegó a los cielos. La casa de Jermyn se había extinguido.

La razón por la que los fragmentos carbonizados de Arthur Jermyn no fueron recogidos y enterrados reside en lo que se encontró después en la caja. La diosa disecada era una visión nauseabunda, atrofiada y marchita, pero era claramente un mono blanco momificado de una especie desconocida, menos peludo que cualquier otra variedad registrada e infinitamente más cercana al género humano... Era muy sorprendente. La descripción detallada sería bastante desagradable, pero hay que destacar sobre todo dos detalles, ya que encajan con ciertas notas de las expediciones africanas de sir Wade Jermyn y con las leyendas congoleñas del dios blanco y la princesa-mono. Los dos detalles en cuestión son estos: el escudo de armas del medallón de oro que lucía alrededor del cuello de la criatura era el de los Jermyn y la sugerencia jocosa de M. Verhaeren acerca de cierto parecido relacionado con el rostro apergaminado se refería con horror vívido, horrible y antinatural nada menos que al sensible Arthur Jermyn, tataranieto de sir Wade Jermyn y una esposa desconocida. Los miembros del Real Instituto Antropológico quemaron aquella cosa y arrojaron el medallón a un pozo y algunos de ellos no admiten que Arthur Jermyn haya existido jamás.

HISTORIA DEL NECRONOMICÓN
(1927)

Título original: *Al Azif. Azif,* que es la palabra que emplean los árabes para designar el zumbido nocturno (provocado, en verdad, por insectos) atribuido al aullido de los demonios.

Escrito por Abdul Alhazred, poeta loco de Sana, Yemen, del que se dice que tuvo su esplendor durante el califato Omeya, hacia el año 700 de nuestra era. Visitó las ruinas de Babilonia y los secretos subterráneos de Memfis y vivió durante diez años en total soledad en el gran desierto del sur de Arabia, lo que los ancianos llaman «el espacio vacío» o *Roba el Khaliyeh,* que los árabes modernos llaman el Desierto Escarlata o *Dahna,* donde dicen moran espíritus malignos y monstruos tenebrosos. Cuantos han penetrado en esa región salen contando sucesos extraños y sobrenaturales. Alhazred vivió sus últimos años en la ciudad de Damasco, en Siria, donde aún hoy circulan rumores terribles, y a veces contradictorios, sobre la circunstancia de su muerte o desaparición en el año 738 a. C. y donde escribió el *Necronomicón (Al Azif).* Su biógrafo del siglo XII a. C., Aben Khallikan, cuenta que fue asesinado en pleno día por un monstruo invisible que lo devoró en presencia de un gran número de despavoridos testigos. Su locura también es fuente de rumores constantes. Se envanecía de haber visitado la fabulosa Iram, la Ciudad de los Pilares[20], y haber encontrado bajo sus ruinas, en una innombrable ciudad desértica, los anales secretos de una raza más antigua que la del hombre. Alhazred no era fiel del Islam, sino que adoraba a unas entidades desconocidas a las que llamaba Yog-Sothoth y Cthulhu.

En el año 950, el *Azif,* que durante mucho tiempo había circulado subrepticiamente entre filósofos de la época, fue traducido en secreto al griego por Theodorus Philetas de Constantinopla, bajo el título

---

[20] Iram, la Ciudad de los Pilares o de las Columnas, fue destruida por Allah. Cumple en el Corán la misma función que Sodoma y Gomorra. *(N. del T.).*

de *Necronomicón*. Durante un siglo, empujó a algunos investigadores a llevar a cabo experimentos terribles, por lo que fue prohibido y quemado por el patriarca Miguel. Después de aquello, sólo se oyó hablar de él furtivamente, hasta que, en 1228, Olaus Wormius halló una traducción al latín que posteriormente fue impresa dos veces: una en el siglo xv, en letras góticas, evidentemente en Alemania, y otra en el siglo xvii probablemente en España. Ninguna de las dos ediciones aclara este punto, por lo que su fecha y lugar de impresión se deduce de la tipografía empleada para imprimirlo. En 1232, el papa Gregorio IX lo incluyó en el índice de libros prohibidos, tanto su versión griega como latina, poco después de que su versión en latín llamara poderosamente la atención. La edición original en árabe se perdió en los tiempos de Wormius, tal y como se dice en su nota preliminar, y no hay rastro de la copia en griego (editada en Italia entre los años 1500 y 1550) después del incendio que tuvo lugar en la biblioteca de cierto personaje de Salem en 1692. Había también una traducción al inglés realizada por el doctor Dee, que jamás fue impresa, basada en el manuscrito original, de la que hoy solo quedan fragmentos. Los textos latinos que aún subsisten están, uno (el del siglo xv) guardado en el Museo Británico y el otro (del siglo xv) en la Biblioteca Nacional de París. La Biblioteca de Wiedener de Harvard guarda una versión del siglo xvii y hay otra copia en la biblioteca de la Universidad de Miskatonic, en Arkham; mientras que hay una más en la biblioteca de la Universidad de Buenos Aires. Es más que probable que existieran otras copias secretas y hay un rumor persistente que dice que una de las copias del siglo xv fue a parar a la colección de un célebre millonario norteamericano. Existe otro rumor que asegura que una copia del texto griego del siglo xvi es propiedad de la familia Pickman, de Salem; pero, de ser así, es casi seguro que esta copia desapareciera al mismo tiempo que el artista R.U. Pickman, en 1926. La obra está estrictamente prohibida por las autoridades y por todas las organizaciones legales inglesas. Su lectura puede traer consecuencias nefastas. Se cree que R.W. Chambers se basó en este libro para su obra *El rey en amarillo*.

Cronología

Al-Azif escrito en Damasco cerca del año 730 a. C., por Abdul Alhazred.

Traducción al griego con el título de *Necronomicón,* a cargo de Theodorus Philetas, en el año 950.

El patriarca Miguel lo prohíbe en 1050 (el texto griego). El árabe se ha perdido.

Olaus traduce el texto griego al latín en 1228.

La edición latina (y griega) es prohibida por el papa Gregorio IX en 1232.

En 14... (?) aparece una edición en letras góticas en Alemania.

En 15... (?) el texto griego es impreso en Italia.

En 16... (?) aparece una edición del texto latino en España.

LA BÚSQUEDA EN SUEÑOS
DE LA IGNOTA KADATH
(1927)

Tres veces soñó Randolph Carter con la maravillosa ciudad, y por tres veces fue súbitamente arrebatado del sueño cuando se hallaba en una elevada terraza que la dominaba. Toda la ciudad brillaba con los dorados fulgores del crepúsculo: las murallas, los templos, las columnatas y los puentes de veteado mármol, las fuentes de tazas plateadas y prismáticos surtidores que adornaban las grandes plazas y los perfumados jardines, las amplias avenidas bordeadas de árboles delicados, de jarrones atestados de flores, y de estatuas de marfil dispuestas en filas resplandecientes. Por las laderas del norte ascendían filas y filas de rojos tejados y viejas buhardillas picudas, entre las que quedaban protegidos los pequeños callejones empedrados, invadidos por la hierba. Había una agitación divina, un clamor de trompetas celestiales y un fragor de inmortales címbalos. El misterio envolvía la ciudad como envuelven las nubes una fabulosa montaña inexplorada; y mientras Carter, con la respiración contenida, se hallaba recostado en la balaustrada de la terraza, se sintió invadido por la angustia y la nostalgia de unos recuerdos casi olvidados, por el dolor de las cosas perdidas y por la apremiante necesidad de localizar de nuevo el que algún día fuera trascendental y pavoroso lugar.

Sabía que aquel lugar había tenido para él, en algún momento, un significado supremo; pero no recordaba en qué época ni en qué encarnación lo había visitado, ni si había sido en sueños o durante la vigilia. Vislumbraba vagamente alguna fugaz reminiscencia de una primera juventud lejana y olvidada, en la que el gozo y la maravilla henchían el misterio de los días, y el anochecer y el amanecer se sucedían bajo un ritmo igualmente impaciente y profético de laúdes y canciones, abriendo las puertas ardientes de nuevas y sorprendentes maravillas. Pero cada noche en que se encontraba en esa elevada terraza de mármol, ornada de extraños jarrones y balaustres esculpidos, y contemplaba, bajo una apacible puesta de sol, la belleza sobrenatural de la ciudad sentía el cautiverio en el que le tenían los dioses tiranos del sueño; de ningún modo podía dejar aquel elevadísimo lugar para bajar por la interminable escalinata de mármol hasta aquellas calles impregnadas de antiguos sortilegios que le fascinaban...

Cuando despertó por tercera vez sin haber bajado todavía aquella escalera, sin haber recorrido sus calles apacibles en el atardecer, suplicó larga y fervientemente a los dioses que dominan los sueños, que meditan ceñudos sobre las nubes que envuelven la ignota Kadath, ciudad de la inmensidad fría jamás pisada por el hombre. Pero los dioses no contestaron, ni se conmovieron, ni dieron ningún signo favorable cuando les imploró en sueños o cuando les ofreció sacrificios por medio de los sacerdotes Nasht y Kaman-Thah, de luenga barba, cuyo templo subterráneo, en el cual se venera una columna de fuego, se encuentra no lejos de las puertas del mundo de la vigilia. Parecía, al contrario, que sus súplicas habían sido escuchadas con hostilidad, ya que desde la primera invocación dejó radicalmente de contemplar la maravillosa ciudad, como si sus tres lejanas visiones le hubieran sido permitidas por casualidad o por inadvertencia, en contra de algún plan o deseo oculto de los dioses.

Al final, harto se suspirar a todas horas por el esplendor de las avenidas y por los callejones de la colina, ocultos entre aquellos tejados antiguos que ni en sueños ni despierto podía apartar de su espíritu, Carter decidió llegar hasta donde ningún otro ser humano había osado antes, y cruzar los tenebrosos desiertos helados donde la ignota Kadath, cubierta de nubes y coronada de estrellas desconocidas, guarda el nocturno y secreto castillo de ónice donde habitan los Grandes Dioses.

En un sueño ligero, consiguió descender los setenta peldaños que llevan a la cueva de fuego y habló de su intención a los sacerdotes Nasht y Kaman-Thah de larga barba. Y los sacerdotes, cubiertos con sus tiaras, movieron negativamente la cabeza, augurando que sería la muerte de su alma. Le dijeron que los Grandes Dioses habían manifestado ya sus deseos y que no les agradaría sentirse molestados por sus insistentes súplicas. Le recordaron también que no sólo no había llegado jamás hombre alguno a Kadath, sino que nadie podía sospechar dónde se halla, si en los países del sueño que rodean nuestro mundo o en aquellas regiones que circundan alguna insospechada estrella próxima a Fomalhaut o a Aldebarán. Si estuviera en la región de nuestros sueños, no sería imposible llegar a ella. Pero desde el principio de los tiempos, sólo tres seres completamente humanos han cruzado los abismos impíos y tenebrosos del sueño; y de los tres, dos regresaron totalmente locos. En tales viajes había incalculables peligros imprevisibles, así como una tremenda amenaza final: el ser que aúlla abominablemente más allá de los límites del cosmos ordenado, allí donde ningún sueño puede llegar. Esta última entidad maligna y amorfa del caos inferior, que blasfema y babea en el centro de toda infinidad, no es sino el ilimitado Azathoth, el sultán de los demonios, cuyo nombre jamás se atrevieron labios humanos a pronunciar en voz alta, el que roe hambriento en inconcebibles cámaras oscuras, más allá de los tiempos, entre los fúnebres redobles de unos tambores de locura y el agudo, monótono gemido de unas flautas execrables, a cuyas percusiones y silbos danzan lentos y pesados los gigantescos Dioses Finales, ciegos, mudos, tenebrosos, estúpidos; y los Dioses Otros, cuyo espíritu y emisario es Nyarlathotep, el caos reptante.

A pesar de todas estas advertencias de los sacerdotes Nasht y Kaman-Thah en la cueva de fuego, Carter siguió decidido a partir en busca de la ignota Kadath, que se alza perdida en la inmensidad fría, y de sus dioses tenebrosos, para poder gozar de la visión, del recuerdo y del amparo de la maravillosa ciudad del sol poniente. Sabía que su viaje iba a ser extraño y largo, y que los Grandes Dioses se opondrían a ello; pero estando habituado a los sueños, contaba Carter con la ayuda de muchos recuerdos provechosos y estratagemas útiles. Así que, tras pedir a los sacerdotes su bendición solemne y maquinar con astucia su expedición, descendió audazmente los trescientos peldaños que conducen al Pórtico del Sueño Profundo y emprendió el camino a través del bosque encantado.

En las galerías del enmarañado bosque, cuyos prodigiosos robles tantean y entrelazan sus ramas al aire, y cuyas umbrías relucen con la apagada fosforescencia de unos hongos extraños, habitan los furtivos y silenciosos zoogs. Estos seres conocen una infinidad de secretos de la región de los sueños, y algo también del mundo de la vigilia, ya que el bosque linda con las tierras de los hombres por dos lugares, aunque sería desastroso decir cuáles. Ciertos rumores inexplicables, ciertos accidentes y desapariciones ocurren entre los hombres allí donde los zoogs tienen acceso, y por ello es una gran suerte que estos no puedan alejarse demasiado de la región de los sueños. Sin embargo, los zoogs cruzan libremente la frontera más próxima de esta región y se deslizan, negros, menudos, invisibles, para poder contar relatos divertidos a su regreso y entretener con ellos las largas horas que pasan al amor del fuego, en el corazón de su adorado bosque. La mayoría vive en madrigueras, aunque algunos habitan en los troncos de los grandes árboles; y a pesar de que se alimentan principalmente de hongos, se dice que también les atrae la carne, tanto la física como la espiritual. Y, efectivamente, en el bosque han entrado muchos soñadores que luego no han vuelto a salir. Pero Carter no tenía miedo; era un soñador veterano que conocía el lenguaje chirriante de estos seres y había tratado muchas veces con ellos. Con la ayuda de los zoogs había descubierto la espléndida ciudad de Celephais, situada en Ooth-Nargai, más allá de los Montes Tanarios, donde reina durante la mitad del año el gran rey Kuranes, ser humano a quien él había conocido en la vida en vigilia bajo otro nombre. Kuranes era el único ser humano que había alcanzado los abismos estelares y regresado en su sano juicio.

Carter emitía pequeños chirridos, mientras recorría los estrechos corredores fosforescentes que quedan entre los troncos gigantescos del bosque, imitando a los zoogs y callando de vez en cuando en espera de una respuesta. Recordaba que había un poblado de zoogs en el centro del bosque, en una zona en que abundaban grandes rocas musgosas y donde, según se contaba, habían vivido anteriormente seres aún más terribles, ya olvidados afortunadamente, después de tanto tiempo. Así que se dirigió hacia ese lugar. Reconocía el camino por los hongos grotescos; que cada vez parecían más voluminosos y mejor alimentados, a medida que se iba aproximando al terrible círculo de piedras en cuyo centro habían danzado y habían celebrado sus sacrificios los innominados seres anteriores. Finalmente, el enorme resplandor de aquellos hongos hinchados reveló una siniestra inmensidad verdosa y gris que ascendía hasta la bóveda espesa de la selva. Estaba muy cerca del anillo de piedras, y por ello supo Carter que el poblado de los zoogs debía hallarse a poca distancia. Renovó sus llamadas en el lenguaje chirriante y esperó pacientemente; por fin vio recompensados sus esfuerzos al darse cuenta de que le vigilaba una multitud de ojos. Eran los zoogs, cuyos ojos espectrales destacan en la oscuridad mucho antes de que puedan distinguirse sus siluetas oscuras, desmedradas y escurridizas.

Salieron en enjambre de sus madrigueras y de los árboles huecos, y eran tan numerosos que invadieron todo el espacio iluminado. Los más fieros le rozaron desagradablemente, y uno de ellos llegó a darle un repulsivo mordisco en una oreja; pero estos seres desordenados e irrespetuosos fueron contenidos muy pronto por los más viejos y sensatos. El Consejo de los Sabios, al reconocer al visitante, le ofreció una calabaza llena de savia fermentada de cierto árbol encantado que era distinto a todos los demás, y que había nacido de una semilla procedente de la luna. Y después de beber Carter ceremoniosamente, se inició un extraño coloquio. Por desgracia, los zoogs no sabían dónde se encontraba el pico de Kadath, ni podían decirle si la inmensidad fría se hallaba en nuestro país de los sueños o en otro. Se decía que los Grandes Dioses aparecen indistintamente en cualquier parte, y sólo uno de los zoogs pudo informarle de que era más frecuente verlos en los picos de las altas montañas que en los valles, ya que en tales picos ejecutan sus danzas conmemorativas cuando la luna brillaba sobre ellos y las nubes los aíslan de las tierras bajas.

Un zoog que era muy viejo recordó entonces algo que los demás no sabían y dijo que en Ulthar, al otro lado del río Skai, todavía existía un último ejemplar de los *Manuscritos Pnakóticos,* copiado por hombres del mundo de la vigilia en algún reino boreal ya olvidado, y trasladado a la región de los sueños cuando los caníbales velludos llamados gnophkehs conquistaron Olathoe, la tierra de los infinitos templos, y mataron a todos los héroes del país de Lomar. Esos manuscritos —dijo— eran inconcebiblemente antiguos y hablaban mucho de los dioses; y, además, en Ulthar había quienes habían visto las huellas de los dioses; incluso vivía un sacerdote que había escalado una gran montaña para verlos danzar bajo la luz de la luna. Afortunadamente había fracasado en su intento, pero un acompañante suyo que los consiguió ver había perecido horriblemente.

De manera que Randolph Carter dio las gracias a los zoogs por esa valiosa información, quienes contestaron con amistosos chirridos y le dieron otra calabaza de vino lunar para que se la llevara consigo, y emprendió el camino a través del bosque fosforescente, en dirección a la linde opuesta, donde las tumultuosas aguas del Skai se precipitan por las pendientes de Lerion, de Hatheg, de Nir y de Ulthar, y se sosiegan después en la llanura. Tras él, fugitivos y disimulados, reptaban varios zoogs curiosos que deseaban saber lo que le sucedería para poder contarlo más tarde a los suyos. Los robles inmensos se fueron haciendo más corpulentos y espesos a medida que se alejaba del poblado, por lo que le llamó la atención un lugar donde se veían mucho más ralos, desmedrados y moribundos, como ahogados entre una profusa cantidad de hongos deformes, hojarasca podrida y troncos de sus hermanos muertos. Aquí se tuvo que desviar bastante, porque en ese lugar había incrustada en el suelo una enorme losa de piedra. Y dicen quienes se habían atrevido a acercarse a ella, que tiene una argolla de hierro de un metro de diámetro. Recordando el arcaico círculo de rocas musgosas, y la razón por la cual fue erigido posiblemente, los zoogs no se detuvieron junto a la losa de gigantesca argolla. Sabían que no todo lo olvidado ha desaparecido necesariamente y no sería agradable ver levantarse aquella losa lentamente.

Al oír a sus espaldas algunos chirridos asustados de zoogs, Carter se volvió para comprobar que le seguían, aunque no fue algo que lo alarmara: uno se acostumbra pronto a las rarezas de esas criaturas fisgonas. Al salir del bosque se vio inmerso en una luz crepuscular cuyo creciente resplandor anunciaba que estaba amaneciendo. Por encima de las fértiles llanuras que descendían hasta el Skai, y por todas partes, se extendían las cercas y los campos arados y las techumbres de paja de aquel país apacible. Se detuvo una vez en una granja a pedir un trago de agua, y los perros ladraron espantados por los invisibles zoogs que reptaban tras él por la hierba. En otra casa, donde las gentes andaban atareadas, preguntó si sabían algo de los dioses y si danzaban con frecuencia en la cima de Lerión; pero el granjero y su mujer se limitaron a hacer el Signo Arquetípico y a indicar sin palabras el camino que conducía a Nir y a Ulthar.

A mediodía caminaba por la calle principal de Nir, donde había estado anteriormente. Era esta ciudad el lugar más alejado que él había visitado tiempo atrás en aquella dirección. Poco después llegaba al gran puente de piedra que cruza el Skai, en cuyo tramo central los constructores habían sellado su obra con el sacrificio de un ser humano hacía mil trescientos años. Una vez al otro lado, la frecuente presencia de gatos (que erizaban sus lomos al paso de los zoogs) anunció la proximidad de Ulthar; pues en Ulthar, según una antigua y muy importante ley, nadie puede matar un solo gato. Muy agradables eran los alrededores de Ulthar, con sus casitas de techumbre de paja y sus granjas de limpios cercados; y aún más agradable era el propio pueblecito, con sus viejos tejados puntiagudos y sus pintorescas fachadas, con sus innumerables chimeneas y sus estrechos callejones empinados, cuyo viejo empedrado de guijarros podía admirarse allí donde los gatos dejaban espacio suficiente. Una vez que notaron los gatos la presencia de los zoogs y se apartaron, Carter se dirigió directamente al modesto Templo de los Grandes Dioses, donde, según se decía, estaban los sacerdotes y los viejos archivos; y ya en el interior de la venerable torre circular cubierta de hiedra —que corona la colina más alta de Ulthar— buscó al patriarca Atal, el que había subido al prohibido pico de Hathea-Kla, en el desierto de piedra, y había regresado vivo.

Atal contaba con más de tres siglos de edad. Estaba sentado en su trono de marfil cubierto de dosel, en el santuario ornado de guirnaldas que ocupa la parte más elevada del templo. A pesar de su edad, conservaba todavía su agudeza de espíritu y toda su memoria. Por él supo Carter muchas cosas acerca de los dioses; sobre todo, que no son estos sino dioses de la Tierra, los cuales ejercen un débil poder sobre el mundo de nuestros sueños, y no tienen ningún otro señorío ni habitan en ningún otro lugar. Podían atender la súplica de un hombre si estaban de buen humor, pero no se debía intentar subir hasta su fortaleza, que se alzaba en lo más alto de Kadath, ciudad de la inmensidad fría. Era una suerte que ningún hombre conociera la localización exacta de las torres de Kadath, porque cualquier expedición a ellas podría haber traído consecuencias muy graves. Barzai el Sabio, compañero de Atal, había sido arrebatado aullando de terror por las fuerzas del cielo, sólo por haber osado escalar el conocido pico de Hatheg-Kla. En lo que respecta a la ignota Kadath, si alguien llegara a encontrarla, la cosa sería mucho peor; porque aunque a veces los dioses de la Tierra puedan ser dominados por algún sabio mortal, están protegidos por los Dioses Otros del Exterior, de los que es más prudente no hablar. Dos veces por lo menos, en la historia del mundo, los Dioses Otros habían dejado su huella impresa en el primordial granito de la Tierra: la primera, en tiempos antediluvianos, según podía deducirse de ciertos grabados de aquellos fragmentarios *Manuscritos Pnakóticos,* cuyo texto es demasiado antiguo para poderse interpretar; y otra en Hatheg-Kla, cuando Barzai el Sabio quiso presenciar la danza de los dioses de la tierra a la luz de la luna. Así pues —dijo Atal—, era mucho mejor dejar tranquilos a todos los dioses y limitarse a dirigirles plegarias discretas.

Aunque los desalentadores consejos de Atal lo decepcionaron y la ayuda que le proporcionaron los *Manuscritos Pnakóticos* y los *Siete Libros Crípticos* de Hsan había sido más bien escasa, Carter no perdió toda la esperanza. Primero preguntó al anciano sacerdote sobre aquella maravillosa ciudad del sol poniente que veía desde una terraza bordeada de balaustradas, pensando que quizá pudiera encontrarla sin la ayuda de los dioses; pero Atal no pudo decirle nada. Probablemente —dijo Atal— ese lugar pertenecía al mundo de sus sueños personales y no al mundo onírico común, y lo más seguro es que se hallara en otro planeta. En ese caso, los dioses de la tierra no podrían guiarle ni aunque quisieran. Pero esto tampoco era seguro, ya que la interrupción de sus sueños por tres veces indicaba que había algo en él que los Grandes Dioses querían ocultarle.

Entonces hizo algo que se le puede reprobar: ofreció a su bondadoso anfitrión tantos tragos del vino lunar que le regalaron los zoogs, que el anciano se volvió irresponsablemente comunicativo. Liberado de su natural reserva, el pobre Atal se puso a charlar con entera libertad de cosas prohibidas, y le habló de una gran imagen que, según contaban los viajeros, está esculpida en la sólida roca del monte Ngranek, situado en la isla de Oriab, allá en el mar Meridional; y le dio a entender que, posiblemente, fuera un retrato que los dioses de la tierra habían dejado de su propio semblante en los días que danzaban a la luz de la luna sobre la cima de aquella montaña. Y añadió hipando que los rasgos de aquella imagen son muy extraños, de manera que podían reconocerse perfectamente y constituían los signos inequívocos de la auténtica raza de los dioses.

Carter se dio cuenta inmediatamente de la gran utilidad que tenía toda esa información. Se sabe que, disfrazados, los más jóvenes de los Grandes Dioses se casan a menudo con las hijas de los hombres, de modo que, junto a los confines de la inmensidad fría, donde se yergue Kadath, los campesinos llevaban todos sangre divina. En consecuencia, la manera de descubrir el lugar donde se encuentra Kadath sería ir a ver el rostro de piedra de Ngranek y fijarse bien en sus rasgos. Luego de haberlos grabado cuidadosamente en la memoria, tendría que buscar esos rasgos entre los hombres vivos. Y allá donde se encontrasen los más evidentes y notorios, sería el lugar más próximo de la morada de los dioses. Y así, el frío desierto de piedra que se extienda más allá de estos poblados será sin duda aquel donde se halla Kadath.

En esas regiones es posible enterarse de muchas cosas acerca de los Grandes Dioses, puesto que quienes lleven sangre suya bien pueden haber heredado igualmente pequeñas reminiscencias muy valiosas para un investigador. Es posible que los moradores de estas regiones ignoren su parentesco con los dioses, porque a los dioses les repugna tanto ser reconocidos por los hombres, que entre estos no hay uno sólo que haya visto los rostros de aquellos, cosa que Carter comprobó más adelante, cuando intentó escalar el monte Kadath. Sin embargo, estos hombres de sangre divina tendrían sin duda pensamientos singularmente elevados que sus compañeros no llegarían a comprender, y sus canciones hablarían de parajes lejanos y de jardines tan distintos de cuantos son conocidos, incluso en el país de los sueños, que las gentes vulgares les tomarían por locos. Acaso sirviera esto a Carter para desvelar alguno de los viejos secretos de Kadath, o para obtener alguna alusión a la maravillosa ciudad del sol poniente que los dioses guardan en secreto. Más aún, si la ocasión se presentaba, podría utilizar como rehén a algún hijo amado de los dioses, o incluso capturar a un joven dios de los que viven disfrazados entre los hombres, casados con hermosas campesinas.

Pero Atal no sabía cómo podía llegar Carter al monte Ngranek, en la isla de Oriab, y le aconsejó que siguiera el curso del Skai, cantarino bajo los puentes, hasta su desembocadura en el mar Meridional, donde jamás ha llegado ningún habitante de Ulthar, pero de donde vienen mercaderes en embarcaciones o en largas caravanas de mulas y carromatos de pesadas ruedas. Allí se alza una gran ciudad llamada Dylath-Leen, pero tiene mala reputación en Ulthar a causa de los negros trirremes que entran en su puerto cargados de rubíes, venidos de no se sabe qué litorales. Los comerciantes que vienen en esas galeras a tratar con los joyeros son humanos o casi humanos, pero jamás han sido vistos los galeotes. Y en Ulthar no se considera prudente traficar con estos mercaderes de negros barcos que vienen de costas remotas y cuyos remeros jamás salen a la luz.

Después de contar todo esto, Atal se quedó amodorrado. Carter lo depositó suavemente en su lecho de ébano y le recogió decorosamente su larga barba sobre el pecho. Al emprender el camino, observó que no le seguía ningún ruido solapado, y se preguntó por qué razón los zoogs habrían abandonado su curioso seguimiento. Entonces se dio cuenta de la complacencia con que los lustrosos gatos de Ulthar se lamían las fauces, y recordó los gruñidos, maullidos y gemidos lejanos que se habían oído en la parte baja del templo, mientras él escuchaba absorto la conversación del viejo sacerdote. Y recordó también con qué hambrienta codicia había mirado un joven zoog particularmente descarado a un gatito negro que había en la calle. Y como a él nada le gustaba tanto como los gatitos negros, se detuvo a acariciar a los enormes gatazos de Ulthar que se relamían, y no se lamentó de que los zoogs hubieran dejado de escoltarle.

Caía la tarde, así que Carter paró en una antigua posada que daba a un empinado callejón, desde donde se dominaba la parte baja del pueblo. Se asomó al balcón de su dormitorio y, al contemplar la marca de rojos tejados, los caminos empedrados y los encantadores prados que se extendían a lo lejos, pensó que todo formaba un conjunto dulce y fascinante a la luz sesgada del ocaso, y que Ulthar sería sin duda alguna el lugar más maravilloso para vivir, si no fuera por el recuerdo de aquella gran ciudad del sol poniente que le empujaba de manera incesante hacia unos peligros ignorados. Empezaba ya a anochecer; las rosadas paredes y las cúpulas se volvieron violáceas y místicas, y tras las celosías de las viejas ventanas comenzaron a encenderse lucecitas amarillas. Las campanas de la torre del templo repicaron armoniosas allá arriba, y la primera estrella surgió temblorosa por encima de la vega del Skai. Con la noche vinieron las canciones, y Carter asintió en silencio cuando los vihuelistas cantaron los tiempos antiguos desde los balcones primorosos y los patios taraceados de Ulthar. Y sin duda se habría podido apreciar la misma dulzura en los maullidos de los gatos, de no haber estado casi todos ellos pesados y silenciosos a causa de su extraño festín. Algunos de ellos se escabulleron sigilosamente hacia esos reinos ocultos que sólo conocen los gatos y que, según los lugareños, se hallan en la cara oculta de la luna, adonde trepan desde los tejados de las casas más altas. Pero un gatito negro subió a la habitación de Carter y saltó a su regazo para jugar y ronronear, y se ovilló a sus pies cuando él se tendió en el pequeño lecho cuyas almohadas estaban rellenas de hierbas fragantes y adormecedoras.

Por la mañana, Carter se unió a una caravana de mercaderes que salía hacia Dylath-Leen con lana hilada de Ulthar y coles de sus fértiles huertas. Y durante seis días cabalgó al son de los cascabeles por un camino llano que bordeaba el Skai, parando unas noches en las posadas de los pintorescos pueblecitos pesqueros, y acampando otras bajo las estrellas, al arrullo de las canciones de los barqueros que llegaban desde el apacible río. El campo era muy hermoso, con setos verdes y arboledas, y graciosas cabañas puntiagudas y molinos octogonales.

Al séptimo día vio alzarse una mancha borrosa de humo en el horizonte, y luego las altas torres negras de Dylath-Leen, construida casi en su totalidad de basalto. Dylath-Leen, con sus finas torres angulares, parece desde lejos un fragmento de la Calzada de los Gigantes, y sus calles son tenebrosas e inhospitalarias. Tiene muchas tabernas marineras de lúgubre aspecto junto a sus innumerables muelles, y todas están atestadas de extrañas gentes de mar venidas de todas las partes de la tierra, y aun de fuera de ella también, según dicen. Carter preguntó a aquellos hombres de exóticos atuendos si sabían dónde se encuentra el pico Ngranek de la isla Oriab, y se encontró con que sí lo sabían. Varios barcos hacían la ruta de Baharna, que es el puerto de esa isla, y uno de ellos iría para allá al cabo de un mes. Desde Baharna, el Ngranek queda a dos días escasos de viaje a caballo. Pero son pocos los que han visto el rostro de piedra del dios, porque está situado en la vertiente de más difícil acceso al pico del Ngranek, en lo alto de unos precipicios inmensos, desde donde se domina un siniestro valle volcánico. Una vez, los dioses se irritaron con los hombres en aquel paraje, y hablaron del asunto a los Otros Dioses.

Le fue difícil recoger esta información de los mercaderes y de los marineros de las tabernas de Dylath-Leen, porque casi todos preferían hablar de las negras galeras. Una de ellas llegaría dentro de una semana cargada de rubíes desde su ignorado puerto de origen, y las gentes de la ciudad se sentían invadidas por el pánico sólo de pensar en verlas aparecer por la bocana del puerto. Los mercaderes que venían en esa galera tenían la boca desmesurada, y sus turbantes formaban dos bultos hacia arriba desde la frente que resultaban particularmente desagradables. Su calzado era el más pequeño y raro que se hubiera visto jamás en los Seis Reinos. Pero lo peor de todo era el asunto de los nunca vistos galeotes. Aquellas tres filas de remos se movían con demasiada agilidad, con demasiada precisión y vigor para que fuese cosa normal; como tampoco era normal que un barco permaneciera en puerto durante semanas, mientras los mercaderes trataban sus negocios, y que en ese tiempo no se viera a nadie de su tripulación. A los taberneros de Dylath-Leen no les gustaba esto, y tampoco a los tenderos y carniceros, ya que jamás habían subido a bordo la más mínima cantidad de provisiones. Los mercaderes no compraban más que oro y robustos esclavos negros, traídos de Parg por el río. Eso era lo único que cargaban esos mercaderes de desagradables facciones y de dudosos remeros. Jamás embarcaron producto alguno de las carnicerías y las tiendas, sino sólo oro y corpulentos negros de Parg, a quienes compraban al peso. Y el olor que emanaba de aquellas galeras, olor que el viento traía hasta los muelles, era indescriptible. Únicamente podían soportarlo los parroquianos más duros de las tabernas, a base de fumar constantemente tabaco fuerte. Jamás habría tolerado Dylath-Leen la presencia de las negras galeras, de haber podido obtener tales rubíes por otro conducto; pero ninguna mina de todo el país terrestre de los sueños los producía como aquellos.

Los cosmopolitas de Dylath-Leen hablaban ante todo de estas cosas, mientras Carter aguardaba pacientemente el barco de Baharna que le llevaría a la isla donde se alzan los picos del Ngranek, elevados y estériles. Durante ese tiempo no dejó de indagar por los lugares que frecuentaban los lejanos viajeros, en busca de cualquier relato que hiciese referencia a Kadath, la ciudad de la inmensidad fría, o la maravillosa ciudad de muros de mármol y fuentes de plata que había contemplado desde lo alto de una terraza a la hora del crepúsculo. Pero nadie pudo darle noticias al respecto, aunque en una de las ocasiones tuvo la sensación de que cierto viejo mercader de ojos oblicuos le dirigió una mirada extrañamente brillante al oírle mencionar la inmensidad fría. Tenía fama este hombre de comerciar con los habitantes de los horribles poblados de piedra que se levantan en la helada y desierta meseta de Leng, jamás visitada por gentes sensatas, y cuyas hogueras malignas se habían visto brillar por la noche en la lejanía. Incluso corría el rumor de que tenía contacto con ese gran sacerdote enigmático que cubre su rostro con una máscara de seda amarilla y vive solitario en un prehistórico monasterio de piedra. Era indudable que aquel individuo había tenido algún comercio con los seres que habitan en la inmensidad fría; pero Carter no tardó en comprobar que era inútil preguntarle.

Por aquellos días entró en puerto la galera negra; pasó el dique de basalto y el gran faro, silenciosa y extraña, envuelta en una rara pestilencia que el viento del sur arrojaba a la ciudad. El malestar invadió las tabernas que se extendían a lo largo de los muelles, y al poco tiempo, los sombríos mercaderes de boca inmensa, turbantes gibosos y pies minúsculos bajaron a tierra furtivamente en busca de las tiendas de los joyeros. Carter los observó de cerca; y cuanto más los miraba, más desagradables le parecían. Después vio cómo embarcaban por la pasarela a los fornidos negros de Parg, que subían gruñendo y sudando, y los metían en el interior de aquella galera singular; y no pudo por menos de preguntarse en qué tierra —si es que llegaban a desembarcar— estarían destinadas a servir aquellas obesas y conmovedoras criaturas.

Al tercer día de haber llegado la galera, uno de aquellos desagradables mercaderes se encaró con él y, con una sonrisa obsequiosa y artera, le dijo que había oído en la taberna que estaba haciendo ciertas indagaciones. El mercader parecía estar enterado de cosas demasiado secretas para hablarlas en público, y, aunque tenía una voz insoportablemente odiosa, Carter comprendió que no debía desestimar los conocimientos de un viajero que venía de tan lejos. Por eso, le invitó a subir a una de sus habitaciones privadas, y le ofreció la última porción que le quedaba del vino lunar de los zoogs para soltarle la lengua. El extraño mercader bebió copiosamente, pero no por ello dejaba de sonreír cínicamente. Luego sacó a su vez una rara botella que traía consigo, y Carter tuvo ocasión de comprobar que se trataba de un rubí ahuecado. Ofreciole el mercader vino de esta botella a su anfitrión, y aunque Carter bebió tan sólo un breve sorbo, al momento sintió el vértigo del vacío y la fiebre de insospechadas junglas. El invitado no dejaba de sonreír ni un momento, pero cada vez lo fue haciendo con más descaro. Cuando Carter se sumió al fin en la negrura, lo último que vio fue aquella cara siniestra contorsionada por una risa perversa, y una cosa totalmente inconcebible que surgió de uno de los bultos frontales del turbante anaranjado al desenrollársele por las sacudidas de aquella risa convulsiva.

Carter recobró el conocimiento en una atmósfera espantosamente maloliente. Se hallaba bajo una especie de tienda plantada en la cubierta de un barco, y vio cómo las maravillosas costas del mar Meridional se deslizaban con anormal rapidez. No estaba encadenado, pero a su lado había de pie tres de aquellos mercaderes de tez oscura sonriéndole, y la visión de los bultos de sus turbantes le marcó casi tanto como la fetidez que emanaba de las siniestras escotillas. Frente a él vio pasar tierras gloriosas y ciudades que un compañero de ensueños terrestres —terrero de faro de un antiguo puerto— le había descrito a menudo tiempo atrás; y reconoció los templos escalonados de Zak, moradas de sueños olvidados, las agujas de la infame Thalarión, ciudad diabólica de mil maravillas donde reina el ídolo Lathi, los jardines-osarios de Zura, tierra de placeres insatisfechos, y los promontorios gemelos de cristal, que se unen por arriba formando el arco resplandeciente que custodia el puerto de Sona-Nyl, la bienaventurada tierra de la imaginación.

Pasadas todas estas tierras fastuosas, la pestilente embarcación navegó con inquietante premura, impulsada por la boga anormalmente veloz de sus invisibles remeros. Y antes de terminar el día, Carter vio que el timonel no llevaba otro rumbo que los pilares basálticos del oeste, más allá de los cuales dicen los crédulos que se halla la ilustre Cathuria, aunque los soñadores expertos saben muy bien que estos pilares son las puertas de una monstruosa catarata por la que todos los océanos de la tierra de los sueños se precipitan en el abismo de la nada y atraviesan los espacios hacia otros mundos y otras estrellas, y hacia los espantosos vacíos exteriores al universo donde Azathoth, sultán de los demonios, roe hambriento en el caos, entre fúnebres redobles y melodías de flauta, mientras presencia la danza infernal de los Dioses Otros, ciegos, mudos, tenebrosos y torpes, junto con Nyarlathotep, espíritu y mensajero de estos.

Entretanto, los sardónicos mercaderes no decían una palabra de sus intenciones, pero Carter sabía muy bien que debían estar en complicidad con quienes querían impedir su empresa. Se sabe en la tierra de los sueños que los Dioses Otros tienen muchos agentes mezclados entre los hombres; y todos estos enviados, casi o enteramente humanos, están dispuestos a cumplir la voluntad de esas entidades ciegas y estúpidas, a cambio de obtener los favores de su horrible espíritu y mensajero el caos reptante Nyarlathotep. De ello dedujo Carter que los mercaderes de abultados turbantes, al enterarse de su temeraria búsqueda del castillo de Kadath donde moran los Grandes Dioses, habían decidido raptarlo para entregarse a Nyarlathotep a cambio de quién sabe qué merced. Carter no podía adivinar cuál sería la tierra de aquellos mercaderes, ni si estaba en nuestro universo conocido o en los horribles espacios exteriores. Tampoco sospechaba en qué punto infernal se reunirían con el caos reptante para entregarle y exigir su recompensa. Sabía, sin embargo, que ningún ser casi humano como aquellos se atrevería a acercarse al trono de la tiniebla final, a Azathoth, allá en el centro del vacío sin forma.

Al ponerse el sol, los mercaderes empezaron a lamerse sus enormes labios, con la mirada hambrienta. Uno de ellos bajó a algún compartimiento oculto y nauseabundo, y regresó con una olla y un cesto de platos. Se sentaron juntos bajo la tienda y comieron carne ahumada, que se pasaban unos a otros. Pero cuando le dieron un trozo a Carter, descubrió este, por su tamaño y forma, algo terrible. Se puso más pálido que antes y arrojó al mar aquel trozo de carne, cuando nadie se fijaba en él. Y nuevamente pensó en aquellos remeros invisibles de abajo y en el sospechoso alimento del cual sacaban su tremenda fuerza muscular.

Era de noche cuando la galera pasó entre los pilares basálticos del oeste, y el ruido de la catarata final se hizo ensordecedor. Y la nube de agua pulverizada se elevaba hasta oscurecer el fulgor de las estrellas, y la cubierta se puso más húmeda, y el barco se estremeció zarandeado por la corriente embravecida del borde del abismo. Luego, con un extraño silbido y de un solo impulso, la nave saltó al vacío, y Carter sintió un acceso de terror indescriptible al notar que la tierra huía bajo la quilla, y que el navío surcaba silencioso como un cometa los espacios planetarios. Jamás había tenido noticia hasta entonces de los seres informes y negros que se ocultan y se retuercen por el éter, gesticulando y hostigando a cualquier viajero que pueda pasar, y palpando con sus zarpas viscosas todo objeto móvil que excite su curiosidad. Son las larvas de los Dioses Otros que, como ellos, son ciegas y carecen de espíritu, y están poseídas por un hambre y una sed sin límites.

Pero el destino de aquella horrenda galera no era tan lejano como Carter había supuesto, pues no tardó en comprobar que el timonel ponía rumbo a la luna. La luna aparecía en un brillante cuarto creciente que aumentaba más y más a medida que se iban acercando, y mostraba sus cráteres singulares y sus picos inhóspitos. El barco siguió rumbo a sus riberas, y pronto se puso de manifiesto que su destino era aquella cara misteriosa y secreta que siempre ha permanecido de espaldas a la tierra, y que ningún ser enteramente humano, salvo el soñador Snireth-Ko quizá, ha contemplado jamás. Al acercarse la galera, el aspecto de la luna le pareció sobremanera inquietante a Carter: no le gustaban ni la forma ni las dimensiones de las ruinas diseminadas por todas partes. Los templos muertos de las montañas estaban construidos y orientados de tal manera que, evidentemente, no podían haber servido para rendir culto a ningún dios normal y corriente; y en la simetría de las rotas columnas parecía traslucirse un significado oscuro y secreto que no invitaba a ser desentrañado. Carter prefirió no hacer conjeturas sobre la naturaleza y proporciones de los antiguos adoradores de esos templos.

Cuando el barco dobló el borde del satélite, y navegó sobre aquellas tierras invisibles a los ojos de los hombres, aparecieron en el misterioso paisaje ciertos signos de vida, y Carter vio una infinidad de casitas de campo, bajas, amplias, circulares, que se alzaban en unos campos cubiertos de hinchados hongos blancuzcos. Observó que las casas carecían de ventanas, y pensó que sus formas recordaban a las de las chozas de los esquimales. Luego vio las olas oleaginosas de un mar perezoso, y pudo comprobar que el viaje iba a proseguir de nuevo sobre las aguas; al menos, sobre elemento líquido. La galera tocó la superficie con un ruido peculiar, y la extraña elasticidad con que las olas la acogieron dejó perplejo a Carter. La nave se deslizaba ahora a gran velocidad. En una ocasión adelantó a otra galera igual, y ambas tripulaciones se saludaron a voces; pero en general, sólo se distinguía aquel mar extraño, y un cielo negro y sembrado de estrellas aun cuando el sol brillaba de forma abrasadora.

Luego se alzaron frente al navío los henchidos acantilados de una costa de aspecto leproso. Y Carter vislumbró las sólidas y desagradables torres grises de una ciudad. Su extraña inclinación y su insólita curvatura, el modo con que se apiñaban y el hecho de carecer de ventanas, resultaron considerablemente turbadores para el prisionero, que lamentaba amargamente la tontería de haber probado el raro vino de aquel mercader de turbante giboso. Cuando ya se aproximaban a la costa, y la horrenda fetidez de la ciudad se hizo aún más irresistible, vio sobre las quebradas colinas una infinidad de selvas, algunos de cuyos árboles reconoció como de la misma especie de aquel solitario árbol lunar que viera en el bosque encantado de la tierra, y cuya savia fermentada constituía el singular vino de los pequeños y pardos zoogs.

Carter podía distinguir ahora unas figuras que se movían por los muelles pestilentes, y según las iba viendo con mayor claridad, sentía crecer su miedo y su aversión. Porque no eran hombres, ni aun parecidos a hombres, sino criaturas descomunales, grisáceas, viscosas y blanduzcas que podían estirarse y contraerse a voluntad, pero cuya forma más común —aunque la modificaran a menudo— era la de una especie de sapo sin ojos, con una extraña masa de tentáculos sonrosados que vibraban en la punta de sus chatos hocicos. Estas bestias se afanaban torpemente por los muelles, manejando fardos y cuévanos y cajas con fuerza prodigiosa, y saltando a cada momento del muelle a los barcos amarrados o de los barcos al muelle, con largos remos entre sus patas delanteras. De cuando en cuando, pasaban conduciendo un tropel de esclavos de caracteres muy semejantes a los humanos, pero cuyas bocas inmensas recordaban a las de los mercaderes que traficaban en Dylath-Leen; sin embargo, estos individuos, sin turbante ni calzado ni ropa alguna, no parecían tan humanos como aquellos. Algunos de los esclavos, los más obesos —cuyas carnes tentaba una especie de vigilante para calcular su calidad— eran desembarcados de las galeras y enjaulados en grandes canastos asegurados con clavos, que los cargadores metían a empujones en los almacenes o embarcaban en grandes furgones chirriantes.

Cargaron uno de los furgones y partió inmediatamente; la fabulosa criatura que lo conducía era tal que Carter se quedó estupefacto, aun después de haber visto las demás monstruosidades de aquel abominable lugar. De cuando en cuando, pasaban pequeños grupos de esclavos vestidos y con turbantes, igual que los atezados mercaderes, y eran conducidos a bordo de una galera, seguidos de un grupo numeroso de viscosos seres con cuerpo de sapo que componían la tripulación: oficiales, marineros y remeros. Carter veía que las criaturas casi humanas eran destinadas a las más ignominiosas tareas serviles, para las que no se requería una fuerza excepcional, como gobernar el timón y cocinar, hacer recados y negociar con los hombres de la tierra o de los demás planetas con los que ellos mantenían comercio. Estas criaturas debían de ser las más adecuadas para estas comisiones terrestres, ya que no se diferenciaban grandemente de los hombres una vez vestidas, calzadas y tocadas con sus oportunos turbantes; y podían regatear en las tiendas de estos sin tener que dar explicaciones embarazosas e inoportunas. Pero casi todas ellas, mientras no fueran exageradamente flacas o feas, iban desnudas y metidas en jaulas que los seres fabulosos transportaban en pesados carricoches. A veces desembarcaban y enjaulaban también otras clases de seres, algunos muy parecidos a las criaturas semihumanas, otros no tan parecidos y otros totalmente distintos. Y Carter se preguntaba si aquellos desdichados negros de Parg no serían desembarcados, enjaulados y transportados en el interior de aquellos ominosos carricoches.

Cuando la galera atracó a un muelle grasiento, de roca esponjosa, una horda de seres de pesadilla, con forma de sapo, surgió por las escotillas. Dos de ellos agarraron a Carter y lo desembarcaron. El olor y el aspecto de aquella ciudad eran indescriptibles, y Carter sólo pudo captar imágenes dispersas de las calles enlosadas, de las negras puertas y de las elevadísimas fachadas verticales y grises, carentes de ventanas. Por fin, le metieron en un portal de bajo dintel y le hicieron subir una infinidad de peldaños por un pozo de tinieblas. Al parecer, a los seres con cuerpo de sapo les daba lo mismo la luz que la oscuridad. El olor que reinaba en aquel lugar era insoportable, y cuando Carter fue encerrado en una cámara y le dejaron solo allí, apenas le quedaron fuerzas para arrastrarse a lo largo de los muros y cerciorarse de su forma y dimensiones. Se trataba de un recinto circular de unos veinte pies de diámetro.

A partir de ese momento, el tiempo dejó de existir. A intervalos le echaban de comer, pero Carter no quiso tocar aquella comida. No tenía idea de lo que iba a ser de él, pero presentía que le mantendrían allí hasta la llegada de Nyarlathotep, el caos reptante, espíritu y mensajero de los Dioses Otros. Finalmente, después de una interminable sucesión de horas o de días, la gran puerta de piedra se abrió de par en par y Carter fue conducido a empellones escaleras abajo, hasta las calles, iluminadas con luces rojas, de aquella aterradora ciudad. Era de noche en la luna, y por toda la ciudad se veían esclavos estacionados, sosteniendo antorchas encendidas.

En una detestable plaza se había formado una especie de procesión compuesta por diez seres de cuerpo de sapo y veinticuatro portadores de antorchas casi humanos, once a cada lado y uno en cada extremo. Carter fue colocado en medio de la formación, con cinco seres de cuerpo de sapo delante y otros cinco detrás, y un casi humano a cada lado. Otros seres de cuerpo de sapo sacaron flautas de ébano y ejecutaron tonadas repugnantes. Al son de aquellas infernales melodías, la columna comenzó a desfilar por las calles pavimentadas, dejó atrás la ciudad y se internó por las oscuras llanuras pobladas de hongos obscenos. No tardaron en ascender por la ladera de una de las más bajas colinas que se elevaban a espaldas de la ciudad. Carter estaba convencido de que el caos reptante aguardaba en alguno de aquellos declives escarpados o en alguna abominable llanura, y deseaba que su tortura terminase pronto. El canto plañidero de las flautas impías era enloquecedor, y él habría dado el mundo entero por que el sonido hubiese sido sólo un poco menos anormal; pero aquellos seres carecían de voz y los esclavos no hablaban.

Entonces, a través de aquellas tinieblas estrelladas le llegó un sonido familiar que retumbó por los montes y resonó en todos los picos desgarrados, y sus ecos se propagaron dilatándose en una especie de coro demoníaco. Era el maullido del gato a media noche, y Carter comprendió por fin que las gentes del pueblo tenían razón cuando decían en voz baja que los gatos son los únicos que conocen las regiones misteriosas, y que los más viejos las visitan a escondidas, por la noche, saltando a ellas desde los más elevados tejados. En verdad, es a la cara oscura de la luna a donde van a saltar y retozar por las colinas, y a conversar con sombras antiguas. Y aquí, en medio de la columna de fétidas criaturas, oyó Carter su maullido familiar, amistoso, y pensó en los tejados puntiagudos y en los cálidos hogares y en las ventanas débilmente iluminadas de las casas de Ulthar.

A la sazón, Randolph Carter conocía bastante bien el lenguaje de los gatos, y emitió el grito que le convenía en aquel paraje lejano y terrible. Pero no habría sido necesario que lo hiciera, ya que en el momento de abrir la boca oyó que el coro aumentaba y se iba acercando, y vio recortarse unas sombras veloces contra las estrellas, unas sombras pequeñas y graciosas que saltaban de colina en colina, en legiones apretadas. La llamada del clan había sido dada, y antes de que la abyecta procesión tuviese tiempo ni aun de asustarse, una nube de sedosas pieles, una falange de asesinas garras, cayó sobre ella como una riada tempestuosa. Callaron las flautas y los alaridos desgarraron la noche. Gritaban los moribundos casi humanos, y los gatos gruñían y aullaban y rugían. Pero de los seres con cuerpo de sapo no brotó ni un sonido, mientras derramaban fatalmente sus líquidos verdosos y repugnantes sobre aquella tierra porosa de hongos obscenos.

En tanto duraron las antorchas, el espectáculo fue prodigioso. Jamás había visto Carter tantos gatos. Negros, grises y blancos, amarillos, atigrados y mezclados, callejeros, persas, maneses, tibetanos, de Angora y egipcios; de todas clases los había en la furia de la batalla; y sobre todos ellos se cernía el aura de esa profunda e inviolada santidad que les otorgara su deidad tutelar en los enormes templos de Bubastis. Saltaban de siete en siete a las gargantas de los casi humanos o al hocico tentaculado de los seres con forma de sapo, y los derribaban salvajemente a la fungosa tierra donde miles y miles de compañeros se abalanzaban frenéticamente sobre ellos con uñas y dientes, presos de un furor sagrado. Carter había cogido la antorcha de un esclavo caído, pero no tardó en verse desbordado por las crecientes oleadas de sus fieles defensores. Cayó entonces en la más completa negrura, en cuyo seno escuchó el fragor de la batalla y los gritos de los vencedores, y sintió las suaves patas de sus amigos que de un lado a otro le saltaban por encima, en medio de la refriega.

Finalmente, el horror y la fatiga le cerraron los ojos, y cuando los abrió nuevamente, se vio inmerso en una escena extraña. El gran disco resplandeciente de la Tierra, trece veces mayor que el de la luna tal como nosotros la vemos, derramaba torrentes de inquietante luz sobre el paisaje lunar. Y a través de leguas y leguas de meseta salvaje y de crestas desgarradas, se extendía un mar interminable de gatos alineados en círculos concéntricos. Dos o tres de los jefes de este ejército se hallaban fuera de las filas, y le lamían la cara y ronroneaban para consolarle. No quedaba ni rastro de los esclavos y de los seres con forma de sapo, aunque Carter creyó ver un hueso no lejos de donde se encontraba, en el espacio que quedaba despejado entre él y los guerreros.

Carter habló entonces con los jefes en el suave lenguaje de los gatos, y se enteró de que su antigua amistad con la especie gatuna era muy conocida y comentada en todo lugar donde los gatos se reunían. No había pasado inadvertido por Ulthar, y los viejos gatazos lustrosos recordaban cómo los había acariciado después que ellos se hubieran ocupado de los hambrientos zoogs, que tan perversamente miraban al gatito negro. Y recordaban también lo cariñosamente que había acogido al gatito que subió a verle en la posada, y el platito de riquísima leche con que le había obsequiado la mañana antes de marcharse. El abuelo de aquel cachorrillo era precisamente el jefe del ejército allí reunido, ya que había visto la maligna procesión desde una lejana colina, reconociendo en el prisionero a un amigo fiel de su especie, tanto en la Tierra como en el país de los sueños.

Sonó un aullido desde un pico lejano, y el viejo jefe interrumpió su charla. Era uno de los vigías del ejército, apostado en la más elevada de las montañas para vigilar al único enemigo que temen los gatos de la Tierra: a los mismísimos gatos enormes de Saturno, que por alguna razón no han olvidado el encanto de la cara oscura de nuestra luna. Estos gatos están ligados por un pacto a los malvados seres de cuerpo de sapo, y son enemigos declarados de nuestros pequeños felinos terrestres. De modo que, en estas circunstancias, un encuentro con ellos habría sido bastante grave.

Tras una breve deliberación entre los generales, los gatos se levantaron y cerraron filas en torno a Carter para protegerle. Se prepararon para dar el gran salto a través del espacio y regresar a los tejados de nuestra Tierra y de la región terrestre de los sueños. El viejo mariscal de campo aconsejó a Carter que se dejara llevar tranquila y pasivamente por la masa compacta de saltadores de sedoso pelaje, y le explicó cómo debía saltar cuando saltaran los demás, y cómo aterrizar suavemente cuando el resto lo hiciera. Además, se ofreció a depositarle en el lugar que él deseara, y Carter escogió la ciudad de Dylath-Leen, de donde había zarpado la negra galera, pues él deseaba partir por mar desde allí con rumbo a Oriab y la cresta esculpida del Ngranek, y también quería prevenir a sus habitantes para que no mantuvieran por más tiempo ningún tráfico con las galeras negras, si es que podían interrumpirlo con tacto y diplomacia. Entonces, a una señal, los gatos saltaron ágilmente, protegiendo entre todos a su amigo. Entretanto, en una caverna tenebrosa que se abría en la sagrada cumbre de las montañas lunares, Nyarlathotep, el caos reptante, aguardaba en vano.

El salto de los gatos a través del espacio fue realmente vertiginoso. Rodeado esta vez por sus compañeros, Carter no vio las grandes sombras confusas que acechan y se enroscan y palpitan en el abismo. Antes de acabar de comprender lo que estaba sucediendo, se encontró de nuevo en su familiar habitación de la posada de Dylath-Leen, por cuya ventana salían a raudales los silenciosos y amigables gatos. El anciano jefe de Ulthar fue el último en marcharse, y cuando Carter le estrechó la zarpa, le dijo que llegaría a su casa hacia el alba. Cuando empezaba a amanecer, Carter bajó y se enteró de que había transcurrido una semana desde que le raptaran. Debía aguardar todavía un par de semanas más para tomar el barco con destino a Oriab, y durante este tiempo habló cuanto pudo en contra de las galeras negras y sus infames costumbres. La mayor parte de la gente le creyó; pero tanto interesaban los grandes rubíes a los joyeros, que nadie le dio promesa formal de terminar sus tratos con los mercaderes de boca inmensa. Si un día sobreviene alguna calamidad a Dylath-Leen como consecuencia de esos negocios, no será por culpa de Carter.

Al cabo de una semana, el deseado barco atracó junto al muelle negro y la torre del faro, y Carter se alegró al ver que se trataba de una embarcación tripulada por hombres normales. Tenía los costados pintados, amarillentas las velas latinas, y un capitán de pelo gris y ropas de seda. Su carga consistía en toneles de fragante resina procedente de los pinares del interior de Oriab, delicada cerámica cocida por los artesanos de Baharna, y pequeñas tallas esculpidas en la antigua lava del Ngranek. Esta mercancía se les paga con lana de Ulthar, tejidos iridiscentes de Hatheg y marfiles labrados por los negros que habitan en Parg, al otro lado del río. Carter llegó a un arreglo con el capitán para que le llevase a Baharna, y supo que el viaje duraría diez días. Durante la semana de espera, charló muchas veces sobre el Ngranek con el capitán, el cual le dijo que eran muy pocos los que habían visto el rostro esculpido en la roca, pero que muchísimos viajeros se contentaban con recoger las leyendas que de él conocían los viejos, los recolectores de lava y los escultores de Baharna, y que después regresaban a sus lejanos hogares contando que, efectivamente, lo habían contemplado. El capitán ni siquiera estaba seguro de si vivía alguien en la actualidad que hubiese visto aquel rostro esculpido, ya que el otro lado del Ngranek es de muy difícil acceso, árido y siniestro; y según ciertos rumores, se abren unas cavernas junto a su cima en donde habitan las descarnadas alimañas de la noche. Pero el capitán no quiso decir qué eran exactamente tales alimañas descarnadas, porque sabido es que semejantes criaturas suelen presentarse después con gran persistencia en los sueños de quienes piensan demasiado en ellas. Luego interrogó al capitán acerca de la ignota Kadath de la inmensidad fría y sobre la maravillosa ciudad del sol poniente; pero el buen hombre le confesó con toda sinceridad que no sabía una palabra de todo aquello.

Zarparon de Dylath-Leen una mañana temprano al cambiar la marea, y Carter vio incidir los primeros rayos del sol naciente en las finas torres de aquella lúgubre ciudad de basalto. Y navegaron durante dos días hacia el este, costeando los verdes litorales y avistando a menudo los pacíficos pueblecitos pesqueros que trepaban por las laderas, con sus tejados de ladrillo y sus chimeneas, a partir de los viejos y soñolientos embarcaderos, y de las playas con las redes extendidas para que se secaran al sol. Pero al tercer día viraron bruscamente hacia el sur, y el oleaje se hizo más fuerte, y no tardaron en perder de vista la tierra. Al quinto día, los marineros dieron muestras de nerviosismo, pero el capitán disculpó sus temores diciendo que el barco iba a pasar por encima de los muros cubiertos de algas y de las columnas truncadas de una ciudad sumergida, tan antigua que no quedaba de ella recuerdo alguno. Cuando el agua estaba clara, podía verse una infinidad de sombras inquietas moviéndose por los fondos de aquel lugar, lo que repugnaba sobremanera a la gente simple y supersticiosa. Admitía además el capitán que se habían perdido muchos barcos por aquella zona del mar; se les había saludado al cruzarse con ellos, pero no se les había vuelto a ver.

Aquella noche tuvieron una luna muy brillante, y se podía ver a una considerable profundidad bajo el agua. Soplaba una brisa tan tenue que el barco apenas se movía y el océano permanecía en calma. Carter se asomó por encima de la borda y vio muchos espectros bajo la cúpula de un gran templo sumergido, frente al cual se extendía una avenida de esfinges monstruosas que desembocaba en lo que un día fuera plaza pública. Los delfines salían y entraban alegremente por las ruinas y las marsopas aparecían torpemente por todas partes, subiendo a veces hasta la superficie e incluso saltando fuera del agua. Al avanzar un poco más el barco, el piso del océano se elevó formando cerros, haciéndose más visible los contornos de antiguas calles empinadas y las paredes derruidas de muchas casas.

Luego llegó el navío a las afueras del poblado sumergido, y allí apareció, en la cima de una colina, un gran edificio solitario, de líneas más simples que el resto de las construcciones y mucho mejor conservado. Era oscuro y bajo, y cerraba cuatro lados de una plaza. Tenía una torre en cada esquina, un patio pavimentado en el centro, y extrañas ventanitas redondas en los muros. Probablemente era de basalto, aunque las algas lo recubrían casi por completo; y se veía tan solitario e impresionante sobre aquella lejana colina, bajo el mar, que daba la sensación de haber sido un templo o un antiguo monasterio. Algunos peces fosforescentes se habían introducido en su interior, y daban a las ventanitas redondas cierta apariencia de iluminación; y Carter no censuró a los marineros por sus temores. Después, a la luz de la luna, filtrada por las aguas, descubrió un extraño monolito, muy alto, en medio de aquel patio central, y vio que había una cosa atada a él. Y después de ver con el catalejo del capitán, que la cosa atada era un marinero vestido con ropas de seda de Oriab, cabeza abajo y sin ojos, se sintió aliviado de que la brisa, que ahora comenzaba a soplar, impulsara el barco hacia otras regiones más naturales del mar.

Al día siguiente, cruzaron saludos con un barco de velas color violeta que iba rumbo a Zar, la tierra de los sueños olvidados, con un flete de bulbos de lirios de extraños colores. Y en la noche del undécimo día, avistaron la isla de Oriab, con el Ngranek desgarrado y coronado de nieve irguiéndose a lo lejos. Oriab es una isla muy grande; y su puerto de Baharna, una poderosa ciudad. Los muelles de Baharna son de pórfido y la ciudad se eleva tras ellos formando grandes terrazas de piedra y calles de tramos escalonados unos y abovedados otros, pues hay edificios y puentes que se comunican entre sí por encima de las calles. Hay también un gran canal que atraviesa la ciudad entera por un túnel de puertas de granito, y fluye hasta el lago de Yath, en cuyas costas se hallan las inmensas ruinas de ladrillo de una ciudad primordial cuyo nombre no se recuerda. Cuando el barco entró en puerto, ya al anochecer, los dos faros gemelos Thon y Thal parpadearon una señal de bienvenida, mientras las innumerables ventanas de las terrazas de Baharna comenzaron a atisbar con sus lucecitas modestas, y por encima de estas, las estrellas se asomaban desde la oscuridad. El puerto, escarpado y trepador, se fue convirtiendo así en una constelación resplandeciente, suspendida entre las estrellas del cielo y los reflejos de esas mismas estrellas en las sosegadas aguas de la dársena.

El capitán, después de atracar, invitó a Carter a su propia casa, situada en las orillas del lago de Yath, en la cima donde terminan todas las cuestas del pueblo; y su mujer y la servidumbre sacaron sabrosos y extraños manjares para delectación del viajero. Y en los días que siguieron estuvo Carter indagando en todas las tabernas y lugares públicos donde se reunían los recolectores de lava y los escultores, por si alguno de ellos había oído algún rumor o conocía algún relato sobre el Ngranek; pero no encontró a nadie que hubiera subido a las más elevadas alturas ni que hubiera contemplado el rostro esculpido. El Ngranek era un monte muy difícil, pues no tiene más que un valle maldito a su espalda; por otra parte, no había ninguna certeza de que las descarnadas alimañas de la noche fueran exclusivamente imaginarias.

Cuando el capitán zarpó de nuevo para Dylath-Leen, Carter se alojó en una antigua taberna abierta en un callejón escalonado de la parte primitiva del pueblo. Esta taberna, construida de ladrillo, se parecía a las ruinas que había en la orilla más alejada del lago de Yath. En ella trazó sus planes para escalar el Ngranek y revisó todos los datos que le habían proporcionado los recolectores de lava sobre los caminos que mejor conducían allá. El tabernero era un hombre muy viejo y había oído muchas historias, por lo que le fue de gran ayuda. Incluso condujo a Carter a una de las habitaciones superiores de aquella antigua casa, y le mostró un tosco dibujo que un viajero había trazado sobre el yeso de la pared, en los viejos tiempos en que los hombres eran más audaces y no tenían tanto miedo a escalar las cumbres del Ngranek. El bisabuelo del viejo tabernero le había oído contar a su bisabuelo que el viajero que grabó aquel dibujo en la pared había subido al Ngranek y había visto el rostro de piedra, dibujándolo allí para que otros lo pudieran contemplar; pero Carter no se quedó convencido, puesto que aquellos toscos trazos estaban hechos con negligencia y rapidez, y quedaban casi ocultos bajo una multitud de siluetas diminutas del peor gusto, llenas de cuernos, y alas, y garras, y colas enroscadas.

Finalmente, habiendo conseguido toda cuanta información podía recogerse de las tabernas y lugares públicos de Baharna, Carter alquiló una cebra, y una mañana temprano tomó el camino que bordea la orilla del lago Yath, internándose después hacia la zona donde se eleva el rocoso Ngranek. A su derecha se elevaban onduladas colinas, se veían apacibles huertas y limpias casitas de piedra que le recordaban muchísimo los fértiles campos que flanquean el Skai. Al atardecer se hallaba ya cerca de las arcaicas ruinas desconocidas que se alzan en la ribera más alejada del Yath, y aunque los recolectores de lava le habían aconsejado que no acampara allí por la noche, ató la cebra a una rara columna que había ante un muro derruido y echó su manta en un rincón resguardado, al pie de unas esculturas cuyo significado nadie había podido descifrar. Se envolvió con otra manta, porque en Oriab las noches son frías, y, en una ocasión en que le despertó la sensación de que le rozaban la cara las alas de algún insecto, se cubrió la cabeza completamente y durmió en paz, hasta que le despertaron los pájaros magah de los lejanos bosquecillos resinosos.

El sol acababa de aparecer por encima de la gran ladera donde se extendían leguas enteras de primordiales basamentos de ladrillo, paredes desmoronadas y ocasionales columnas rotas y pedestales fragmentados hasta la desolada ribera del Yath; y Carter buscó con la mirada su cebra. Grande fue su consternación al ver al animal tendido junto a la extraña columna en que la había atado, y más grande aún fue su inquietud al descubrir que estaba muerta y que le habían chupado toda la sangre por medio de una herida singular que mostraba en el cuello. Le habían revuelto su equipaje y le habían desaparecido algunas baratijas brillantes; y por todo el polvo del suelo se veían las huellas enormes de unos pies palmeados, a las que de ningún modo pudo encontrar explicación. Los consejos de los recolectores de lava le vinieron a la cabeza, y se preguntó entonces qué clase de cosa sería la que le había rozado la cara durante la noche. Luego se echó al hombro el equipaje y emprendió la marcha hacia el Ngranek, aunque no sin sentir un escalofrío al ver de cerca, cuando cruzaba las ruinas, el chato portal de una entrada que se abría en la fachada de un viejo templo, y cuyos peldaños descendían hasta unas tinieblas imposibles de escudriñar.

El camino subía ahora cuesta arriba por una comarca más agreste y boscosa en la que sólo se veían cabañas, carboneras y campamentos de recolectores de resina. Todo el aire parecía embalsamado por la fragante resina y los pájaros magah cantaban alegremente, haciendo centellear sus siete colores al sol. Hacia el atardecer, llegó a otro campamento de recolectores de lava, que ya llegaban de regreso, con sus pesados sacos al hombro, desde la falda del Ngranek. Aquí acampó él también, y escuchó las canciones y los relatos de los hombres, y les oyó hablar atemorizados de un compañero que habían perdido. Había trepado este hombre demasiado arriba, con el fin de alcanzar una mole de finísima lava que había divisado, y al caer la noche no había regresado con sus compañeros. Cuando fueron a buscarle, al día siguiente, sólo encontraron su turbante; pero no hallaron señal alguna entre los riscos de que se hubiera despeñado. No lo buscaron más, porque el más viejo de todos ellos dijo que era inútil. Aunque se duda mucho de la existencia de las descarnadas alimañas de la noche, y algunos las tienen por puramente fabulosas, se dice también que jamás se recupera cosa alguna que caiga en su poder. Carter entonces les preguntó si las descarnadas alimañas de la noche chupaban la sangre, si les gustaban los objetos brillantes y si dejaban huellas de pies palmeados, pero ellos movieron negativamente la cabeza y parecieron alarmarse por aquellas preguntas. Cuando vio lo taciturnos que se habían vuelto, no les preguntó más y se fue a dormir a su manta.

Al día siguiente se levantó a la vez que los recolectores de lava y se despidió, ya que ellos se marchaban hacia el oeste y él tomaba la dirección opuesta a lomos de una cebra que les había comprado. Los más viejos dijeron que sería mejor que no trepara demasiado arriba del monte Ngranek, pero aunque él les agradeció el consejo sinceramente, no se dejó disuadir lo más mínimo. Creía que iba a encontrar allí a los dioses de la ignota Kadath y que obtendría de ellos indicaciones para llegar a la encantada y maravillosa ciudad del sol poniente. Hacia mediodía, después de un largo ascenso, llegó a las aldeas abandonadas de los montañeses que un día habitaron junto al Ngranek y esculpieron imágenes en su fina lava. Aquí habían vivido hasta los tiempos del abuelo del tabernero, época en que empezaron a notar que su presencia no era grata. Sus nuevas casas habían sido construidas en zonas cada vez más elevadas de la montaña, y cuanto más arriba edificaban, más gente desaparecía al amanecer. Por último, decidieron que era mejor marcharse todos, ya que a veces se veían en la oscuridad cosas nada tranquilizadoras; así que, finalmente, bajaron todos hacia el mar y se instalaron en Baharna, donde ocuparon un barrio muy viejo y enseñaron a sus hijos el antiguo arte de esculpir figuras, lo que siguen haciendo hasta hoy. Fue de estos descendientes de los desterrados del Ngranek de quienes Carter había recogido las más interesantes historias sobre este monte, cuando anduvo indagando por las antiguas tabernas de Baharna.

A medida que Carter, pensando en estas cosas, se aproximaba al Ngranek, la agreste mole desnuda parecía hacerse más elevada y brumosa. En lo más bajo de su ladera crecían los árboles diseminados; algo más arriba era arbustos raquíticos lo que había; y en las alturas, sólo la roca tremenda y desnuda se alzaba espectral en el cielo para mezclarse con el hielo y las nieves eternas. Carter contempló las grietas y escarpas de aquellas rocas sombrías, y no le pareció muy grata la empresa de escalarlas. En algunos lugares se veían corrientes de lava petrificada y montones de escoria apilados en pendientes y cornisas. Hace noventa evos, antes de que los dioses vinieran a danzar sobre el agudo pico, aquella montaña había hablado el lenguaje del fuego y había rugido con la voz de los truenos interiores. Ahora se erguía silenciosa y siniestra, conservando en su cara oculta aquel gigantesco semblante secreto del que se hablaba con temeroso respeto. Y había cuevas en aquel monte cuyas tinieblas, jamás disipadas desde los tiempos más remotos, acaso estuvieran vacías y solitarias, o tal vez —si la leyenda decía verdad— albergaran horrores de formas insospechadas.

Hasta el pie del Ngranek, el suelo ascendía cubierto de escasos robles y de fresnos desmedrados, sembrado de fragmentos rocosos, de lava y de antiguas cenizas. Encontró allí Carter los restos carbonizados de muchos fuegos de campamento, pues los recolectores de lava acostumbraban sin duda a detenerse allí, y varios altares rudimentarios, construidos ya para propiciarse a los Grandes Dioses, ya para conjurar a los seres —quizá sólo soñados— que habitan en los elevados desfiladeros y en el Dédalo de grutas del Ngranek. Al atardecer, Carter alcanzó el montón de cenizas más lejano de todos y acampó allí para pasar la noche. Ató la cebra a una rama y se envolvió bien en las mantas antes de quedarse dormido. Y durante toda la noche estuvo ululando un voonith lejano al borde de alguna charca oculta, pero Carter no sintió miedo alguno ante aquel espantoso ser anfibio, pues le habían asegurado que ninguno de los seres de esta especie se atreve a acercarse siquiera a la falda del Ngranek.

A la clara luz de la mañana siguiente, comenzó Carter el largo ascenso. Llevó su cebra hasta donde el útil animal pudo llegar, y la ató a un fresno raquítico, cuando la pendiente se hizo demasiado pronunciada. A partir de aquí subió él solo. Primero atravesó el bosque, en cuyos calveros cubiertos de maleza abundaban las ruinas de antiguos poblados. Después recorrió los duros campos donde crecían diseminados unos arbustos anémicos. Lamentó que los árboles se fueran distanciando, ya que la pendiente era muy pronunciada y en general le producía vértigo. Por fin empezó a distinguir toda la comarca que se extendía a sus pies por dondequiera que mirara. Vio las cabañas deshabitadas de los escultores, los bosquecillos de árboles resinosos y los campamentos de los que recogían la resina, los grandes bosques donde anidaban y cantaban los prismáticos magahs, e incluso la lejanísima línea de la ribera del Yath, junto a la cual se alzan las antiguas ruinas prohibidas cuyo nombre no se recuerda. Prefirió no mirar a su alrededor, y siguió trepando, hasta que los matorrales se hicieron cada vez más ralos, y no encontró otra cosa donde agarrarse que una hierba de tallos robustos.

Después, el suelo se hizo aún más pobre. De vez en cuando aparecían grandes trechos donde afloraba la roca desnuda y algún nido de cóndor oculto entre las grietas. Al final, ya no hubo sino roca pura, y de no haber estado tan áspera y erosionada, difícilmente habría podido seguir adelante. Sus prominencias, rebordes y remates le ayudaron mucho, y le resultó alentador descubrir de cuando en cuando alguna señal dejada por los recolectores de lava al arañar toscamente la roca, sabiendo por ellas que seres humanos normales y corrientes habían estado allí antes que él. Un poco más arriba, la presencia del hombre se evidenciaba en unos asideros para pies y manos que habían sido practicados a golpe de piqueta allí donde se hacían necesarios, y en las pequeñas canteras y excavaciones efectuadas donde se había descubierto una rica veta de mineral o una corriente de lava. En un lugar se había tallado artificialmente una estrecha cornisa que se apartaba bastante de la línea principal de ascenso para dar acceso a un filón especialmente rico. Una o dos veces se atrevió Carter a mirar alrededor, y se quedó pasmado ante el inmenso paisaje que se dominaba desde aquella altura. Toda la isla, desde donde se encontraba él hasta la costa, se extendía a sus pies. Al fondo distinguía las terrazas de piedra de Baharna y el humo de sus chimeneas, misterioso y distante; y aún más allá, el ilimitado mar Meridional henchido de secretos.

Hasta entonces había ido subiendo en zigzag, de modo que la vertiente esculpida de la montaña permanecía oculta a sus ojos. Carter vio entonces una cornisa que ascendía a la izquierda, y le pareció que esa era la dirección que él debía tomar. Echó hacia allá con la esperanza de que el camino continuase sin interrupción, y diez minutos más tarde comprobó que, efectivamente, no se trataba de un callejón sin salida, sino de una empinada senda que conducía a un arco, el cual, si no estaba bruscamente cortado y no se desviaba, le llevaría en unas pocas horas de ascensión a aquella desconocida vertiente sur que domina los desolados precipicios y el maldito valle de lava. La comarca que apareció ante él por esta dirección era más desolada y salvaje que las tierras que hasta entonces había atravesado. La ladera de la montaña era también algo diferente, pues se veía perforada de extrañas hendiduras y cuevas como no había visto hasta ahora en la ruta que acababa de dejar. Unos por debajo de él y otros por encima, todos estos enormes agujeros se abrían en las paredes verticales, de forma que eran absolutamente inalcanzables al hombre. El aire era frío ahora, pero tan difícil resultaba la escalada que no hizo caso. Sólo le preocupaba su creciente enrarecimiento, y pensó que quizá fuera la dificultad de respirar lo que trastornaba la cabeza de otros viajeros suscitando aquellas absurdas historias de alimañas descarnadas y nocturnas, con las que pretendían explicar la desaparición de los que trepaban por aquellos senderos peligrosos. No le habían impresionado mucho los relatos de los viajeros, pero traía consigo una buena cimitarra por si acaso. Todos los demás pensamientos perdían importancia ante su deseo de ver aquel rostro esculpido que podía proporcionarle por fin la pista de los dioses que reinan sobre la ignota Kadath.

Por último, en medio del frío glacial de las regiones superiores, desembocó de lleno en la cara oculta del Ngranek y, en las simas infinitas que se abrían a sus pies, vio los desolados precipicios y abismos de lava que señalaban el lugar donde en tiempos remotos se había desencadenado la cólera de los Grandes Dioses. Desde allí se divisaba también en dirección sur una vasta extensión de terreno; pero ahora era una tierra desierta, sin campos de labranza ni chimeneas de cabañas, y parecía no tener fin. En esta dirección no se veía el mar ni aun en la lejanía, pues Oriab es una isla grande. Las negras cavernas y las extrañas grietas seguían siendo numerosas en aquellos cortes verticales, pero ninguna era accesible al escalador. Por encima de estas aberturas descollaba una gran masa prominente que impedía ver la parte superior de la montaña, y Carter temió por un momento que resultase infranqueable. Encaramado en una roca insegura batida por el viento, en difícil equilibrio a varias millas por encima del suelo, entre el vacío y una desnuda pared de piedra, conoció Carter el medio que hace esquivar a los hombres el flanco oculto del Ngranek. Si el camino quedaba interceptado, la noche le sorprendería allí acurrucado todavía, y el amanecer no le encontraría ya.

Pero había un acceso y Carter lo vio justo a tiempo. Sólo un soñador auténticamente experto podía haberse valido de aquellos asideros imperceptibles, pero a Carter le fueron suficientes. Remontó la roca inmensa por su pared exterior y se encontró con una pendiente mucho más accesible que la de abajo, ya que el deshielo de un glaciar había dejado en ella un trecho holgado con salientes y surcos. A la izquierda se abría un precipicio que descendía vertical desde ignoradas alturas hasta remotas profundidades. Por encima, fuera de su alcance, podía distinguir la oscura boca de una gruta. A la derecha, sin embargo, el monte se inclinaba bastante, permitiéndole recostarse y descansar.

Por el frío reinante se dio cuenta de que debía encontrarse cerca de las nieves de la cumbre, y alzó los ojos para ver si distinguía el resplandor de los picos nevados, a la luz rojiza del atardecer. Ciertamente había nieve a varios miles de pies más arriba, pero antes de llegar a ella se veía un enorme farallón, suspendido por siempre en atrevido perfil, que sobresalía lo mismo que el que acababa de sortear. Y al verlo dejó escapar un grito, y lleno de pavor, se agarró a las hendiduras de la roca; porque aquella titánica prominencia no conservaba la forma con que las primeras edades de la Tierra la habían modelado, sino que brillaba al sol de la tarde, roja y mayestática, con los tallados y bruñidos rasgos de un dios.

Aquel rostro resplandecía severo y terrible bajo la ígnea luz del sol poniente. Era tan inmenso que resultaba imposible calcular sus dimensiones; pero claramente se veía que aquella obra no había sido esculpida por manos humanas. Era un dios cincelado por dioses, y su mirada altiva y majestuosa descendía desde su altura hasta el lugar donde se encontraba el explorador. Los rumores afirmaban que el rostro era muy singular e incomprensible, y Carter comprobó que, efectivamente, era así; pues aquellos ojos alargados y estrechos, y aquellas orejas de grandes lóbulos, y aquella nariz fina, y la puntiaguda barbilla, y todo en fin, revelaba una raza que no es de hombres sino de dioses.

Aun cuando esta imagen grandiosa era lo que iba buscando y lo que había esperado encontrar, se sintió sobrecogido por un horror sagrado, y tuvo que aferrarse a las paredes del elevado y peligroso nido de águilas en que se hallaba. Pues el rostro de un dios es mucho más prodigioso que todo lo imaginable, y cuando ese rostro es más grande que un templo, y se le ve contemplando el universo desde las alturas, bajo los rayos del sol poniente y en el silencio eterno de las cumbres en cuya oscura lava ha sido esculpido en tiempo inmemorial por divinidades ignotas y terribles, resulta tan impresionante que nadie se puede sustraer a su pavoroso hechizo.

Pero, además, vino a añadirse la sorpresa de que los rasgos del dios le eran familiares; pues, aunque había proyectado buscar por todo el país de los sueños a quienes por su parecido con este rostro se señalasen como hijos de los dioses, comprendía ahora que tal búsqueda no era necesaria. Ciertamente, el gran rostro esculpido en aquel monte inaccesible no le era extraño, sino que tenía los rasgos que había visto a menudo en las gentes que frecuentaban las tabernas portuarias de Celephais, ciudad del país de Ooth-Nargai que se extiende más allá de los Montes Tanarios y está gobernado por el rey Kuranes, a quien Carter conoció una vez en su vida de vigilia. Todos los años llegaban marineros con ese mismo semblante desde el norte, en sus negras embarcaciones, a cambiar ónice por jade esculpido, y por hilo de oro, y por rojos pajarillos cantores de Celephais; y era evidente que tales marineros no eran sino los semidioses que él buscaba. Y el lugar donde habitaban no debía de estar lejos de la inmensidad fría, en donde se alzaba la ignota Kadath, cuyo castillo de ónice era la morada de los Grandes Dioses. De modo que debía dirigirse a Celephais. Y como se hallaba muy lejos de Oriab, decidió regresar a Dylath-Leen y remontar el Skai hasta el puente de Nyr, para atravesar nuevamente el bosque encantado de los zoogs. Desde allí tomaría un camino que va hacia el norte y cruzaría los innumerables jardines que bordean las riberas del Oukranos, hasta llegar a las doradas flechas de campanario de Thran, ciudad donde podría encontrar algún galeón que zarpara rumbo al mar Cerenario.

Pero la oscuridad era ahora más densa, y el gran rostro esculpido resultaba aún más severo en la sombra. La noche cogió al explorador encaramado en aquel saliente; y en la negrura no pudo ni bajar ni subir, sino sólo permanecer allí, y agarrarse, y temblar en aquel angosto lugar hasta que viniese el nuevo día. Deseó fervientemente mantenerse despierto, no fuese que con el sueño perdiera apoyo y cayese por el insondable vacío a los despeñaderos y agudos riscos de aquel valle maldito. Aparecieron las estrellas; pero salvo ellas, sus ojos sólo percibían un negro vacío, un vacío ligado a la muerte, contra la cual no podía sino agarrarse a las rocas y pegarse al muro de piedra, apartándose lo más posible del borde del abismo invisible en las tinieblas. Lo último que vio, antes de que la noche cerrara, fue un cóndor que planeaba muy cerca del precipicio donde él se encontraba, y que se alejó chillando al pasar por delante de la gruta cuya boca se abría un poco por encima de su alcance.

De pronto, sin un ruido que le previniera en la oscuridad, sintió que una mano invisible le sustraía furtivamente la cimitarra de su cinto. Luego oyó caer el arma por las rocas de abajo; y, recortada contra el vago resplandor de la Vía Láctea, le pareció ver la silueta terrible de una criatura flaca y monstruosa, provista de cuernos, de cola, y alas de murciélago. Otros seres habían comenzado también a recortar sus sombras contra las estrellas de poniente, como si una bandada de pájaros inconcebibles saliera aleteando con torpes y silenciosos movimientos de aquella caverna inaccesible de la pared del precipicio. Luego, una especie de tentáculo frío y gomoso le agarró por el cuello, y otra cosa le aprisionó los pies, sintiéndose elevado y suspendido en el espacio. Un minuto después, las estrellas habían desaparecido, y Carter comprendió que había caído en poder de las descarnadas alimañas de la noche.

Sin aliento estaba Carter, cuando le arrastraron al interior de la caverna del precipicio y le condujeron a través de intrincados laberintos. Al principio trató de zafarse instintivamente, pero sus captores le pellizcaron ferozmente para impedírselo. No cambiaron entre sí un solo sonido; y aún sus alas membranosas se movían en silencio. Eran espantosamente fríos, húmedos y resbaladizos, y sus zarpas le manoseaban de manera repugnante. Poco después se dejaron caer a través de abismos inconcebibles en un torbellino vertiginoso de aire húmedo y sepulcral; y Carter sintió que se precipitaba en un vórtice final de locura ululante y demoníaca. Gritaba y gritaba desesperadamente, y cada vez que lo hacía, las pinzas de aquellas bestias le pellizcaban con más sutileza. Después vio a su alrededor una especie de fosforescencia gris, y supuso que estaría llegando a aquel mundo subterráneo de horrores profundos del cual hablaban las oscuras leyendas, y dicen que está iluminado tan sólo por un pálido fuego letal que nace del mismo aire emponzoñado y de las brumas primordiales de los abismos del centro de la tierra.

Por último, allá abajo, en las profundidades aquellas, divisó unas alineaciones casi imperceptibles de montañas, y supuso que serían los fabulosos picos de Throk. Se elevan estos, pavorosos y siniestros, en la mágica oscuridad de las profundidades eternas. Son más altos de lo que el hombre es capaz de calcular, y defienden los valles donde moran los dholes en sucias madrigueras. Pero Carter prefería mirar los picos aquellos que a sus opresores, que eran unas criaturas negras, toscas y espantosas, de piel suave y grasienta como la de las ballenas, con unos cuernos desagradables, curvados hacia adentro, y sigilosas alas de murciélago. Poseían horribles patas prensiles y estaban armados de una cola que hacían restallar de manera tan inquietante como innecesaria. Y lo peor de todo era que no hablaban ni reían jamás, ni tampoco podían esbozar una sonrisa siquiera, ya que carecían totalmente de rostro, por lo que allí donde debían tener la cara sólo había una superficie lisa y vacía. Todo cuanto podían hacer era agarrar, volar y pellizcar, pues tal es la naturaleza de esas bestias nocturnas.

Al descender la bandada, los picos de Throk comenzaron a descollar contra el cielo, grises y lúgubres, y Carter observó claramente que en aquel granito austero e imponente, sumido en eterno crepúsculo, no podía existir forma alguna de vida. Cuando descendieron aún más, se apagaron los fuegos letales del aire, y el mundo se sumergió en la negrura primordial del vacío, salvo por arriba, donde los agudos picos se alzaban como espectros. Pronto se perdieron las cimas en las brumas de las alturas; y en las tinieblas Carter sólo percibió tremendas corrientes de vientos húmedos y helados, procedentes de las grutas inferiores. Luego, por fin, las descarnadas alimañas se posaron en un suelo sembrado de cosas invisibles que parecían montones de huesos, y dejaron solo a Carter en aquel valle tenebroso. Traerle aquí había sido la misión de las descarnadas alimañas de la noche que guardan el Ngranek; una vez cumplida, alzaron el vuelo silenciosamente. Cuando Carter trató de seguir su vuelo con la mirada, se dio cuenta de que no le era posible, ya que tardaron muy poco en desaparecer tras los picos de Throk. Nada había en torno suyo, sino tinieblas, y horror, y huesos, y silencio.

Ahora sabía Carter con toda certeza que se encontraba en el valle de Pnoth, donde se arrastran y excavan madrigueras los enormes dholes; pero no sabía qué podría pasarle allí, porque nadie ha visto jamás un dhole ni aun imaginado su apariencia. A los dholes se les reconoce únicamente por un rumor confuso, por los crujidos que producen al arrastrarse entre montañas de huesos, y por el tacto viscoso de su piel cuando le rozan a uno al pasar. No pueden ser vistos porque salen únicamente en la oscuridad. Como Carter no tenía ganas de encontrarse con ningún dhole, estaba muy atento a cualquier ruido que sonara por la enorme masa de huesos que había a su alrededor. Aun en este espantoso lugar tenía un plan y un objetivo que cumplir, ya que tenía ciertas referencias de Pnoth por un individuo con quien había conversado largamente tiempo atrás. En suma, parecía cabalmente que era aquel el lugar donde todos los gules del mundo de la vigilia arrojan los despojos de sus festines. Si tenía suerte, podría llegar a un farallón imponente, más alto que los picos de Throk, que marca el límite de sus dominios. Las carretadas de huesos le indicarían hacia dónde tenía que buscar, y una vez descubierto el farallón, podría pedirle a un gul que le echara una escala de cuerda; pues, por extraño que parezca, Carter tenía ciertos vínculos con estas terribles criaturas.

Había conocido en Boston a un hombre —un pintor extraño que tenía su estudio secreto en un antiguo callejón que bordeaba un cementerio— el cual había hecho amistad con los gules. Este pintor le había enseñado a comprender lo más simple de la desagradable algarabía que constituye el lenguaje de esos seres. El pintor había acabado por desaparecer, y Carter estaba convencido de que ahora se lo encontraría aquí y de que, por primera vez en el país de los sueños, podría hacer uso del habitual inglés de su vida de vigilia, que ahora se le antojaba extraño y remoto. En cualquier caso, confiaba en persuadir a un gul para que le ayudara a salir de Pnoth. Por otra parte, siempre sería mejor toparse con un gul, puesto que al menos puede verse que con un dhole, que es invisible.

Caminaba, pues, Carter alerta en la oscuridad, y cuando le parecía oír que algo se removía entre los huesos, echaba a correr. De pronto llegó a un declive de piedra y comprendió que debía encontrarse al pie de uno de los picos de Throk. Después oyó una horrible algarabía que provenía de las alturas y tuvo la certeza de haber llegado al barranco de los gules. No estaba seguro de que le pudieran oír desde el fondo del valle, ya que tenía varias millas de profundidad, pero el mundo interior posee leyes muy extrañas. Al pararse a reflexionar, recibió el golpe de un proyectil óseo tan pesado que sin duda debió de tratarse de una calavera; y dándose cuenta de la proximidad del barranco fatal, emitió lo mejor que pudo el quejido lastimero que es la llamada de los gules.

El sonido se propaga despacio, así que transcurrió cierto tiempo antes de oír el grito de respuesta. Pero lo oyó al fin, y entendió que le iban a echar una escala. La espera entonces se le hizo muy tensa, ya que no hace falta decir qué criaturas podían haber despertado sus llamadas entre aquellos huesos. En efecto, no tardó en oír un vago crujido a lo lejos. A medida que se le fue acercando el crujido aquel, Carter se fue sintiendo más intranquilo, porque no quería alejarse del lugar donde le bajarían la escala. Finalmente, la tensión se le hizo casi insoportable; y estaba a punto de echar a correr, lleno de pánico, cuando oyó chocar algo contra un montón de huesos no lejos del sitio de donde procedía el ominoso crujir que avanzaba poco a poco. Era la escala, y después de buscarla a tientas durante unos momentos, consiguió sujetarla tirante entre sus manos. Pero el otro ruido no cesó, sino que siguió tras él, mientras Carter trepaba por la escala. Había subido más de cinco pies, cuando las vibraciones de abajo aumentaron considerablemente; y al llegar a diez pies del suelo, algo sacudió la escala desde abajo. A una altura de unos quince o veinte pies, sintió que le rozaba todo el costado una cosa larga y escurridiza que se hacía alternativamente cóncava y convexa, como culebreando para atraparle. A partir de entonces, Carter trepó desesperadamente para escapar del insoportable contacto de aquel nauseabundo y bien cebado dhole, cuya forma ningún hombre puede contemplar.

Trepó durante horas y horas, con los brazos doloridos y las manos cubiertas de ampollas. De nuevo aparecieron ante él los fuegos letales y las inquietantes cumbres de Throk. Finalmente, vislumbró por encima de él una cornisa que sobresalía del borde del gran despeñadero de los gules, cuya pared vertical no pudo percibir. Mucho tiempo después, vio un rostro singular que le escudriñaba encaramado en la cornisa como una gárgola acurrucada en una balaustrada de Notre-Dame. A punto estuvo de perder el conocimiento por la impresión, pero un momento después se había recuperado; su desaparecido amigo Richard Pickman le había presentado una vez a un gul, y recordó su rostro canino, sus formas consumidas y su indescriptible comportamiento. Así, pues, para cuando aquella criatura espantosa le hubo sacado del inmenso vacío, izándole por encima del borde del precipicio, ya se había dominado, y no gritó al ver los despojos medio devorados que se amontonaban a un lado y los grupos de gules acurrucados que roían y le miraban con curiosidad.

Se encontraba ahora en una llanura débilmente iluminada cuya principal característica era la existencia de grandes peñascos y de numerosas madrigueras. En general, los gules se mostraron respetuosos, aun cuando uno de ellos intentara pellizcarle y los demás le miraran apreciativamente evaluando su delgadez. Mediante pacientes gruñidos y quejidos, hizo algunas preguntas acerca de su desaparecido amigo, y supo por ellos que se había convertido en un gul de cierta importancia, y que habitaba en los abismos más próximos al mundo de la vigilia. Un gul viejo y de color verdoso se ofreció a llevarle a la residencia actual de Pickman; así que, pese a su repugnancia natural, siguió a aquella criatura por una madriguera espaciosa y se arrastró tras ella durante horas y horas en una negrura de moho corrompido. Al fin salieron a una llanura oscura, sembrada de incongruentes reliquias de la tierra —viejas lápidas, urnas rotas y grotescos fragmentos de monumentos funerarios— por lo que Carter presintió con cierta emoción que probablemente se hallaban más cerca que nunca del mundo de la vigilia, desde que bajara los setecientos peldaños que conducen de la cueva de fuego a las Puertas del Sueño Profundo.

Allí, encima de una lápida de 1768 robada del cementerio de Granary de Boston, estaba sentado el gul que antaño fuera el pintor Richard Upton Pickman. Mostraba desnudo su cuerpo gomoso, y había adquirido de tal modo la fisionomía de los gules que sus rasgos humanos eran ya apenas perceptibles. Pero todavía recordaba un poco de inglés y pudo conversar con Carter por medio de gruñidos y monosílabos, aunque recurriendo a cada momento a la algarabía de los gules. Cuando supo que Carter deseaba llegar al bosque encantado, para ir de allí a Celephais, ciudad de Ooth-Nargai situada más allá de los montes de Tanaria, se mostró escéptico; porque estos gules del mundo de la vigilia no actúan en los cementerios del Alto País de los Sueños (los ceden a los vampiros de pies rojos que habitan en las ciudades muertas), y además se interponen muchos peligros entre los riscos donde viven y el bosque encantado, uno de los cuales es el terrible reino de los gugos.

En tiempos pasados, los gugos, velludos y gigantescos, habían construido en aquel bosque unos círculos de piedra donde celebraron extraños sacrificios a los Dioses Otros y a Nyarlathotep, el caos reptante, hasta que una noche, una de estas abominaciones llegó a oídos de los dioses de la tierra, quienes los desterraron a las cavernas inferiores. Sólo una gran losa de piedra con una argolla de hierro comunica el abismo de los gules terrestres con el bosque encantado, y los gugos tienen miedo de abrirla a causa de una maldición. Era muy poco probable que un soñador mortal pudiera cruzar el reino subterráneo de los gugos y salir por aquella losa, ya que los soñadores mortales constituían en un principio su alimento predilecto, existiendo todavía entre los gugos leyendas que hablan de la exquisita carne de tales soñadores a pesar de que su confinamiento ha reducido su dieta a los lívidos, seres repulsivos que mueren al contacto con la luz y que viven en las cuevas de Zin, donde brincan con sus largas patas como canguros.

Así que el gul que había sido Pickman aconsejó a Carter que abandonara el abismo en Sarkomand, ciudad desierta del valle que se abre bajo la meseta de Leng, cuyas negras escaleras salitrosas, custodiadas por leones alados, conducen desde la tierra de los sueños a las simas inferiores; o que regresara al mundo de la vigilia a través de un cementerio y empezara la búsqueda de nuevo a partir de los setenta peldaños del Sueño Ligero, de las Puertas del Sueño Profundo y del bosque encantado. Sin embargo, el explorador no siguió este itinerario porque no sabía el camino de Leng a Ooth-Nargai; y además, tenía pocas ganas de despertar, no fuera a olvidar todo lo que había aprendido en este sueño. Sería desastroso para su empresa olvidar los rostros augustos y celestiales de aquellos marineros del norte que traficaban con el ónice en Celephais, los cuales, siendo hijos de dioses, le señalarían el camino hacia la inmensidad fría y, por consiguiente, hacia Kadath donde moran los Grandes Dioses.

Después de muchas súplicas, el gul consintió en guiar a su huésped hasta el interior de las murallas que circundan el reino de los gugos. Había una posibilidad de que Carter consiguiera cruzar sigilosamente aquel reino crepuscular, erizado de rocas dispuestas en círculo. A la hora en que estos seres gigantescos roncan saciados en sus habitáculos no le sería imposible llegar a la torre central, coronada por el signo de Koth, de donde arranca la escalera que conduce a la losa de piedra del bosque encantado. Pickman accedió incluso a prestarle tres gules para que le ayudaran a levantar con una palanca la losa de piedra; pues los gugos se muestran algo asustadizos ante los gules, huyendo a menudo de sus cementerios colosales cuando ven celebrar allí algún festín.

También aconsejó a Carter que se disfrazara de gul: que se afeitara la barba que se había dejado crecer (los gules no tienen), que se revolcara desnudo en el moho verdoso para adquirir el adecuado aspecto de cadáver medio corrompido, y llevara su ropa hecha un lío como si fuera una presa arrebatada de la tumba. Llegarían a la ciudad de los gugos a través de las madrigueras correspondientes y saldrían a un cementerio situado no lejos de la Torre de Koth. Debían evitar, sin embargo, una gran caverna que había junto al cementerio, ya que esta era la boca de las criptas de Zin, donde los vindicativos lívidos acechan a los habitantes del abismo superior que vienen a cazarlos para devorarlos. Los lívidos intentan salir cuando los gugos duermen, y atacan a los gules con tanta gana como a los gugos, porque no saben distinguirlos. Son muy primitivos y se comen unos a otros. Los gugos tienen apostado un centinela en un angosto recodo de la cripta de Zin, pero con frecuencia se queda amodorrado, y algunas veces es sorprendido por alguna facción de lívidos. Aunque los lívidos no pueden vivir bajo una luz verdadera, pueden, sin embargo, soportar durante algunas horas la penumbra crepuscular de los abismos.

Así, Carter reptó por las interminables madrigueras acompañado de tres serviciales gules, portadores de una lápida sepulcral que pertenecía a un tal Coronel Nepemiah Derby, fallecido en 1719 que habían sacado del cementerio municipal de Charter Street, de Salem. Cuando salieron otra vez a la luz crepuscular, se encontraron en un bosque de enormes monolitos, cubiertos de líquenes, los cuales alcanzaban tal altura que casi no se podía divisar su extremo superior. Eran lápidas del cementerio de los gugos. A la derecha de la abertura por donde habían salido a rastras, y entre los colosales sepulcros, se veía un grandioso panorama de ciclópeas torres cilíndricas que se elevaban a una altura inconcebible en la atmósfera gris de las entrañas de la tierra. Era la gran ciudad de los gugos, cuyas puertas tienen treinta pies de altura. Los gules vienen aquí a menudo porque el cadáver enterrado de un gugo puede alimentar a toda la comunidad durante casi un año. Aunque la empresa tenga sus peligros, es preferible echar mano de los gugos a tener que afanarse en las tumbas de los hombres para obtener mezquinos resultados. Carter comprendía ahora la presencia de aquellos huesos gigantescos que había advertido en el valle de Pnoth.

Frente a ellos, y nada más salir del cementerio, se elevaba una escarpa completamente vertical en cuya base se abría una caverna inmensa. Los gules dijeron a Carter que debían evitarla a toda costa, ya que era la entrada a los impíos subterráneos de Zin, donde los gugos cazan a los lívidos en la oscuridad. Y en efecto, aquella advertencia se vio muy pronto justificada, porque en el momento en que un gul comenzaba a arrastrarse hacia las torres para ver si habían calculado bien la hora de descanso de los gugos, en la oscuridad de la caverna fulguró un par de ojos rojizos y amarillentos, y luego otro, lo que indicaba que los gugos tenían un centinela menos y que los lívidos poseen realmente una gran agudeza olfativa. Así que el gul regresó a la madriguera e hizo señas a sus compañeros para que guardaran silencio. Era mejor no interrumpir a los lívidos; había una posibilidad de que se retiraran pronto, ya que sin duda estarían cansados después de haber luchado con el gugo centinela de los negros subterráneos. Al poco rato saltó a la luz gris del crepúsculo un ser del tamaño de un caballo pequeño, y Carter se sintió enfermo al ver el aspecto de aquella bestia obscena y malsana, cuyo rostro resultaba bastante humano, pese a la ausencia de nariz, de frente y de otros detalles importantes.

En ese momento, otros tres lívidos saltaron fuera de la caverna y se unieron al primero, y un gul susurró a Carter en voz casi imperceptible que aquella ausencia de rasguños que mostraban era mala señal. Indicaba que no habían luchado con el gugo centinela, de modo que aún conservaban toda su fuerza y ferocidad, y que así permanecerían hasta que encontraran y devoraran alguna víctima. Resultaba muy desagradable ver aquellos animales inmundos y desproporcionados, que no tardaron mucho en ser una quincena, hozando por el suelo y dando saltos de canguro bajo la luz crepuscular, en esa atmósfera brumosa traspasada de titánicas torres e inmensos monolitos. Pero aún más desagradable fue oírles cuando empezaron a hablar con las toses y sonidos guturales que constituyen el lenguaje de los lívidos. Y aunque eran horripilantes, no lo eran tanto como lo que surgió en ese momento por detrás de ellos, de manera asombrosamente repentina.

Era una zarpa de unas tres cuartas de anchura, provista de formidables garras. Después apareció otra; y después, un brazo enorme de negro pelaje al que se unían ambas zarpas con dos cortos antebrazos. Luego brillaron dos ojos rosados, apareciendo a continuación la cabeza bamboleante del gugo centinela que había despertado. Tenía el tamaño de un barril aquella cabeza; y los ojos sobresalían unas dos pulgadas a cada lado, protegidos por unas protuberancias óseas cubiertas de pelo encrespado. Pero lo que le daba a esta cabeza un aspecto particularmente terrible era la boca. Aquella boca de enormes colmillos amarillos recorría la cabeza de arriba abajo, abriéndose verticalmente y no de forma corriente.

Pero antes de que el infortunado gugo acabara de salir de la gruta y enderezara sus siete metros de altura, los arteros lívidos se habían abalanzado sobre él. Carter temió por un momento que diera la alarma y despertase a los suyos, pero un gul le susurró que los gugos no tienen voz y que se comunican por medio de gestos faciales. La batalla que a continuación tuvo lugar fue inenarrable y atroz. Los venenosos lívidos acometían febrilmente por todos lados al medio incorporado gugo, mordiéndole y destrozándole con sus mandíbulas, e hiriéndole cruelmente con sus duras y afiladas pezuñas. Durante la lucha, los lívidos carraspeaban y tosían con excitación, gritando cuando la enorme boca vertical del gugo hacía presa en alguno de ellos, de suerte que el fragor del combate habría despertado ya, con toda seguridad, a todos los demás gugos de no haber sido porque el cada vez más debilitado centinela había ido retrocediendo, trasladando así la batalla cada vez más adentro de la caverna. De este modo, el tumulto desapareció pronto de la vista y se sumergió en la negrura, y sólo algún eco infernal y esporádico indicaba que la lucha proseguía.

Entonces el más avispado de los gules dio la señal de avanzar, y Carter siguió a sus tres compañeros. Salieron del laberinto de monolitos y entraron en las calles oscuras y fétidas de aquella horrenda ciudad, cuyas torres circulares de ciclópea mampostería se elevan hasta perderse de vista. Caminaron con paso vacilante y silencioso por aquel tosco pavimento rocoso, mientras oían con aprensión los apagados y abominables resoplidos que salían de las inmensas entradas, indicando que los gugos dormían la siesta. Temiendo que aquella hora de descanso estuviera a punto de terminar, los gules apretaron el paso; pero, aun así, el trayecto no resultó corto, ya que son enormes las distancias en aquella ciudad de gigantes. Finalmente llegaron a una plaza, ante la cual se alzaba una torre mucho más grande que las demás. Encima de la puerta de esta torre destacaba un monstruoso bajorrelieve que representaba un símbolo aterrador aun para quien ignorara su significado. Era la torre central que ostentaba el signo de Koth, y aquellos inmensos peldaños que se vislumbraban en la oscuridad de su interior eran el arranque de la gran escalera que conducía al Alto País de los Sueños y al bosque encantado.

Comenzó entonces un ascenso interminable, completamente a oscuras. Era casi imposible subir, debido al tamaño monstruoso de los peldaños tallados por los gugos, que medían lo menos un metro de altura. Carter no pudo calcular, ni aun aproximadamente, el número de peldaños que subió, porque no tardó en sentirse tan rendido de cansancio que los elásticos e infatigables gules se vieron obligados a ayudarle. Durante el ascenso, les acechaba el constante peligro de ser descubiertos y perseguidos, porque si bien los gugos no se atreven a levantar la losa de piedra del bosque por miedo a la maldición de los Grandes Dioses, tal maldición no afecta para nada a la torre y a la escalera, de manera que los lívidos que tratan de refugiarse allí suelen ser cazados por los gugos, aunque lleguen al último tramo de la escalera. Tan fino es el oído de los gugos que, de haber estado despiertos, habrían oído perfectamente el roce de los pies desnudos y de las manos de quienes subían; y, desde luego, habría sido cuestión de poco tiempo que los gigantes —acostumbrados a las cacerías de lívidos en la cripta de Zin en completa oscuridad— dieran alcance a la débil y torpe presa que ahora ascendía por las ciclópeas escaleras. Era desesperante pensar que los silenciosos gugos no pueden ser oídos y que si llegaban a descubrirles caerían de repente sobre ellos, cogiéndoles desprevenidos en la oscuridad. En aquel extraño lugar, ni siquiera les detendría el tradicional temor que sienten hacia los gules, ya que en él gozaban de una ventaja manifiesta. Existía, además, el peligro eventual de tropezarse con los venenosos lívidos, que a veces se introducen en la torre durante la hora de sueño de los gugos. Si estos durmiesen ahora mucho tiempo y los lívidos regresaran pronto de su combate en la caverna, el olor de Carter y sus acompañantes atraería irremisiblemente a estos seres nauseabundos y hostiles, en cuyo caso era preferible ser devorados por los gugos.

Luego, después de trepar durante una eternidad, oyeron una tos allá arriba, en la oscuridad, y la situación dio un giro inesperado y gravísimo. Evidentemente, se trataba de un lívido, o tal vez de varios, que se había debido extraviar en el interior de la torre antes de que llegaran Carter y sus guías, y estaba igualmente claro que el peligro era inminente. Tras un segundo de dudas angustiosas, el gul que iba en cabeza empujó a Carter a un rincón y dispuso a sus compañeros convenientemente, con la vieja lápida en alto para dejársela caer al enemigo en cuanto se pusiera a tiro. Los gules pueden ver en la oscuridad, así que la situación no era tan desesperada como lo habría podido ser si Carter se hubiera encontrado solo. Un momento después, un ruido de pezuñas les hizo saber que al menos una de las bestias lívidas bajaba dando saltos, y los gules que sostenían la lápida la enarbolaron para intentar un golpe desesperado. Fue entonces cuando surgieron dos ojos rojizos y amarillentos, a la vez que la jadeante respiración del lívido se hacía audible por encima del ruido de sus patas. Al saltar la sucia bestia al peldaño inmediatamente superior de donde estaban los gules, lanzaron estos la vieja lápida con fuerza prodigiosa, de suerte que sólo se oyó un estertor agónico, antes de que la víctima cayese hecha un amasijo inmundo. Parecía no haber más bestias de aquellas allí dentro; y después de guardar silencio un momento, los gules dieron una palmada a Carter como señal de que podían proseguir la marcha. Como antes, se vieron obligados a ayudarle, y Carter se alegró de dejar aquel lugar de muerte donde el cadáver grotesco del lívido yacía invisible en la oscuridad.

Por último, los gules detuvieron a su compañero. Extendiendo los brazos hacia arriba y palpando en las tinieblas, Carter se dio cuenta de que habían llegado a la losa de piedra. Levantarla del todo era imposible; los gules se limitarían a abrir una rendija suficiente para introducir la lápida a modo de palanca y permitir así que Carter saliera por la abertura. Los gules tenían pensado bajar nuevamente por la escalera y regresar por donde habían venido, ya que en la ciudad de los gugos les resultaba muy fácil pasar inadvertidos. Además, no sabrían orientarse por los caminos de la superficie para llegar a la espectral Sarkomand, ciudad donde se hallaba la entrada al abismo, custodiada por los leones.

Enorme fue el esfuerzo que hubieron de realizar los tres gules para levantar la losa. Carter les ayudó con todas sus fuerzas. Juzgaron que debían empujar en la parte de la losa que descansaba sobre la escalera, y allí aplicaron toda la fuerza de sus músculos innoblemente alimentados. Pocos segundos después se abrió una ligera rendija y Carter, a quien se había confiado esta misión, deslizó el canto de la vieja lápida por aquella abertura. A continuación, siguió un forcejeo imponente, aunque sin resultados; como es natural, cada vez que fracasaban tenían que volver a empezar desde el principio.

De pronto, su desesperación se vio mil veces multiplicada por un ruido que oyeron al pie de la escalera. Este ruido no fue sino el choque sordo del cadáver del lívido y el golpeteo de sus pezuñas al caer rodando escaleras abajo. Pero la causa por la cual rodaba aquel cuerpo hacia abajo no resultaba nada tranquilizadora. Por tanto, conociendo las costumbres de los gugos, los gules redoblaron sus frenéticos esfuerzos, y en un plazo sorprendentemente breve consiguieron levantar la trampa de tal manera que Carter pudo introducir la lápida, dejando una abertura suficientemente holgada. Ayudaron entonces a Carter, haciéndole subir sobre sus hombros cartilaginosos y guiándole los pies cuando se agarró al borde del bendito suelo del Alto País de los Sueños. Un segundo más tarde habían salido los tres por la abertura, arrojando la lápida y cerrando la gran losa, mientras abajo se hacía audible un resuello jadeante. Debido a la maldición de los Grandes Dioses, ningún gugo osaría jamás salir por aquella trampa; por consiguiente, Carter se dejó caer confiadamente, con un suspiro de alivio y sosiego, entre los hongos grotescos del bosque encantado, mientras sus guías se acurrucaban en grupo, según es costumbre entre los gules.

Aunque era siniestro, en verdad, el bosque encantado por el que había viajado hacía ya tantísimo tiempo, ahora le parecía un paraíso y una delicia, después de haber recorrido los lúgubres abismos del mundo inferior. No había un solo ser vivo por los alrededores, ya que los zoogs sienten un gran temor por aquella entrada misteriosa, y Carter consultó inmediatamente con los gules acerca del itinerario que convenía seguir. Ellos no se atrevían ya a regresar por la torre; pero el viaje por el mundo de la vigilia tampoco les convenció al enterarse de que, para subir a él, tenían que cruzar ante los sacerdotes Nasht y Kaman-Thah, en la cueva de fuego. Así que, por último, decidieron regresar por Sarkomand, pues allí existe una entrada al abismo, aunque de momento no supieran cómo llegar hasta esa ciudad. Carter recordaba que Sarkomand está situada en el valle que se abre al pie de la meseta de Leng y recordaba igualmente que en Dylath-Leen había visto a un viejo mercader siniestro y de ojos oblicuos que tenía fama de traficar con los pueblos de Leng, por lo que aconsejó a los gules que cruzaran los campos de Nyr hasta el Skai y que siguieran después el curso del río hasta su desembocadura, ya que en ella se alza Dylath-Leen. Decidieron hacerlo así sin demora ni pérdida de tiempo, porque la creciente oscuridad auguraba una noche entera de viaje. Carter estrechó las zarpas de aquellas bestias repulsivas, les dio las gracias por la ayuda que le habían prestado y les pidió que expresaran también su agradecimiento al gul que un día fuera Pickman. A pesar de todo, no pudo evitar un suspiro de alivio cuando los vio alejarse; porque un gul siempre es un gul, y en el mejor de los casos resulta un compañero poco grato para el hombre. Después de hacerse estas reflexiones, buscó Carter un manantial en el bosque, se limpió el fango y el moho que traía de las regiones inferiores, y después se vistió con las ropas que tan cuidadosamente había traído envueltas.

Era ya de noche en aquel bosque terrible de árboles monstruosos, pero la fosforescencia reinante permitía al peregrino caminar como si fuese de día, y Carter echó a andar por el conocido camino de Celephais, ciudad del país de Ooth-Nargai que se extiende tras los montes Tanarios. Y mientras caminaba, pensaba en la cebra que hacía miles y miles de años había dejado atada a la rama de un árbol, en las estribaciones del Ngranek, en la lejana isla de Oriab, y se preguntaba si no le daría de comer algún recolector de lava y la soltaría después. Y se preguntaba igualmente si volvería algún día a Baharna para pagar la cebra que le habían matado la noche que pasó junto a las ruinas arcaicas que se alzan en las riberas del Yath, y si el viejo tabernero se acordaría de él. Tales eran los pensamientos que le venían a la cabeza mientras respiraba el reconfortante aire del Alto País de los Sueños.

De pronto se detuvo al oír un murmullo que salía de un enorme tronco hueco. Había evitado el gran círculo de piedras porque ahora no quería encontrarse con los zoogs; pero a juzgar por la algarabía de chirridos que salía de aquel árbol inmenso, debía estarse celebrando una importante asamblea. Al acercarse más advirtió que se trataba de una acalorada discusión, cuyo tema le atañía a él de manera excepcional, pues lo que se deliberaba era nada menos que la declaración de guerra a los gatos. El motivo era la desaparición de los zoogs que habían seguido a Carter hasta Ulthar, a quienes los gatos habían castigado por mostrar las aviesas intenciones que ya se vieron, y el asunto había suscitado violentos y prolongados debates, hasta que por fin los adiestrados zoogs habían decidido lanzarse contra toda la tribu felina en el plazo máximo de un mes. Su plan consistía en efectuar una serie de ataques por sorpresa encaminados a capturar los gatos solitarios o en grupos que estuvieran desprevenidos, sin dar a la gran masa de gatos de Ulthar el tiempo necesario para organizarse y contraatacar. Carter comprendió que, antes de proseguir su extraordinaria empresa, tenía que desbaratar el atrevido plan de los zoogs.

Así pues, Randolph Carter se deslizó sigilosamente hasta un ángulo del bosque y lanzó el maullido del gato a través de los campos vagamente iluminados por la luz de las estrellas. Y una enorme gataza salió de una cabaña próxima, tomó el relevo y lo transmitió, a través de las praderas, a los guerreros grandes y pequeños, negros, grises, atigrados, blancos, amarillos y cruzados; y el eco fue repetido junto al

Nyr y más allá del Skai, hasta Ulthar, y los innumerables gatos de Ulthar respondieron a coro y se dispusieron en orden de marcha. Era una suerte que la luna no hubiera salido, porque así todos los gatos estaban en la Tierra. Veloces y silenciosos, abandonaron sus hogares y saltaron de los tejados y se desparramaron como un mar de lustroso pelaje por las llanuras, hasta el borde del bosque. Carter estaba allí para recibirles; y el espectáculo de estos gatos sanos y bien proporcionados le resultó un descanso para los ojos, después de ver las criaturas que había visto en los abismos y de caminar con ellas. Se alegró de volver a encontrar a su venerable amigo y salvador a la cabeza del destacamento de Ulthar, con el collar de su graduación en torno a su sedoso cuello, y los bigotes tiesos en gesto marcial. Y se alegró aún más cuando vio, como alférez de aquel mismo ejército, a un avispado jovenzuelo que no era otro que el mismísimo gatito de la taberna, a quien Carter había regalado con un riquísimo plato de leche una mañana ya lejana, en Ulthar. Ahora se había convertido en un gato robusto y de gran porvenir. y al estrecharle la mano a su amigo, se puso a ronronear. Su abuelo dijo que cumplía muy bien en el ejército y que tras otra campaña más podría aspirar al grado de capitán.

Carter les contó el peligro que corría la tribu gatuna, por lo que recibió agradecidos ronroneos de todos los presentes. De acuerdo con los generales, trazó un plan de acción inmediata que consistía en atacar sin más dilación la asamblea de los zoogs y sus plazas fuertes conocidas, anticipándose a sus ataques por sorpresa y obligarles a aceptar un armisticio antes de que pudieran movilizar su ejército invasor. Por tanto, sin perder un solo momento, el gran océano de gatos inundó el bosque encantado y se cerró en torno al árbol donde se celebraba la asamblea y al círculo de piedras. Los chillidos de los zoogs se elevaron hasta un grado enloquecedor cuando las enemigas bestezuelas se vieron sorprendidas por los recién llegados. Escasa resistencia hubo por parte de los furtivos y curiosos zoogs de oscuro pelaje, porque al instante comprendieron que les habían ganado por la mano; y sus propósitos de venganza se tornaron en deseos de salvación.

La mitad de los gatos se sentó en círculo alrededor de los zoogs capturados y dejaron un pasillo por el que los demás gatos fueron introduciendo a los zoogs que iban apresando en otras partes del bosque. Por fin se discutieron las condiciones de un armisticio. Carter actuó de intérprete y se decidió allí que los zoogs seguirían siendo independientes a condición de que pagaran a los gatos un gran tributo de guacos, codornices y faisanes cazados en las zonas menos fabulosas del bosque. Los vencedores tomaron como rehenes a unos cuantos zoogs de familias nobles, que serían custodiados en el Templo de los Gatos de Ulthar, y dejaron bien sentado que cualquier desaparición de gatos en los alrededores de los dominios de los zoogs tendría desastrosas consecuencias para los propios zoogs. Una vez expuestas estas condiciones, los gatos rompieron filas y dejaron que los zoogs se marcharan uno a uno a sus respectivas casas, cosa que se apresuraron a hacer mirando de soslayo con gesto sombrío.

El viejo general ofreció entonces a Carter una escolta para atravesar el bosque hasta salir de él por donde deseara. Consideraba el gato —y no sinrazón— que los zoogs abrigarían ahora un tremendo resentimiento contra Carter por haber hecho fracasar sus belicosos propósitos, y Carter acogió esta oferta con gratitud, no sólo por la seguridad que le proporcionaba, sino porque además le gustaba la grácil compañía de los gatos. Así pues, en medio del simpático y alegre regimiento, satisfecho por el feliz término de la empresa, Randolph Carter caminó dignamente a través de aquel bosque mágico y fosforescente de árboles descomunales. Mientras los demás se entregaban a fantásticas cabriolas o jugueteaban con las hojas caídas que el viento arrastraba entre los hongos de aquel suelo primordial, Carter iba hablando de Kadath con el general y el nieto. El viejo gato le dijo entonces que había oído hablar mucho de aquella desconocida ciudad de la inmensidad fría, pero que no sabía dónde se encontraba exactamente. En cuanto a la maravillosa ciudad del sol poniente, ni siquiera había oído hablar de ella, pero con mucho gusto comunicaría a Carter cualquier información que le llegara al respecto.

También le dio algunas contraseñas de gran valor entre los gatos del País de los Sueños, y le recomendó especialmente al viejo jefe de los gatos de Celephais, que era hacia donde él se dirigía. Aquel viejo gato, a quien Carter ya conocía de modo superficial, era un honrado maltés, y su influencia resultaría decisiva en transacciones de todo tipo. Ya amanecía cuando salieron del bosque por el lugar más conveniente, y Carter se despidió de sus amigos con cierto pesar. El joven alférez que Carter había conocido cuando era cachorrillo le habría acompañado de no habérselo prohibido su abuelo; pero este severo patriarca insistió en que el deber exigía la presencia de todo gato junto a su tribu y su ejército. Así que Carter emprendió solo el camino a través de los dorados campos que se extienden llenos de misterio junto al río bordeado de sauces, y los gatos regresaron al bosque.

El viajero conocía bien aquellas tierras paradisíacas que se extienden entre el bosque y el mar Cerenario, y siguió alegremente el curso cantarino del Oukranos, que señalaba su ruta. El sol se elevó por encima de las suaves colinas cubiertas de prados y bosques, y encendió los colores de los millares de flores que tapizaban las cañadas y los oteros. En toda esta región flota una neblina mágica y la luz del sol parece durar un poco más que en otros lugares. También perdura allí la rumorosa música del verano que componen las abejas y los pájaros, de modo que los hombres cruzan por allí como por un paraje maravilloso y experimentan la mayor dicha y encanto que después les cabe recordar.

Hacia mediodía llegó Carter a Kiran, cuyas terrazas de jaspe descienden hasta el borde del río y conducen a un templo de encanto, a donde el rey de Ilek-Vad acude una vez al año con su palanquín de oro desde su lejano reino del mar crepuscular, a orar ante el dios del Oukranos, el que cantaba para él cuando el rey era joven y vivía en una cabaña, junto a la orilla del río. Este templo es todo de jaspe y cubre un acre de terreno con sus muros y sus patios, con sus siete torres rematadas en flecha y su capilla interior, adonde el río penetra a través de canales ocultos y el dios canta dulcemente por la noche. Muchas veces la luna oye extrañas melodías, mientras sus rayos bañan tales patios y terrazas y pináculos; pero nadie, excepto el propio rey de Ilek-Vad, podría decir si esa melodía es la canción del dios o el cántico de sus misteriosos sacerdotes, pues el rey es el único que ha entrado en el templo y ha visto a los sacerdotes. Ahora, en el sopor del mediodía, aquel templo esculpido y delicado permanecía en silencio; y mientras caminaba bajo un sol mágico, Carter sólo oía el rumor de la gran corriente y el murmullo de los pájaros y las abejas.

El peregrino caminó durante toda la tarde por las perfumadas praderas, al abrigo de las suaves colinas ribereñas cubiertas de pacíficas casitas de techumbre de paja y de santuarios erigidos a dioses amables, esculpidos en jaspe o en crisoberilo. A veces caminaba por el mismo borde del Oukranos, y silbaba a los peces vivarachos e iridiscentes de aquella corriente cristalina; otras veces, se detenía entre el susurro de los juncos a contemplar el gran bosque de la otra orilla, cuyos árboles descendían hasta el mismo borde del agua. En algunos sueños anteriores había visto salir de ese bosque a los buopoths, pesados y tímidos, que iban a beber en el río; pero ahora no se veía ninguno. Una de las veces se detuvo a mirar cómo un pez carnívoro atrapaba un pájaro pescador, al cual había atraído al agua con el señuelo de sustentadoras escamas al sol. En el momento en que el alado cazador se lanzó a picarle, lo cogió por el pico con su boca enorme.

Al declinar la tarde, Carter subió por una loma cubierta de hierba, desde donde pudo contemplar cómo brillaban a la luz del crepúsculo las mil agujas doradas de los campanarios de Thran. Las enormes murallas de alabastro de esa increíble ciudad no son verticales, sino que parece desde lejos que se inclinan hacia dentro. Y lo más desconcertante es el hecho de estar construidas de una sola pieza, con una técnica que ningún hombre conoce ya; porque esta ciudad es más antigua que la raza humana. Aun siendo tan altas estas murallas de cien pórticos y doscientas atalayas, las torres que se apiñan en su interior, blancas bajo sus agujas doradas, son más altas todavía, de manera que los hombres de la llanura las ven elevarse hasta el cielo, a veces resplandecientes de luz, a veces con las cúpulas veladas por las nubes y las brumas, y a veces rodeadas de nubes bajas, emergiendo por encima con sus esplendorosos pináculos elevados. Y allí donde las puertas de Thran se abren sobre el río, existen grandes muelles de mármol, junto a los cuales se mecen suavemente suntuosos galeones de cedro fragante y madera de Ceilán, sujetos a sus anclas, y descansan extraños marineros de espesa barba en toneles y fardos cuyos rótulos exhiben jeroglíficos de lejanos lugares. Tierra adentro, más allá de los muros, se extienden los campos de este país, y en ellos dormitan menudas cabañas blancas entre pequeñas colinas, y serpean estrechas sendas con infinidades de puentes de piedra entre los ríos y las huertas.

Caía la tarde, pues, cuando Carter atravesó esta tierra feraz, y desde el río vio reflejarse la luz del crepúsculo en las maravillosas agujas de las torres de Thran. Y justo al cerrar la noche llegó a la puerta sur, donde fue detenido por un centinela vestido de rojo, a quien tuvo que contar tres sueños inverosímiles para demostrarle que era un soñador digno de caminar por las misteriosas calles de Thran y de visitar los bazares donde se vendían los géneros traídos por los suntuosos galeones. Penetro luego en la increíble ciudad a través de una muralla de espesor tal que la entrada formaba como un túnel; y luego siguió por los retorcidos y ondulantes callejones que culebrean, profundos y estrechos, entre torres inmensas. Brillaban las luces a través de las ventanas enrejadas y de los balcones; y del interior de los patios de burbujeantes fuentes salía una música tenue de flautas y laúdes. Carter sabía la dirección que le convenía tomar y se dirigió a las calles más oscuras que bordean el río, y entró en una vieja taberna de marineros donde se encontró con capitanes y gentes de mar que él había conocido en muchos de sus sueños anteriores. Allí compró un pasaje para Celephais, a bordo de un gran galeón pintado de verde, y se quedó en esa misma taberna a pasar la noche después de hablar seriamente con el venerable gato de aquella posada, que parpadeaba soñoliento ante el enorme fuego del hogar y soñaba en viejas guerras y en dioses olvidados.

A la mañana siguiente, Carter embarcó en el galeón que zarpaba hacia Celephais. Se sentó a proa sobre un montón de cuerdas, y empezó el largo viaje hacia el mar Cerenario. Durante muchas leguas, las márgenes del río presentaron el mismo aspecto que las tierras de Thran, viéndose algún que otro templo erigido en lo alto de las colinas de la orilla derecha. Cruzaron por delante de un pueblecito dormido, pegado a la orilla, con sus puntiagudos tejados color ladrillo y sus redes tendidas al sol. Pendiente siempre de su empresa, Carter interrogó a todos los marineros sobre la clase de gentes que frecuentaban las tabernas de Celephais, y les preguntó sobre los nombres y las costumbres de aquellos hombres extraños de ojos rasgados y estrechos, orejas de grandes lóbulos, fina nariz y barbilla puntiaguda que venían del norte a bordo de negras embarcaciones, para cambiar ónice por figuritas de jade, hilo de oro y pajarillos cantores de Celephais. No sabían los marineros gran cosa sobre esas gentes, excepto que hablaban muy poco y que en torno a ellos flota como una atmósfera de respeto y temor.

El país de aquellos hombres extraños es muy lejano y se llama Inquanok. Escasas eran las personas que iban allá, porque se trata de una región fría y crepuscular que, al parecer, linda con la desagradable meseta de Leng, cosa que por otra parte tampoco se sabía con seguridad. Por el lado donde se supone que está esa meseta, se yergue una cadena infranqueable de montañas, de suerte que nadie puede afirmar que esta maligna región, con sus horribles poblados de piedra y sus abominables monasterios, estén realmente allí; ni tampoco que sea sólo producto del temor que siente la gente por la noche, cuando esa formidable barrera de picos recorta su negra silueta contra la luna, lo que se cuenta sobre ella. Ciertamente se podía llegar a Leng desde muy diferentes océanos, pero los marineros no sabían nada de las otras fronteras de Inquanok y sólo habían oído hablar en términos muy vagos de la inmensidad fría y de la ignota Kadath. En cuanto a la maravillosa ciudad del sol poniente que Carter buscaba, no tenían ni idea. Así que el viajero no preguntó más y aguardó a que se presentara la ocasión de hablar con aquellos hombres extraños de la fría y crepuscular Inquanok, que son verdaderos descendientes de los dioses representados en el rostro tallado del monte Ngranek.

Avanzado ya el día, el galeón llegó a los meandros que atraviesan las perfumadas junglas de Kled. Aquí Carter habría deseado poder desembarcar, porque en esas marañas tropicales duermen portentosos palacios de marfil, solitarios, pero bien conservados, donde un día moraron los monarcas fabulosos de un país cuyo nombre no se recuerda. En virtud de los hechizos de los Dioses Arquetípicos, estos lugares se conservan libres de daño y de envejecimiento, porque escrito está que un día los han de poder necesitar para sí. Y las caravanas de elefantes los han contemplado de lejos, a la luz de la luna, pero nadie se atreve a acercarse a ellos por temor a los guardianes que velan en sus sombras. El barco siguió veloz, y la oscuridad acalló los murmullos del día, y las primeras estrellas parpadearon en respuesta a las tempranas luciérnagas de las orillas, mientras la jungla iba quedando atrás y extendía hacia ellos una fragancia que era como un recuerdo de su presencia. Y durante toda la noche navegó el galeón y cruzó misterios invisibles e insospechados. Un vigía señaló la presencia de hogueras sobre las colinas del este, pero el soñoliento capitán dijo que lo más prudente era no mirarlas demasiado, ya que no se sabía con seguridad qué clase de criaturas las habrían encendido.

Por la mañana, el río se había ensanchado considerablemente y Carter dedujo, por las casas que se alineaban en las orillas, que debían de hallarse muy cerca de la gran ciudad comercial de Hlanith, frente al mar Cerenario. Aquí las murallas eran de tosco granito; y las casas, construidas de vigas y yeso, se veían fantásticamente erizadas de buhardillas. Los hombres de Hlanith son, de todos los habitantes de las regiones soñadas, los más parecidos a la humanidad del mundo de la vigilia, de suerte que a esta ciudad sólo se acude por el interés de los negocios; pero es estimada por el serio trabajo de sus artesanos. Los muelles de Hlanith son de madera de roble y en ellos amarró el galeón mientras bajaba el capitán a tratar sus asuntos en las tabernas. Carter bajó también a tierra y recorrió con curiosidad las calzadas hendidas de surcos, donde transitaban carricoches tirados por bueyes y vendedores que anunciaban sus mercancías a grito pelado en la puerta de sus bazares. Las tabernas marineras estaban todas muy próximas a los muelles, en unos callejones empedrados y sucios del salitre que dejaban las pleamares, y tenían un aspecto inusitadamente antiguo, con sus bajos techos ennegrecidos y sus verdosos ventanucos en forma de ojo de buey. Los viejos marineros, clientes de aquellas tabernas, hablaban con frecuencia de lejanos puertos y relataban muchas historias sobre los curiosos habitantes de la crepuscular Inquanok; pero, en general, añadieron muy poco a lo que ya le habían contado los tripulantes del galeón. Por último, después de descargar y cargar de nuevo, el barco zarpó hacia poniente, y las altas murallas y las buhardillas de Hlanith se fueron empequeñeciendo en la lejanía mientras la última luz del día les confería un encanto y una belleza que la mano del hombre no puede dar.

Dos noches y dos días navegó el galeón por el mar Cerenario, sin avistar tierra y sin cambiar saludos más que con un navío solitario. Y al segundo día, faltando ya poco para que el sol se pusiera, avistaron el nevado pico de Arán con sus laderas cubiertas de cimbreantes ginkgos, y Carter comprendió que estaban llegando al país de Ooth-Nargai y a la maravillosa ciudad de Celephais. Enseguida aparecieron los brillantes minaretes de aquel pueblo fabuloso, y el mármol de sus murallas rematadas por estatuas de bronce, y el gran puente de piedra tendido donde el Naraxa se junta con el mar. Luego asomaron las suaves colinas que se elevan tras la ciudad, las arboledas, los jardines de asfódelos con sus mil templetes, las cabañas y, al fondo de todo, la purpúrea cordillera Tanaria, poderosa y mística, tras la cual se abren los caminos prohibidos que conducen al mundo de la vigilia y a otras regiones del País de los Sueños.

El puerto estaba lleno de pintadas galeras, algunas de las cuales procedían de Serannia, ciudad de mármol y nubes que se halla en los espacios etéreos, mas allá de la línea que junta el mar con el cielo; otras venían de lugares más sólidos del País de los Sueños. El timonel se abrió camino por entre todos los navíos hasta los muelles fragantes de especias, y los marineros amarraron allí el galeón a oscuras, mientras las innumerables luces de la ciudad comenzaban a titilar sobre el agua. Eternamente nueva parecía esta inmortal ciudad de fantasía, porque el tiempo aquí no tiene poder destructor alguno. Y la ciudad de turquesa de Nath-Horthath es como siempre ha sido, y sus ochenta sacerdotes coronados de orquídeas son los mismos que la edificaron hace diez mil años. Aún brilla el bronce de sus grandes puertas, y jamás sufrió deterioro alguno el ónice de sus pavimentos. Y las enormes estatuas de bronce que adornan sus murallas contemplan a unos mercaderes y conductores de camellos que son más viejos que las mismas leyendas, aunque jamás se tornará gris el pelo de sus barbas hendidas.

Carter no se puso a buscar inmediatamente templo alguno, ni palacio ni ciudadela, sino que permaneció junto a la muralla, cerca del mar, entre mercaderes y marineros. Y cuando se hizo demasiado tarde para escuchar historias y relatos, buscó una antigua taberna ya conocida por él y descansó soñando con los dioses de la ignota Kadath, a quienes buscaba. Al día siguiente, recorrió los embarcaderos por ver si encontraba a alguno de aquellos misteriosos marineros de Inquanok, pero le dijeron que ahora no había ninguno por allí, ya que sus galeras no tocarían aquel puerto lo menos en dos semanas. Encontró, sin embargo, a un marinero thorabonio que había estado en Inquanok y había trabajado en las canteras de ónice de aquella ciudad crepuscular; y este marinero le confesó que, efectivamente, al norte de la región habitada se extendía un desierto que todo el mundo parecía temer y evitar. El thorabonio opinaba que este desierto rodeaba las últimas estribaciones de los infranqueables picos centrales de la horrible meseta de Leng, y que esta era la razón por la que los hombres lo temían. No obstante, admitió que las gentes hacían, además, alusiones no muy claras a presencias malignas y a abominables centinelas. No podía decir si este desierto era o no la fabulosa inmensidad fría en la que se hallaba la ignota Kadath, pero le parecía poco probable que tales presencias y centinelas, si de verdad existían, estuvieran allí sin una razón.

Al día siguiente, Carter subió por la calle de los Pilares hasta el templo de turquesa y habló con el Sumo Sacerdote. Aunque en Celephais se adora sobre todo a Nath-Horthath, en las oraciones diarias se cita a todos los Grandes Dioses, y el sacerdote conocía bastante bien el talante y las costumbres de estos. Como hiciera Atal en la lejana Ulthar, le aconsejó fervientemente que no intentara verlos, afirmando que son irascibles y caprichosos, y que se hallan bajo la extraña protección de los desalmados Dioses Otros del Exterior, cuyo espíritu y mensajero es Nyarlathotep, el caos reptante. El celo con que ocultaban la maravillosa ciudad del sol poniente ponía claramente de relieve su deseo de que Carter no llegara a ella, y no se sabía cómo mirarían a un forastero cuyo propósito era llegar hasta ellos para hacerles un ruego. Ningún hombre había encontrado jamás la ciudad de Kadath en el pasado, y muy bien pudiera ser que tampoco la encontrara nadie en el futuro. Además, los rumores que corrían acerca del castillo de ónice de los Grandes Dioses no eran tranquilizadores ni muchísimo menos.

Después de dar las gracias al Sumo Sacerdote coronado de orquídeas, Carter salió del templo, en busca de cierta carnicería donde se vendía carne de oveja, pues allí vivía lustroso y contento el viejo jefe de los gatos. Aquel felino digno y gris se hallaba tendido gozosamente al sol en el pavimento de ónice, y al acercarse el visitante le saludó con gesto lánguido. Pero cuando Carter se presentó y repitió la contraseña que le había facilitado el viejo general de Ulthar, el lustroso patriarca se volvió muy cordial y comunicativo, y le contó muchos secretos que saben los gatos de la costa de Ooth-Nargai. Y lo que fue aún más interesante, le contó también varios detalles que los gatos del puerto de Celephais le habían comunicado, no sin cierto recelo, sobre los hombres de Inquanok, en cuyos tenebrosos barcos no quiere navegar ningún gato.

Al parecer, estos hombres están envueltos en un aura extraterrestre, aunque no es esta la razón por la que los gatos no quieren navegar en sus barcos. El motivo de esta repulsión radica en que Inquanok alberga ciertas sombras que ningún gato puede soportar, de suerte que, en todo ese reino, en donde impera el frío crepuscular, jamás se oyen alegres maullidos ni ronroneos hogareños. Nadie sabe si esas sombras corresponden a seres que han cruzado los infranqueables picos de la meseta de Leng, de cuya misma existencia se duda, o a los que penetran por el norte, procedentes del frío desierto. En cualquier caso, sobre aquellas tierras lejanas impera como un presagio de otros mundos u otras dimensiones que no agrada a los gatos, pues estos animales son más sensibles que los hombres a tales vivencias. Esta es la razón de que no quieran embarcarse en los sombríos barcos que zarpan rumbo a los muelles de basalto de Inquanok.

El viejo jefe de los gatos le dijo también dónde encontrar a su amigo el rey Kuranes, que en los últimos sueños de Carter había reinado alternativamente en el Palacio de las Siete Delicias de Celephais, y construido en cuarzo rosa, y en el almenado castillo de nubes de Serannia, ciudad que flota en el cielo. Al parecer, ya no encontraba satisfacción en aquellos lugares fabulosos y sentía una nostalgia creciente por los acantilados ingleses y por las tierras bajas de su niñez, donde existen pueblecitos de ensueño en los que, por las noches, se oyen tras las celosías de las ventanas antiguas canciones inglesas, y cuyos grises campanarios se asoman por encima del verdor de los valles lejanos. Kuranes no podía retornar a estas delicias del mundo de la vigilia, porque su cuerpo había muerto; pero había conseguido una aceptable compensación al soñar una reconstrucción de su paisaje natal junto al barrio este de la ciudad, donde los prados se extienden suavemente desde los acantilados hasta el pie de los montes Tanarios. Allí vivía él, en una mansión gótica de piedra gris asomada al mar, y trataba de convencerse de que era la antigua Trevor Towers, donde él y trece generaciones de antepasados habían visto la luz por vez primera. Y en la costa vecina había reconstruido un pueblecito pesquero de Cornualles, de tortuosos callejones empedrados, instalando en él a gentes con rasgos marcadamente ingleses, a las cuales trataba siempre de inculcar el acento —que a él le llenaba de nostalgia— de los viejos pescadores de aquella región. Y en el valle cercano había erigido una gran abadía de estilo normando, cuya torre podía contemplar desde su ventana, y en torno a ella, en el cementerio que la rodeaba, había soñado unas lápidas con los nombres de sus antepasados esculpidos en su piedra, que él evocaba cubierta de musgo semejante al de la vieja Inglaterra. Pues aunque Kuranes era monarca del País de los Sueños, y suyas eran todas las imaginables pompas y maravillas y toda la esplendorosa magnificencia de los sueños, y aunque disponía a voluntad de todos los éxtasis y delicias, de las novedades y los incentivos más rebuscados y exóticos, de buena gana habría renunciado para siempre a todo este fausto y poderío, con tal de volver a ser, por un día tan sólo, un muchacho de aquella Inglaterra pura y tranquila, de aquella antigua y amada Inglaterra que había modelado su alma y de la cual siempre formaría parte.

Después de despedirse del viejo jefe de los gatos, Carter no trató de buscar el palacio de cuarzo rosa, sino que se dirigió a las puertas orientales de la ciudad. Cruzó los campos sembrados de margaritas y se encaminó hacia una torre puntiaguda que descollaba entre los robles de un parque que ascendía hasta el borde mismo de los acantilados. Llegó a una gran verja, y en ella encontró una entrada flanqueada por una casita de guarda construida de ladrillo; y cuando hizo sonar la campana, no salió cojeando ningún lacayo ataviado y untuoso, sino un viejo bajito y estirado, vestido con una blusa de obrero, que se esforzaba por imitar el singular acento de Cornualles. Y Carter se adentró por el umbroso sendero que discurría entre unos árboles muy semejantes a los de Inglaterra, y subió por las terrazas que se abrían entre jardines trazados como en tiempos de la reina Ana. En la puerta, que como en los viejos tiempos estaba flanqueada por unos gatos de piedra, fue recibido por un mayordomo de enormes patillas y vestido de librea. Este le condujo enseguida a la biblioteca, donde Kuranes, señor de Ooth-Nargai y de la parte del cielo que rodea Serannia, meditaba sentado junto a la ventana, mientras contemplaba su pueblecito pesquero y añoraba a su vieja nodriza, la cual solía regañarle porque no estaba arreglado a tiempo para aquella odiosa reunión campestre en casa del vicario, cuando ya estaba aguardando la carroza, y su madre a punto de perder los nervios.

Kuranes, vestido con una bata que los sastres londinenses habían puesto de moda en su juventud, se levantó con presteza a recibir a su visitante; porque la presencia de un anglosajón procedente del mundo de la vigilia le resultaba entrañable a él, aun cuando se tratara de un sajón de Boston, Massachusetts, y no de Cornualles. Y hablaron largamente de los viejos tiempos, y los dos encontraron mucho que contarse, ya que ambos eran antiguos soñadores, y muy versados en las maravillas y los sitios increíbles. Kuranes, efectivamente, había estado más allá de las estrellas, en el vacío final, y se decía que era el único que había regresado de semejante viaje en su sano juicio.

Finalmente, Carter sacó a relucir el tema que le interesaba e hizo a su anfitrión las preguntas que ya había repetido tantas veces. Kuranes no sabía dónde se encontraban ni Kadath ni la maravillosa ciudad del sol poniente; pero sabía que los Grandes Dioses eran entidades demasiado peligrosas para ir en su busca, y que los Dioses Otros tenían extrañas maneras de protegerlos contra toda curiosidad impertinente. Había oído muchas cosas sobre los Dioses Otros en las lejanas regiones del espacio, especialmente en una zona en que no existen formas algunas y donde ciertos gases multicolores estudian los secretos más recónditos. El gas violeta S'ngac le había contado cosas terribles de Nyarlathotep, el caos reptante, aconsejándole que no se aproximara jamás al vacío central donde roe hambriento el sultán de los demonios, Azathoth, envuelto en tinieblas. Asimismo, tampoco era prudente tener trato alguno con los Dioses Otros, y si denegaban persistentemente todo acceso a la maravillosa ciudad del sol poniente, lo mejor sería no empeñarse en buscar esa ciudad.

Kuranes dudaba, además, que su invitado pudiera sacar nada positivo con ir a la ciudad, aun cuando consiguiera entrar en ella. Él también había soñado y suspirado durante largos años por la encantadora Celephais y por la tierra de Ooth-Nargai, y había deseado vivamente la libertad, el color y la maravillosa experiencia de una vida exenta de ataduras, de convencionalismos y estupideces. Pero ahora que vivía en esta ciudad y en este país, y era el rey de todo esto, veía que la libertad y la intensidad de vivir se agotan muy pronto, volviéndose monótonas por falta de vinculación con sentimientos y recuerdos firmes. Era rey de Ooth-Nargai, pero esto no significaba nada, pues añoraba con tristeza las cosas familiares de Inglaterra que había conocido en su lejana juventud. Él daría todo este retiro por volver a escuchar el lejano repicar de las campanas de Cornualles; y los mil alminares de Celephais, a cambio de los tejados picudos y familiares del pueblecito cercano a su casa natal. Por ello dijo a su huésped que seguramente no encontraría en aquella desconocida ciudad del sol poniente la felicidad que él buscaba, y que tal vez sería mejor que la considerara como un sueño esplendoroso y evanescente. Porque Kuranes había visitado con frecuencia a Carter en los viejos días de su vida de vigilia, y conocía muy bien las encantadoras laderas de Nueva Inglaterra que le vieron nacer.

Estaba seguro de que, al final, el explorador acabaría suspirando por revivir escenas de su primera infancia: el fulgor de Beacon Hill al atardecer, los altos campanarios y las calles tortuosas y empinadas de la fantástica ciudad de Kingsport, los venerables tejados de la antiquísima y embrujada Arkham, las venturosas praderas y los valles cruzados de serpenteantes cercas de piedra, y los blancos tejados de las casas de campo que asomaban entre macizos de verdura. Todo esto le dijo a Randolph Carter, pero él siguió empeñado en su propósito. Y finalmente, cada cual mantuvo su propia convicción, y Carter regresó a Celephais por las puertas de bronce y bajó por la calle de los Pilares hasta la vieja muralla junto al mar, donde volvió a conversar con los marineros que procedían de puertos remotos, y aguardó a que llegara el barco tenebroso de la fría Inquanok crepuscular, cuyos marineros y traficantes de ónice poseen extraños semblantes y llevan sangre de los Grandes Dioses en las venas.

Una noche estrellada en que el lucero derramaba una espléndida claridad sobre la dársena, entró en puerto el barco tan esperado; y los tripulantes y mercaderes de extraños rostros fueron dejándose ver, de uno en uno y en grupos pequeños, por las tabernas que se extienden a lo largo de los muelles. Resultaba apasionante ver de nuevo en unos rostros vivientes los rasgos divinos del pétreo semblante del Ngranek. Sin embargo, Carter no se dio prisa en hablar con aquellas gentes silenciosas. Aún ignoraba si aquellos hijos de los Grandes Dioses serían demasiado altivos o reservados, o qué recuerdos vagos y excelsos guardarían en la memoria. Pero estaba seguro de que no sería oportuno abordarles para hablar de su empresa o para preguntar por el desierto frío que se extiende al norte de sus tierras crepusculares. Hablaban poco con los demás parroquianos de aquellas antiguas tabernas portuarias, y se sentaban en grupos en los rincones más oscuros del local para entonar canciones misteriosas de ignorados lugares, o para contar relatos con exótico acento que en nada se parecía al del resto del País de los Sueños. Y tan raras y excitantes eran aquellas tonadas y narraciones, que en los rostros de los que escuchaban podía adivinarse todo su misterio, aun cuando las palabras no fueran más que extrañas cadencias y vagas melodías para los oídos profanos.

Durante una semana estuvieron frecuentando la taberna los marineros de Inquanok, mientras los traficantes trataban sus negocios en los bazares de Celephais; y antes de que zarparan, Carter tomó un pasaje en su barco tenebroso, explicando que era un antiguo minero que había trabajado en minas de ónice, y que quería volver a trabajar en sus canteras. El barco era magnífico y estaba primorosamente labrado en madera de teca con incrustaciones de ébano y trazados de oro, y el camarote que le asignaron tenía cortinajes de seda y terciopelo. Una mañana, al cambiar la marea, izaron las velas, levaron anclas, y Carter, de pie en lo alto de la popa, vio hundirse en la distancia, arrebolados por los primeros rayos del sol, los dorados alminares y las estatuas de bronce de la ciudad intemporal de Celephais, al tiempo que la cumbre nevada del monte Arán se iba haciendo cada vez más pequeña. Hacia el mediodía sólo tenían a la vista el azul suave del Mar Cerenario y una galera pintada que, allá lejos, navegaba rumbo a ese reino de Serannia donde el mar se junta con el cielo.

Llegó la noche con rutilantes estrellas, y el oscuro barco puso proa al Carro y a la Osa Menor, que se mecía suavemente alrededor del polo. Y los tripulantes entonaron extrañas canciones de ignorados lugares, y fueron subiendo uno por uno al castillo de proa, mientras los taciturnos vigías murmuraban viejos cantos y se inclinaban sobre la borda para contemplar cómo jugaban los peces luminosos junto a la roda, bajo el agua. Carter se retiró a dormir a las doce de la noche, y se levantó con las primeras claridades de la mañana, observando que el sol se hallaba mucho más al sur de lo que a él le habría gustado. Y durante todo el día hizo progresos en cuanto a su comunicación con los hombres del barco, pues muy poco a poco les fue haciendo hablar de su fría tierra crepuscular, de su primorosa ciudad de ónice y de su temor a los elevados e infranqueables picos, más allá de los cuales se extiende, según dicen, la meseta de Leng. Los marineros le confesaron que lamentaban muchísimo que los gatos no quisieran vivir en la tierra de Inquanok, y que estaban convencidos de que ello se debía a la oculta proximidad de Leng. De lo que no hablaron fue del desierto de piedra que se extiende al norte, pues había algo inquietante en torno a ese desierto, y les parecía más prudente no admitir su existencia.

Durante los días siguientes hablaron de las canteras a las que Carter decía que iba a trabajar. Había muchas, ya que no sólo toda la ciudad de Inquanok estaba hecha de ónice, sino que además destinaban grandes bloques pulimentados de este material a los mercados de Rinar, Ogrothan y Celephais, o los vendían allí mismo a mercaderes venidos de Thara, Ilarnek y Katatheron, trocándolos a veces por hermosos artículos procedentes de aquellos puertos fabulosos. Y muy al norte, casi en el desierto de hielo cuya existencia no quieren admitir los hombres de Inquanok, había una cantera excepcional, mucho más grande que todas las demás; y de ella se habían extraído en tiempos inmemoriales bloques tan prodigiosos y descomunales, que las oquedades que habían dejado, sobrecogían de terror al que las contemplaba. Nadie sabía quién había extraído aquellos bloques increíbles, ni adónde habían sido transportados. Pero consideraban que era preferible no pisar aquella cantera, porque era muy posible que aún conservase algún vínculo con aquellos que un día trabajaran en ella. Y la cantera inmensa ha quedado abandonada en el crepúsculo, y únicamente el cuervo y el legendario pájaro shantak anidan en sus inmensidades. Cuando Carter oyó eso, sintió una honda impresión, pues sabía por viejas leyendas que el castillo que poseen los grandes Dioses en lo más elevado de Kadath es de ónice.

Cada día era más baja la curva que el sol describía en el cielo, y las brumas que se veían a proa se iban haciendo más y más espesas. Y al cabo de dos semanas, el sol dejó en absoluto de salir, y no contaron con más luz que una dudosa claridad grisácea y crepuscular que se filtraba a través de una bóveda de nubes eternas durante el día, y una fría fosforescencia sin estrellas que se desprendía de la cara inferior de aquellas mismas nubes por la noche. Al vigésimo día avistaron un gran farallón desgarrado, a lo lejos, que era el primer vestigio de tierra que divisaban desde que dejaron atrás la nevada cumbre del Arán. Carter preguntó al capitán el nombre de aquella roca, pero le dijeron que no tenía nombre y que ningún barco se le aproximaba jamás a causa de ciertos ruidos que brotaban de su interior durante la noche. Y cuando, después de anochecer, salió de aquella roca granítica un aullido lastimero e incesante, el viajero se alegró de saber que no se detendrían allí, y de que aquella roca no tuviera nombre alguno. La tripulación rezó y cantó hasta ahogar el aullido, y Carter tuvo unos sueños terribles en las primeras horas de la madrugada.

Dos mañanas después de avistar la roca aulladora, apareció a lo lejos, hacia el oeste, una formación de elevados picachos cuyas cimas se perdían entre las nubes perpetuas de aquel mundo crepuscular; y al verlos, los marineros entonaron alegres canciones y algunos se arrodillaron sobre cubierta para rezar, por lo que Carter comprendió que estaban llegando a la tierra de Inquanok, y que no tardarían en atracar en los muelles de basalto de la gran ciudad que llevaba el nombre del país. Hacia mediodía apareció el oscuro perfil de la costa, y antes de las tres vieron surgir hacia el norte las cúpulas bulbosas y las fantásticas agujas de la ciudad de ónice. Singular y extraña, aquella ciudad arcaica se erguía amurallada tras los espigones del puerto, y era toda de un delicado color negro ornada con volutas, estrías y arabescos de oro. Sus casas eran altas y tenían muchas ventanas; y las fachadas estaban adornadas con flores esculpidas y motivos cuya oscura simetría deslumbraba los ojos con su belleza más esplendorosa que la luz. Algunas estaban coronadas de hinchadas cúpulas que terminaban en afilada punta, otras eran pirámides escalonadas rematadas por minaretes que ponían de manifiesto una imaginación desbordante. Las murallas eran bajas y tenían numerosas puertas, cada una de las cuales estaba coronada por un gran arco mucho más alto que las almenas del propio muro, rematado por la cabeza de un dios, tallada con la misma perfección que el rostro monstruoso del lejano Ngranek. En una colina del centro de la ciudad se alzaba una torre de dieciséis lados cuyas proporciones eran aún mayores que las de los restantes edificios, y cuyo altísimo campanario terminaba en un capitel sustentado por una cúpula aplastante. Este era, según los marineros, el Templo de los Dioses Arquetípicos, gobernado por un Sumo Sacerdote ya viejo y entristecido por tantos secretos misteriosos.

De tiempo en tiempo, el tañido de una extraña campana estremecía el aire de la ciudad de ónice; y cada vez que sonaba, era contestado por unos sones místicos que ejecutaba un conjunto de cuernos, violas y voces. Y de una fila de trípodes que se alineaban en una galería rodeando la elevada cúpula del templo, brotaba en algunos momentos un resplandor de fuego; pues debe decirse que los sacerdotes y las gentes de esta ciudad son prudentes observadores de sus ritos primordiales y fieles conservadores de los himnos de los Grandes Dioses, tal como se conservan en ciertos pergaminos más antiguos aún que los *Manus-*

critos Pnakóticos. Al cruzar el barco la inmensa escollera de basalto y entrar en puerto, se hicieron audibles los ruidos menudos de la ciudad, y Carter vio numerosos esclavos, marineros y mercaderes por los muelles. Los marineros y los mercaderes tenían el mismo extraño rostro de los dioses; pero los esclavos eran achaparrados, de ojos oblicuos y, por lo que se decía, habían venido atravesando la infranqueable cadena de montes —o evitándola quizá, dando un rodeo— desde los valles del otro lado de la meseta de Leng. Los muelles se extendían fuera de las murallas de la ciudad, y en ellos se amontonaba todo género de mercancías descargadas de las galeras fondeadas allí; y en un extremo había grandes depósitos de ónice, labrado o sin labrar, en espera de ser embarcados con destino a los lejanos mercados de Rinar, de Ogrothan y de Celephais.

Aún no había empezado a anochecer, cuando el oscuro barco atracó a un muelle de piedra, y todos los marineros y mercaderes bajaron y penetraron en la ciudad por el pórtico de elevado arco. Las calles de la ciudad estaban pavimentadas de ónice, y unas eran amplias y rectas, y otras tortuosas y estrechas. Las casas de junto al mar eran más bajas que el resto, y sobre los arcos de sus puertas singulares había ciertos signos de oro en honor, al parecer, de los dioses familiares que las favorecían. El capitán del barco llevó a Carter a una vieja taberna donde se contrataban marineros de países exóticos, y le prometió que al día siguiente le mostraría los encantos de la ciudad crepuscular, y le llevaría a la taberna que frecuentaban los mineros, en las proximidades de la muralla norte. Y cayó la noche, y se encendieron las lamparillas de bronce; y los marineros de aquella taberna entonaron canciones de remotos lugares. Pero cuando el tañido de la gran campana del más alto campanario vibró por toda la ciudad, y se elevó en misteriosa respuesta el son de los cuernos y las violas acompañado de cánticos y coros, los marineros callaron y se inclinaron en silencio, hasta que se hubo apagado el último eco. Esta es una de las rarezas y prodigios de la ciudad crepuscular de Inquanok, cuyos habitantes temen descuidar sus ritos por miedo a que se abatan sobre ellos una maldición y una venganza insospechadamente próximas.

En un rincón oscuro de aquella taberna vio Carter una silueta achaparrada que le impresionó desagradablemente; se trataba, sin lugar a dudas, de aquel mercader de ojos rasgados que había visto en las tabernas de Dylath-Leen del cual se decía que traficaba con los horribles poblados de piedra de Leng, jamás visitados por hombres de sano juicio, y cuyos fuegos malignos se ven en la noche de lejos. También se decía de aquel individuo que tenía tratos con ese gran sacerdote indescriptible que oculta su rostro bajo una máscara de seda y vive solitario en un prehistórico monasterio de piedra. Los ojos de este hombre habían mostrado un brillo especial de inteligencia la vez que oyera a Carter preguntar a los mercaderes de Dylath-Leen por la inmensidad fría y la ciudad de Kadath. Y en verdad, su presencia ahora en la oscura y encantada ciudad de Inquanok no tenía nada de tranquilizadora. Antes de que Carter pudiera dirigirle la palabra, desapareció furtivamente de la taberna; y los marineros le dijeron después que había venido en una caravana de yaks procedente de algún lugar no bien determinado, cargada de colosales y sabrosísimos huevos de los fabulosos pájaros shantaks para trocarlos por las finas copas de jade que otros mercaderes traían de Ilarnek.

A la mañana siguiente, el capitán llevó a Carter por las calles de ónice de Inquanok, oscuras bajo el cielo crepuscular. Las puertas taraceadas y las fachadas cubiertas de frescos y bajorrelieves, los balcones labrados y los miradores acristalados, resplandecían con un encanto misterioso y sombrío; y a cada paso se abrían ante ellos nuevas plazas adornadas de negros pilares, columnatas y estatuas de seres extraños, a la vez humanos y fabulosos. Casi todas las perspectivas, ya fueran de calles largas y rectas o de callejones laterales, y las cúpulas bulbosas, las agujas de campanario y los tejados cubiertos de arabescos, eran indeciblemente fantásticos y bellos. Pero nada resultaba tan fabuloso como la majestuosa mole central del gran Templo de los Dioses Arquetípicos: la inmensa torre de dieciséis caras, todas ellas esculpidas, con su cúpula aplastada y su elevadísimo campanario coronado por un capitel que descollaba por encima de todos los edificios. Y a oriente, muy lejos de los muros de la ciudad, más allá de los vastos pastizales, se elevaban los flancos grises de aquellos picos infranqueables tras los que, según se decía, estaba la espantosa meseta de Leng.

El capitán condujo a Carter a aquel templo imponente que rodea un jardín tapiado en una gran plaza circular de donde parten las calles como los rayos de una rueda. Las siete puertas del jardín, con sus elevados arcos coronados de rostros esculpidos como los de las puertas de la ciudad, están siempre abiertas; y las gentes pasean respetuosas por los senderos enlosados y por los caminos flanqueados de bustos extravagantes y de altares consagrados a las divinidades menores. Hay allí surtidores, estanques y fuentes de ónice donde se reflejan las llamas de los trípodes que con frecuencia se encienden en la elevada terraza; y en sus aguas se agitan unos pececillos luminosos traídos por los buzos de las regiones más profundas del océano. Cuando el grave tañido de la campana del templo hace estremecer el aire quieto del jardín y de la ciudad toda, y la respuesta de cuernos, violas y cánticos brota de los siete recintos que flanquean las puertas del jardín, salen de las siete puertas del templo las largas columnas de los sacerdotes encapuchados, envueltos en negros ropajes, portando en las manos grandes cuencos dorados de los que emana un vapor singular. Y las siete columnas discurren en fila de a uno, caminando todos con las piernas estiradas y sin doblar las rodillas, hasta los siete recintos, en donde desaparecen para no volver a salir. Se dice que unos pasadizos subterráneos comunican tales recintos con el templo, y que las largas filas de sacerdotes vuelven al templo por dicho camino; y corre el rumor también de que hay unas escaleras de ónice que descienden a unas profundidades cuyos misterios no se han revelado jamás. Y hay incluso quienes insinúan que esos sacerdotes encapuchados no son seres humanos.

Carter no entró en el templo; porque a nadie le está permitido hacerlo, excepto al rey Velado. Pero antes de salir del jardín sonó la campana, y oyó su tañido vibrante y ensordecedor, y el gemido de cuernos, violas y cánticos que provenía de los recintos que estaban junto a las puertas. Y comenzaron a desfilar por las siete grandes avenidas, con su paso singular, las largas filas de sacerdotes portadores de cuernos; y provocaron en el viajero un malestar que ningún sacerdote humano habría podido causarle jamás. Cuando hubo desaparecido el último, el capitán y él se marcharon del jardín; y vieron al pasar una mancha que había quedado en el pavimento, de algo que había caído de los cuencos. Ni aun al capitán le gustó la mancha aquella, y apremió a Carter para que fuera sin más tardanza a visitar la colina donde se eleva el maravilloso palacio de múltiples cúpulas, en donde mora el rey Velado.

Las calles que conducen al palacio de ónice son todas empinadas y estrechas, excepto una ancha y sinuosa por la que el rey y sus acompañantes cabalgan sobre yaks. Carter y su guía subieron por un callejón escalonado, entre muros labrados que ostentaban extraños signos trazados en oro, y pasaron por debajo de balcones y miradores de donde salían a veces melodías y efluvios de exótica fragancia. Ante ellos seguían elevándose los muros titánicos, los imponentes contrafuertes, y las apiñadas y bulbosas cúpulas por las que es tan famoso el palacio del rey Velado; y finalmente cruzaron por debajo de un gran arco de color negro, y desembocaron en los jardines de recreo del monarca. En ellos se detuvo Carter maravillado de tanta belleza: las terrazas de ónice y los paseos bordeados de columnas, los alegres parterres y los delicados arbustos floridos, las enredaderas abrazadas a doradas celosías, las urnas de bronce y los trípodes de primorosos bajorrelieves, las fantásticas estatuas erguidas en pedestales de mármol veteado, las fuentes de fondos basálticos en cuyas aguas rebullían pececillos luminosos, los templetes diminutos llenos de iridiscentes pajarillos cantores, construidos en lo alto de columnas esculpidas, los maravillosos relieves de las grandes puertas de bronce, y las parras florecientes que trepaban por toda la superficie de los bruñidos muros, se unían para formar un escenario cuya belleza superaba cualquier realidad hasta el punto de parecer casi fabulosa aun en el propio País de los Sueños. Todo resplandecía como una visión gloriosa bajo el crepuscular cielo gris; y frente a todo ello se alzaba la magnificencia del palacio con sus cúpulas y esculturas, y el perfil fantástico de los lejanos picos infranqueables a la derecha del fondo. Y los pajarillos y las fuentes cantaban eternamente, mientras el perfume de exóticas flores se extendía como un cendal por todo aquel jardín increíble. No había allí más seres humanos que ellos dos, y Carter se alegraba de que fuera así. Luego bajaron otra vez por el callejón de peldaños de ónice, porque a ningún visitante le está permitida la entrada al palacio, y no conviene demorarse contemplando la gran cúpula central; pues se dice que en ella se aloja el arcaico antecesor de todos los míticos pájaros shantaks, y este puede enviar extraños sueños a los curiosos.

Después, el capitán llevó a Carter al barrio norte de la ciudad, próximo a la Puerta de las Caravanas, donde se hallan las tabernas que frecuentan los mercaderes de las caravanas de yaks, así como los mineros de las canteras de ónice. Y allí, en una taberna de techo bajo, entre trabajadores de canteras, se dieron la despedida: el capitán se fue a sus negocios, y Carter estaba impaciente por charlar con los mineros sobre aquellas misteriosas regiones del norte. La taberna estaba atestada de gente, y el viajero no esperó mucho tiempo para dirigirse a algunos de aquellos hombres. Se presentó diciendo que era un antiguo minero de las canteras de ónice y que deseaba conocer algunos detalles de las canteras de Inquanok. Pero la información que obtuvo no añadió gran cosa a lo que ya sabía, porque los mineros eran tímidos y evasivos en lo que se refiere al frío desierto del norte y a la cantera jamás visitada por seres humanos. Tenían miedo de los legendarios emisarios que venían de la parte de las montañas, donde se dice que está la meseta de Leng, y de las presencias malignas y los abominables centinelas que velan en el norte por entre las rocas. Y decían, no sin cierto temor, que los pájaros shantaks no son criaturas benéficas y normales y que, en definitiva, era una suerte que nadie hubiera visto jamás ningún ejemplar ya que, al legendario antecesor de los shantaks, al que habita en la cúpula real, se le alimenta en la oscuridad más completa.

Al día siguiente, Carter alquiló un yak, diciendo que deseaba reconocer las distintas minas y visitar las granjas dispersas y los lejanos pueblecitos de ónice del país de Inquanok, y llenó hasta arriba las enormes alforjas de cuero, dispuesto a emprender el viaje. Una vez franqueada la Puerta de las Caravanas, la carretera seguía recta entre campos cultivados y multitud de extrañas casitas de campo rematadas por cúpulas aplastadas. El explorador se detuvo en algunas de ellas a preguntar; y una de las veces dio con un anfitrión tan adusto y reservado, de una majestuosidad y unos rasgos tan asombrosamente parecidos a los del rostro del Ngranek, que en el mismo momento en que lo vio tuvo por cierto que había llegado ante la presencia de uno de los Grandes Dioses en persona; al menos, ante alguien por cuyas venas corrían nueve décimas partes de sangre divina, aunque viviera entre los hombres. Y al dirigirse a aquel adusto y reservado campesino, tuvo mucho cuidado en hablar bien de los dioses y en agradecer todos los favores que siempre le habían concedido.

Aquella noche acampó Carter en un prado contiguo a la carretera, bajo un árbol lygath, a cuyo tronco ató el yak, y por la mañana reanudó su peregrinaje hacia el norte. A eso de las diez de la mañana llegó al pueblo de Urg, de pequeñas cúpulas, donde suelen pararse a descansar los traficantes y los mineros de ónice, y se cuentan sus incidencias. Allí se detuvo también Carter, y dio una vuelta por las tabernas hasta el mediodía. En Urg es donde la gran ruta de las caravanas tuerce hacia el oeste en dirección a Selarn, pero Carter continuó hacia el norte por la ruta de las canteras. Durante toda la tarde estuvo viajando por aquella senda ascendente, algo más estrecha que la gran calzada, que atravesaba una región en la que ya se veían más rocas que campos cultivados. Y al anochecer, las lomas de la izquierda se habían convertido ya en negros peñascos de considerable elevación, y Carter comprendió que estaba muy cerca de la cuenca minera. Durante todo este tiempo, los desnudos flancos de los montes infranqueables se elevaron a su derecha, allá en la lejanía, y cuanto más se adentraba en aquellas regiones, oía peores cosas sobre aquellos montes, a los granjeros, a los traficantes y a los carreteros que conducían sus pesados carruajes cargados de ónice por los caminos.

La segunda noche acampó al abrigo de un enorme peñasco negro, atando su yak a una estaca clavada en el suelo. Observó la inmensa fosforescencia de las nubes en aquella región septentrional, y más de una vez le pareció ver recortarse contra ellas ciertas sombras oscuras. Y al tercer día llegó a la primera cantera de ónice, y saludó a los hombres que trabajaban allí con picos y cinceles. Y antes de que empezara a caer la tarde, había dejado atrás otras once canteras. El terreno aquí era muy accidentado, con infinidad de farallones y riscos de ónice, y en el suelo no había forma alguna de vegetación, sino sólo fragmentos enormes de rocas esparcidas por la tierra negra; y los infranqueables picos grises alzándose desnudos y siniestros a su derecha. La tercera noche la pasó en un campamento de canteros, cuyos fuegos vacilantes arrojaban fantásticos reflejos sobre los bruñidos peñascos del oeste. Y cantaron muchas canciones y relataron muchas historias, poniendo de manifiesto tan insospechados conocimientos sobre los tiempos antiguos y las costumbres de los dioses, que Carter quedó convencido de que ello se debía a los muchos recuerdos latentes que habían heredado de sus antepasados los Grandes Dioses. Le preguntaron adónde se dirigía, advirtiéndole que no debía adentrarse demasiado al norte, pero él contestó que estaba buscando nuevos yacimientos de ónice y que no se arriesgaría más de lo que es habitual entre los prospectores. Por la mañana se despidió de ellos y siguió su camino hacia el tenebroso norte, donde, según le dijeron, encontraría la temida y jamás visitada cantera de la que unas manos más antiguas que las del hombre habían arrancado bloques prodigiosos. Pero, cuando ya se volvía por última vez a decirles adiós, le pareció ver aproximarse al campamento la figura achaparrada del viejo y escurridizo mercader de ojos oblicuos, cuyo supuesto comercio con los seres de Leng era objeto de habladurías en la lejana Dylath-Leen. Y esto no le gustó nada.

Después de cruzar dos canteras más, terminó la zona habitada de Inquanok; el camino se estrechó convirtiéndose en un empinado sendero de yaks, flanqueado de peñascos siniestros y negros. Los picos distantes y austeros se alzaban a su derecha, y a medida que Carter se adentraba más y más en aquella región inexplorada, todo se le iba volviendo más oscuro y más frío. No tardó en comprobar que el negro sendero carecía de huellas y de pisadas de yak y que, en efecto, aquellos caminos desiertos y extraños databan de tiempos remotos. De cuando en cuando cruzaba graznando algún cuervo, o se oían fuertes aleteos tras alguna roca, lo que le hacía pensar con inquietud en las leyendas que corrían sobre los pájaros shantaks. Pero lo esencial era que él estaba solo con su lanuda montura y lo que le preocupaba era observar que su excelente yak se resistía cada vez más a avanzar, notándole más predispuesto por momentos a sobresaltarse al menor ruido.

El sendero se estrechó a continuación entre paredes negras y relucientes, y comenzó a ascender por una pendiente más pronunciada que la anterior. El suelo era poco seguro y el yak resbalaba con frecuencia en las piedras esparcidas en el mismo sendero. Al cabo de dos horas, Carter descubrió ante sí una cresta de contornos definidos, más allá de la cual sólo se veía un tenebroso cielo gris, y se sintió aliviado ante la perspectiva de encontrar un trecho llano o cuesta abajo. No obstante, no fue empresa fácil coronar esa cresta, ya que la pendiente se pronunciaba hasta hacerse casi perpendicular, resultando muy peligrosa a causa de la grava y las piedras sueltas. Finalmente, Carter desmontó y, apoyando los pies lo mejor que podía, condujo a su atemorizado yak, empujándolo con todas sus fuerzas cuando el animal tropezaba o no quería seguir. Y luego, de pronto, llegó a la cima; y miró ante sí y se quedó mudo de asombro al ver lo que tenía delante.

El desfiladero seguía recto y bajaba una suave pendiente, flanqueado por unas paredes de roca natural, como antes; pero a mano izquierda se abría un vacío monstruoso de una amplitud de muchísimos acres, de donde algún arcaico poder había cortado y arrancado los farallones originales de ónice, transformando el abismo en una cantera de gigantes. En la lejana pared opuesta del precipicio, resaltaba aún la huella de una gubia gigantesca; y en el fondo, la tierra mostraba inmensas oquedades. No era una cantera abierta por los hombres, y los huecos que quedaban en sus muros eran enormes y rectangulares, lo que daba una idea de las dimensiones de aquellos bloques que, según decían, fueron labrados un día por manos y cinceles de seres innominados. Arriba, por encima de las rocas desgarradas, planeaban y graznaban cuervos enormes; y los vagos rumores que brotaban de las profundidades delataban la presencia de murciélagos o de urhags, o quizá de seres menos mencionables que habitan en la absoluta negrura. Carter se quedó parado en el estrecho desfiladero, bajo la luz mortecina del crepúsculo, sin atreverse a avanzar por la rocosa senda que descendía ante él: a su derecha, los altísimos peñascos de ónice se elevaban hasta perderse de vista; a su izquierda, la roca mostraba cortes gigantescos y terribles que hacían pensar en una cantera sobrenatural.

Bruscamente, el yak dejó escapar un mugido y se revolvió enloquecido, saltó por encima de Carter y salió disparado, preso de pánico, desapareciendo enseguida por el angosto desfiladero en dirección norte. Las piedras pateadas en su precipitada fuga rodaron hasta el borde de la cantera y se perdieron en el vacío tenebroso, sin que un solo ruido brotara del fondo. Pero Carter ignoraba los peligros de aquel sendero y echó a correr en pos de su asustada montura. No tardaron en reaparecer las rocosas paredes de la izquierda y el desfiladero se volvió a estrechar formando una especie de callejón; y el viajero siguió corriendo en persecución del yak, cuyas huellas profundas ponían de manifiesto lo desesperado de su huida.

Por un momento, le pareció oír el desesperado patear del animal y, por esta señal, redobló su esfuerzo en la carrera. Así recorrió varias millas; y poco a poco, el camino se fue ensanchando, hasta que consideró que no tardaría mucho en desembocar en el frío y espantoso desierto del norte. Los flancos desnudos y grises de los infranqueables picos lejanos se hicieron visibles de nuevo por encima de los roquedales de la derecha, y frente a él aparecieron los peñascos y farallones de un espacio abierto, evidente antesala de la tenebrosa e ilimitada planicie. Otra vez llegó hasta sus oídos el furioso patear de la tierra, y con más claridad que la anterior. Pero ahora, en vez de animarle, le causó auténtico terror, porque se dio cuenta que no eran pisadas de yak. Aquella manera de patear era despiadada, deliberada y, además, sonaba detrás de él.

La persecución del yak se convirtió para Carter en huida de un ser invisible; porque, aunque no se atrevía a mirar hacia atrás, sentía que la presencia que venía tras él no tenía nada de normal o de definible. Su yak debió haberla oído o presentido antes, y Carter prefirió no preguntarse si aquello le vendría siguiendo desde que saliera de la tierra de los hombres, o habría surgido tras él en el pozo negro de la cantera. Entretanto, las paredes rocosas habían quedado atrás, así que la noche inminente se precipitó sobre una inmensa extensión de arena y rocas espectrales donde se perdían todos los senderos. No pudo encontrar las huellas del yak, pero tras él siguió oyendo aquel detestable patear, acompañado de cuando en cuando por lo que a él se le figuraba un gigantesco aleteo nervioso. Se dio cuenta con desazón de que iba perdiendo terreno y de que se había extraviado en aquel desierto de rocas impasibles y arenas jamás holladas. Únicamente aquellos remotos e infranqueables picos de su derecha le servían de punto de referencia, pero cada vez se distinguían con menos claridad, a medida que la vaga luz crepuscular cedía paso a una fosforescencia enfermiza que provenía de las nubes.

Después, hacia el norte, en la oscuridad cada vez mayor, divisó, confusa y brumosa, una cosa terrible. Durante unos momentos la tomó por una cadena de montañas, pero luego vio que se trataba de algo más. La fosforescencia de las nubes amenazadoras la delató claramente, y aun perfiló sus siluetas contra el resplandor de los vapores del horizonte. No pudo calcular a qué distancia se encontraba, pero debía estar muy lejos. Tenía miles de pies de altura y formaba un inmenso arco cóncavo desde los infranqueables picos grises de oriente a los desconocidos espacios de occidente; sin duda había sido alguna vez una cordillera de imponentes montañas de ónice. Pero esas montañas habían dejado de serlo, porque unas manos más grandes que las del hombre las habían modelado. Silenciosas y acurrucadas en el techo del mundo, como lobos o vampiros, coronadas de nubes y brumas, aquellas siluetas custodiaban eternamente los secretos del norte. Formando semicírculo, parecían monstruosos perros guardianes con las patas derechas levantadas en un gesto amenazador contra la humanidad.

La luz temblona de las nubes hacía el efecto de que se movían sus dobles cabezas mitradas; pero al seguir adelante, Carter vio levantarse de sus tocados sombríos unas formas cuyo movimiento no podía ser producto de la ilusión. Aquellas formas aladas se fueron agrandando por momentos, y el viajero comprendió que su peregrinación había llegado a su fin. No se trataba de pájaros o de murciélagos comunes en otros lugares de la tierra o en el País de los Sueños, ya que eran más grandes que un elefante y tenían cabeza de caballo. Carter presintió que aquellos eran los pájaros shantaks de tenebrosa fama; y ya no tuvo duda sobre qué perversos guardianes e innominados centinelas hacían que los hombres evitasen el destierro rocoso de la región septentrional. Y cuando ya se detuvo resignado, miró por fin tras de sí y vio venir al achaparrado mercader de ojos oblicuos y mala fama, a horcajadas sobre un escuálido yak, a la cabeza de una horda repugnante de torvos shantaks cuyas alas aún se veían sucias del barro y el salitre de los pozos inferiores.

Aunque atrapado por las fabulosas pesadillas hipocéfalas y aladas que formaban a su alrededor un círculo diabólico, Randolph Carter no llegó a desmayarse. Aquellas quimeras espantosas se erguían gigantescas por encima de él. El mercader de ojos oblicuos desmontó de su yak y se plantó delante del prisionero con una sonrisa burlona. Entonces le hizo una seña para que subiera a lomos de uno de aquellos repugnantes shantaks; y le ayudó, al ver que trataba de vencer su repugnancia. Difícil resultó la tarea de subir, porque los pájaros shantaks, en vez de plumas, tienen escamas muy resbaladizas. Cuando Carter se hubo acomodado, el hombre de los ojos oblicuos saltó tras él, dejando que uno de los increíbles colosos voladores se llevara a su escuálido yak hacia el norte, en dirección al círculo de montañas esculpidas.

Lo que siguió fue un espantoso torbellino a través del espacio glacial. Hacia el este, volaron sin descanso en dirección a los desnudos flancos grises de aquellos picos infranqueables, tras los cuales dicen que se encuentra la meseta de Leng. Se elevaron muy por encima de las nubes, hasta que Carter vio por debajo de ellos las legendarias cumbres que las gentes de Inquanok jamás han contemplado, envueltas siempre en altísimos velos de niebla resplandeciente. Y las fue viendo desfilar con toda nitidez, y en lo más alto de sus picos descubrió unas cavernas que le recordaron las del monte Ngranek; pero renunció a hacer preguntas a su opresor, al darse cuenta de que estos parajes provocaban un miedo singular, tanto en él como en el hipocéfalo shantak, el cual voló nerviosamente, preso de una tensión extrema, hasta que las dejaron muy atrás.

El shantak descendió entonces, y bajo un dosel de nubes apareció una llanura gris y yerma donde se veían arder fuegos muy diseminados. Al bajar, pudieron descubrir de cuando en cuando alguna casita solitaria, de granito, y poblados de negra piedra cuyas minúsculas ventanas brillaban con pálida luz. Y de estas casas de campo y de estos poblados se elevaban unos sones agudos de flautas y horribles ritmos de crótalos, lo que corroboró inmediatamente la exactitud de los rumores que corrían entre las gentes de Inquanok. Los viajeros han escuchado tales ruidos y saben que provienen únicamente de esa región desierta y fría que las gentes sensatas jamás visitarán, de ese siniestro lugar de maldad y misterio que es la meseta de Leng.

Unas formas oscuras danzaban alrededor de las débiles hogueras, y Carter sintió curiosidad por averiguar qué clase de criaturas podían ser aquellas; las gentes normales no han estado nunca en Leng, y sólo han podido verse de lejos el resplandor de sus hogueras y sus casas de piedra. Aquellas formas saltaban con lentitud y torpeza, y se retorcían en contorsiones y movimientos sumamente desagradables de presenciar; así que Carter no se extrañó ya de la monstruosa perversidad que les atribuían las vagas leyendas, ni del miedo que suscitaban en todo el País de los Sueños esta meseta helada y detestable. Al volar más bajo el shantak, la repugnancia que le inspiraban los danzantes se tiñó de cierta perversa familiaridad. El prisionero clavó los ojos en ellos y buscó en su atormentada memoria la clave que le indicara dónde había visto anteriormente parecidas criaturas.

Brincaban como si tuvieran pezuñas en lugar de pies, y parecían llevar una especie de peluca o yelmo provisto de cuernos pequeños. No llevaban encima nada más, aunque su cuerpo estaba casi completamente cubierto de pelo. Tenían un rabo diminuto y, cuando miraron hacia arriba, Carter observó la excesiva anchura de sus bocas. Entonces recordó qué eran y por qué lo que llevaban en la cabeza no podía ser a fin de cuentas ni peluca ni yelmo. Los misteriosos pobladores de Leng no eran sino los mismísimos repugnantes mercaderes de las negras galeras que vendían rubíes en Dylath-Leen. ¡Los mercaderes semihumanos, esclavos de las entidades lunares con cuerpo de sapo! Eran, sin lugar a dudas, los mismos seres que habían capturado a Carter, hacía ya mucho tiempo, llevándoselo en su pestilente galera; los mismos que él había visto conducir en manadas por los sucios muelles de aquella execrable ciudad lunar, donde los más flacos trabajaban y los más cebados eran transportados en grandes canastas para satisfacer otras necesidades de sus amos poliposos y amorfos. Ahora veía claro de dónde procedían aquellas criaturas ambiguas; y se estremeció ante el pensamiento de que, sin duda, la meseta de Leng era conocida de antiguo por las abominaciones de cuerpo de sapo que habitan en la luna.

Pero el shantak siguió volando y dejó atrás las hogueras, las construcciones de piedra y los danzantes no enteramente humanos, y se elevó por encima de los estériles montes de granito gris de las sombrías inmensidades de rocas, hielo y nieve. Llegó el día, y la fosforescencia de las nubes cedió ante la luz difusa de aquel mundo septentrional; y el infame pájaro aún siguió volando con determinación, rodeado de frío y de silencio. A veces, el hombre de los ojos oblicuos hablaba a su montura en una abominable lengua gutural, y el shantak contestaba con un sonido chirriante y rasposo como si arañara contra un suelo de cristal. Durante todo este tiempo, el terreno fue haciéndose más elevado, y finalmente, llegaron a una meseta barrida por el viento, que parecía el mismo techo de un mundo agonizante y olvidado. Allí, en la quietud, en el crepúsculo, en el frío, se alzaban solitarios los toscos sillares de un edificio ancho, macizo y sin ventanas rodeado de un círculo de rudos monolitos. En la disposición de aquellos elementos no había nada humano, y Carter dedujo por ciertas referencias que habían llegado al más espantoso y legendario de los lugares: al remoto y prehistórico monasterio donde vive solitario el Gran Sacerdote que no debe ser mencionado, el cual oculta su rostro bajo una máscara de seda y adora a los Dioses Otros y a Nyarlathotep, el caos reptante.

El repugnante pájaro se posó entonces en el suelo, y el hombre de los ojos oblicuos saltó a tierra y ayudó a bajar a su prisionero. Carter comprendía demasiado bien con qué objeto le había apresado; saltaba a la vista que el mercader de ojos oblicuos era agente de potencias más sombrías y deseaba llevar ante sus amos a un mortal cuya presunción había llegado al extremo de pretender llegar a la ignota Kadath para formular una petición a los Grandes Dioses, en su propio castillo de ónice. Y parecía muy probable que este mercader fuera el causante de su primer rapto, perpetrado por los esclavos de las entidades lunares en Dylath-Leen. Y ahora pretendía seguramente llevar a cabo lo que los gatos habían frustrado la vez anterior: conducir a la víctima hasta el monstruoso Nyarlathotep y contarle con qué osadía había intentado buscar la ignota Kadath. La meseta de Leng y la inmensidad fría que se extiende al norte de Inquanok debían de estar muy próximas a los Dioses Otros, y el paso de allí a la ciudad probablemente se encontraría muy custodiado.

El hombre de los ojos oblicuos era menudo, pero el gigantesco pajarraco hipocéfalo estaba allí para que se le obedeciera, de modo que Carter le siguió. Entraron, pues, en el interior del círculo de menhires y cruzaron luego una puerta de arco muy bajo que daba acceso al pétreo monasterio sin ventanas. No había luz en el interior, pero el perverso mercader encendió una lamparita de arcilla adornada con morbosos bajorrelieves, y empujó a su prisionero a través de un laberinto de estrechos pasadizos. En las paredes de aquellos corredores había espantosas escenas pintadas, más antiguas que la historia, y cuyo estilo habría resultado desconocido para cualquier arqueólogo de la tierra. Después de incontables milenios, aún se conservaban frescos los colores, porque el frío y la sequedad de la espantosa Leng permiten la supervivencia de muchas cosas de tiempos primordiales. Carter pudo verlas fugazmente a la luz vacilante de la lámpara, y se estremeció al descubrir lo que tales escenas contaban.

Estos frescos arcaicos relataban los anales de Leng; y en ellos los seres astados con pezuñas y boca inmensa, casi humanos, danzaban perversamente en medio de ciudades olvidadas. Había escenas de antiguas guerras, en las que los seres casi humanos de Leng luchaban contra las arañas hinchadas y purpúreas de los valles vecinos; y había escenas también en las que se narraba la llegada de las negras galeras de la luna, y el sometimiento del pueblo de Leng a los seres poliposos y amorfos que salían de ellas arrastrándose o retorciéndose de manera repugnante. Aquellos seres viscosos de color gris blancuzco habían sido adorados entonces como dioses, y ni un lamento se escapó del pueblo sometido cuando vio cómo se llevaban por docenas a los machos más gordos en las galeras negras. Las monstruosas bestias lunares habían establecido su campamento en una escarpada isla del mar; y Carter pudo deducir de aquellos frescos que dicha isla no era otra que la innominada roca solitaria que había visto cuando navegaba rumbo a Inquanok: la roca maldita que evitaron los marineros de Inquanok, y de la que brotaban perversos aullidos al caer la noche.

Y también representaban las pinturas aquellas el gran puerto y la capital de los seres casi humanos, ciudad portentosa y altiva cuyos pilares se alzaban entre acantilados y muelles de basalto, y cuyos elevados templos y amplias plazas estaban adornadas con estatuas. Tenía jardines inmensos y calles flanqueadas de columnas que conducían desde los acantilados, y de cada una de las seis puertas coronadas por una esfinge, a una inmensa plaza central; y en esta plaza había un par de colosales leones alados custodiando la entrada de una escalera subterránea. Aquellos enormes leones alados estaban representados muchas veces en los frescos, relucientes sus poderosos costados de diorita, a la luz grisácea del crepúsculo durante el día, o bajo la fosforescencia brumosa de las nubes durante la noche. Y a fuerza de pasar por delante de las numerosas pinturas de esta ciudad, Carter comprendió finalmente lo que realmente significaban, y cuál era la ciudad que los seres casi humanos habían gobernado antes de que llegaran las negras galeras. No cabía error alguno, ya que las leyendas del País de los Sueños son abundantes y elocuentes. Aquella ciudad era, con toda seguridad, nada menos que la famosa Sarkomand, cuyas ruinas se blanqueaban al sol desde hacía más de un millón de años, antes de que el primer ser auténticamente humano viera la luz, y cuyos titánicos leones gemelos custodian eternamente las escaleras que descienden del País de los Sueños al Gran Abismo.

En otros paisajes se representaban los desnudos picachos de roca gris que separan la meseta de Leng del país de Inquanok, y en ellos se veían los monstruosos pájaros shantaks, que construyen sus nidos en los rebordes de sus escarpadas laderas. Y también se veían las singulares cavernas que se abren junto a las cumbres de los picos más elevados, mostrándose cómo aun el más atrevido de los shantaks huye despavorido de esas cavernas. Carter las había visto al volar por encima de la cordillera, observando la semejanza que tenían con las del Ngranek. Ahora veía claro que este parecido era más que una mera casualidad, ya que en aquellos cuadros se representaban a sus terribles inquilinos, cuyas alas membranosas, cuernos retorcidos, rabos puntiagudos, zarpas prensiles y cuerpos grumosos no le resultaban extraños en absoluto. Había visto anteriormente esas criaturas rapaces de vuelo silencioso, esos guardianes sin alma del Gran Abismo a quienes temen incluso los Grandes Dioses, cuyo señor no es Nyarlathotep, sino el venerable Nodens. Se trataba de las descarnadas alimañas de la noche, que jamás ríen ni sonríen porque carecen de rostro, y que vuelan sin fin en la oscuridad que se extiende entre el Valle de Pnath y los pasos que dan acceso al trasmundo.

El mercader de los ojos oblicuos empujó entonces a Carter al interior de una gran estancia abovedada cuyos muros estaban revestidos de impíos bajorrelieves; en el centro se abría la boca circular de un pozo, rodeada por seis piedras de altar cubiertas de manchas horrendas. No había la menor luz en aquella cripta maloliente, y la lamparita del siniestro mercader alumbraba tan poco que Carter fue reparando en los detalles muy poco a poco. En el rincón opuesto había un alto estrado de piedra al que se subía por cinco peldaños; y allí, sentada en su trono de oro, se hallaba una pesada figura envuelta en ropajes de seda amarilla con dibujos en rojo, con el rostro cubierto por una máscara de seda del mismo color. Ante esta figura, el hombre de los ojos oblicuos hizo ciertos signos con las manos; y el que acechaba en las tinieblas respondió alzando entre sus patas vestidas de seda una flauta de marfil y sacando de ella ciertos sonidos repugnantes, bajo su flotante máscara amarilla. Así continuó el coloquio durante un tiempo, y Carter comenzó a encontrar algo repugnantemente familiar en el sonido de aquella flauta y en la fetidez de aquel lugar nauseabundo. Todo aquello le hacía pensar en cierta horrible ciudad iluminada por luces rojas, y en la repugnante procesión que un día desfilara por sus calles. También le recordaba su terrible ascensión por las regiones lunares, interrumpida cuando los fraternales gatos de la tierra se lanzaron en masa a rescatarlo. Carter sabía que la criatura del estrado era sin duda alguna el gran sacerdote indescriptible de quien las leyendas hacen conjeturas tan perversas y depravadas; pero le daba miedo pensar qué clase de criatura sería aquel detestable sacerdote, en realidad.

Entonces, inadvertidamente, la figura de seda descubrió un poco una de sus zarpas grisáceas, y Carter se dio cuenta de quién era el abominable sacerdote. Y en aquel supremo trance, el terror le empujó a hacer algo que su razón jamás se habría atrevido a intentar; porque en su trastornada conciencia sólo había sitio para un único deseo: el de huir de aquella cosa achaparrada encaramada en aquel trono de oro. Sabía que se hallaba rodeado por un laberinto insalvable, y luego por la fría meseta del exterior; sabía que más allá de la meseta aguardaban los perversos pájaros shantaks; y sin embargo, pese a todo, su espíritu sólo experimentaba la imperiosa necesidad de huir de aquella viscosa monstruosidad vestida de seda.

El hombre de los ojos oblicuos colocó la extraña lámpara sobre uno de aquellos altares cubiertos de horrendas manchas que rodeaban el pozo, y avanzó unos pasos para hablar con el gran sacerdote mediante gestos de manos. Carter, que hasta entonces se había mantenido en una actitud pasiva, dio un tremendo empujón al hombre aquel con toda la furia salvaje de su terror, de suerte que lo precipitó irremediablemente en el pozo, el cual se dice que llega hasta las infernales criptas de Zin, donde los gugos entran a cazar lívidos en las tinieblas. Casi inmediatamente, cogió la lámpara y echó a correr desatado por los laberintos de los frescos, dejando que el azar determinase su camino, y procurando no pensar en los apagados pasos que venían tras él ni en las abominaciones que se retorcían y arrastraban por los tenebrosos corredores.

Unos segundos más tarde lamentó su atolondrada precipitación, y deseó haber huido por los pasadizos de los frescos que viera al entrar. Verdad es que eran estos tan confusos y se repetían con tanta frecuencia que no le habrían servido de gran ayuda; pero le hubiera gustado intentarlo de todos modos. Los frescos que ahora contemplaba a su paso eran aún más horribles, y precisamente por ello se dio cuenta de que no eran estos los corredores que conducían al exterior. Unos momentos después observó que no le seguían y aflojó un tanto la marcha; pero apenas había recuperado el aliento, cuando un nuevo peligro le salió al paso. Su lámpara se estaba apagando y no tardaría en verse sumido en espesa negrura, sin la menor señal visible que le pudiera orientar.

Cuando, finalmente, la luz se apagó del todo, Carter continuó a tientas en la oscuridad. Unas veces notaba que el suelo ascendía y otras que bajaba, y en una ocasión vino a tropezar con un peldaño que no tenía ninguna razón aparente de estar allí. Cuanto más se adentraba en el dédalo de pasadizos, más húmedo encontraba el ambiente, y cuando se daba cuenta de que llegaba a una bifurcación o a la entrada de algún pasadizo lateral, escogía siempre el camino de menos pendiente hacia abajo. Estaba convencido, sin embargo, de que había ido bajando a lo largo del trayecto; y el olor del aire soterrado y la costra mugrienta de los muros del suelo le advertían igualmente que estaba descendiendo a las profundidades subterráneas de la malsana meseta de Leng. Pero nada le pudo advertir de lo que le esperaba después: sólo el hecho mismo, súbito, sobrecogedor y fulminante. Durante unos momentos había estado avanzando a tientas y con precaución por un suelo resbaladizo y casi horizontal, cuando, sin previo aviso, se precipitó vertiginosamente por las tinieblas de una galería de pendiente tan pronunciada que casi podía tomarse por un pozo vertical.

Jamás pudo precisar el tiempo que duró aquella espantosa caída, pero a él le pareció que fueron horas enteras de náuseas, de delirio y de éxtasis. Al recobrarse más tarde, se dio cuenta de que estaba en el suelo y que las nubes fosforescentes de la noche boreal resplandecían enfermizas en las alturas. Se encontraba rodeado de murallas derruidas y de columnas truncadas, y el pavimento sobre el cual yacía dejaba crecer la hierba entre sus grietas, fragmentándose en múltiples losas que los arbustos y las raíces habían levantado de su sitio. Detrás de él se elevaba casi verticalmente, hasta perderse de vista, un acantilado de basalto cubierto con repugnantes bajorrelieves, y en cuya parte superior se abría un arco tallado y tenebroso que era por donde acababa él de caer. Ante Carter se extendía una doble fila de pilares, fragmentos y basas de columnas que marcaban el lugar donde antiguamente había existido una amplia calle ahora desaparecida. Por las urnas y fuentes que jalonaban el camino comprendió que, en sus días, esta calle había estado rodeada de parques. Al final, los pilares se abrían en torno a una plaza redonda, y en aquel círculo descollaban, gigantescas, bajo las cárdenas nubes de la noche, un par de estatuas monstruosas. Se trataba de los inmensos leones alados de diorita, cuyas cabezas grotescas e indemnes se alzaban en las sombras hasta una altura de más de veinte pies, y parecían gruñir con gesto amenazador a las ruinas que les rodeaban. Carter sabía muy bien qué significaban, puesto que la leyenda sólo habla de una pareja de leones como esta. Se trata sin duda de los imperturbables guardianes del Gran Abismo; por consiguiente, las ruinas pertenecían a la auténtica ciudad primordial de Sarkomand.

Lo primero que hizo Carter fue obstruir la boca de la cueva por donde había caído mediante bloques sueltos y piedras que había por allí. No quería llevar tras de sí a ningún servidor del maligno monasterio de Leng, puesto que por el largo camino que aún tenía delante le acecharían muchos otros peligros. No tenía ni idea de qué dirección tomar para ir de Sarkomand a las regiones habitadas del País de los Sueños. Tampoco sacaría nada en limpio con bajar a las grutas de los gules, pues sabía que estos no estaban mejor informados que él. Los tres gules que le habían ayudado a atravesar la ciudad de los gugos hasta el mundo exterior, le habían dicho que no sabían regresar por Sarkomand, y que preguntarían el camino a los viejos mercaderes de Dylath-Leen. Mucho menos le gustaba la idea de volver nuevamente al mundo subterráneo de los gugos y arriesgarse una vez más en la torre infernal de Koth, cuyos ciclópeos escalones suben hasta el bosque encantado; pero sabía que no tendría más remedio que hacerlo si fallaban las demás posibilidades. Por la meseta de Leng, al otro lado del solitario monasterio, no se atrevía a regresar sin ayuda de ninguna clase, porque los emisarios del gran sacerdote debían de ser muy numerosos, y al final del viaje tendrían inevitablemente que volver a enfrentarse con los shantaks y quizá con algo más. Si pudiera conseguir alguna embarcación, podría aventurarse por mar hasta Inquanok, poniendo rumbo a aquella roca espantosa y desgarrada que emergía del agua, ya que sabía por las arcaicas pinturas del monasterio que esa horrible roca no se encuentra muy lejos de los muelles basálticos de Sarkomand. Pero encontrar una embarcación en esta ciudad deshabitada desde hacía millones de años era muy poco probable, y no parecía empresa fácil construirse una él mismo.

Por ese cauce iban los razonamientos de Randolph Carter, cuando comenzó a vislumbrar un nuevo peligro. Durante todo este tiempo, mientras caminaba, se había ido desplegando ante sus ojos el vasto cadáver de la legendaria Sarkomand, con sus negras columnas truncadas, sus ruinosas puertas coronadas de esfinges, sus gigantescos monolitos y sus monstruosos leones alados recortándose contra el enfermizo resplandor de las nubes luminosas de la noche. Pero, de pronto, apareció a su derecha un lejano resplandor que no podía provenir de ninguna nube, y Carter comprendió que no se encontraba solo en el silencio de la ciudad muerta. Aquella luz aumentaba y disminuía caprichosamente, parpadeando con verdosos destellos poco tranquilizadores para él. Se aproximó silenciosamente por la calle sembrada de escombros, y a través de las angostas brechas de algunas paredes derruidas descubrió que, cerca de los muelles, había una fogata en torno a la cual se apiñaba una multitud de formas vagas. En todo aquel lugar reinaba una pestilencia mortal; y detrás de la hoguera se extendía el oleaginoso regazo de la dársena, en cuyas aguas flotaba un enorme barco fondeado. Carter se quedó paralizado de terror al ver que se trataba de una de las negras galeras lunares.

Entonces, justo cuando iba a alejarse sigilosamente de aquella hoguera abominable, vio agitarse algo entre las sombras vagas, y oyó un sonido singular e inequívoco: era el amedrentado gemido de un gul, que un momento después se convertía en un verdadero alarido de angustia. Aun cuando se encontraba seguro oculto en la oscuridad de las ruinas, Carter dejó que su curiosidad se sobrepusiera a su temor, y avanzó con suma cautela en lugar de retirarse. Para cruzar la calle se vio obligado a reptar sobre su vientre como una lombriz; después tuvo que caminar de puntillas para no hacer ruido entre los montones de mármoles rotos. Así evitó el ser descubierto, y poco después se encontraba en un lugar seguro detrás de un pilar, desde donde podía espiar cómodamente la escena iluminada por el resplandor verdoso de la hoguera. Allí, en torno a un fuego repugnante alimentado con los tallos detestables de los hongos lunares, estaban sentados en hediondo círculo los monstruosos batracios de la luna, con sus esclavos casi humanos. Algunos de estos esclavos calentaban las puntas de unas lanzas extrañas en aquellas llamas vacilantes, y cuando estaban al rojo las aplicaban a tres prisioneros sólidamente atados, que se retorcían a los pies de los jefes del grupo. A juzgar por los movimientos de sus tentáculos, Carter dedujo que aquellas bestias lunares de hocico chato estaban disfrutando enormemente con aquel espectáculo, y cuál no sería su horror al reconocer súbitamente aquellos frenéticos alaridos y descubrir que los gules torturados no eran otros que aquellos serviciales camaradas que le habían guiado por el abismo y que luego habían salido del bosque encantado en busca de Sarkomand para regresar a sus profundidades natales.

El número de malolientes bestias lunares reunido junto al verdoso fuego era bastante crecido, y Carter vio que no era posible intentar nada para salvar a sus antiguos aliados. No tenía idea de cómo les habrían capturado, aunque se imaginaba que aquellas blasfemias con cuerpo de sapo les habrían oído preguntar en Dylath-Leen por el camino de Sarkomand, y no desearían que se acercasen demasiado a la espantosa meseta de Leng y al gran sacerdote indescriptible. Durante un rato estuvo meditando lo que debía hacer, y recordó cuán cerca se encontraba de la entrada del tenebroso reino de los gules. Lo más conveniente, en efecto, era deslizarse hasta la plaza de los leones gemelos y descender sin pérdida de tiempo al abismo, donde evidentemente no encontraría horrores peores que los de arriba, pero donde no tardaría en encontrar algunos gules deseosos de rescatar a sus hermanos y de limpiar aquella negra galera de toda bestia lunar. Se le ocurrió que la entrada, como todas las que dan acceso a los abismos, podía estar custodiada por las descarnadas alimañas de la noche, pero ahora no temía a aquellas criaturas sin rostro. Sabía que estaban ligadas por un solemne pacto a los gules, y el gul que un día fuera Pickman le había enseñado a farfullar la contraseña adecuada.

Así que Carter comenzó de nuevo su marcha silenciosa por entre ruinas, en dirección a la gran plaza central de los alados leones. Era una tarea delicada, pero las bestias lunares estaban agradablemente ocupadas y no oyeron los ruidos y los roces tenues que por dos veces provocó accidentalmente, al tropezar con las piedras esparcidas. Por último, llegó a un lugar abierto y emprendió el camino entre árboles raquíticos y enmarañadas enredaderas que habían crecido por allí. Los gigantescos leones se erguían terribles recortándose contra la luz enfermiza de las fosforescentes nubes nocturnas; pero Carter siguió caminando valerosamente hacia ellos, y luego fue a situarse delante, pues sabía que encontraría allí la imponente abertura que custodiaban. Aquellas bestias burlonas de diorita estaban sentadas a diez pies una de otra, meditando sobre ciclópeos pedestales cuyas caras ostentaban bajorrelieves aterradores. En el espacio central que quedaba entre ambas, había una especie de terraza pavimentada de baldosas que alguna vez estuvo bordeada de balaustradas de ónice. En mitad de esta terraza se abría un pozo tenebroso. Carter había llegado al pozo cuyos mohosos peldaños de piedra descienden a unas criptas de pesadilla.

Terrible es el recuerdo que en él dejó aquella bajada tenebrosa. Las horas transcurrían una tras otra, mientras Carter giraba y giraba en la interminable espiral de peldaños y escaleras. Tan gastados y estrechos eran los peldaños, y tan resbaladizos por el légamo interior de la tierra, que el viajero no sabía si de un momento a otro perdería pie y se precipitaría en aparatosa caída hasta el fondo del pozo. Tampoco sabía en qué momento le saldrían al paso cayendo sobre él, sin previo aviso, las descarnadas alimañas de la noche, si, efectivamente, había alguna acechando en aquel pasadizo primordial. En torno suyo reinaba un olor sofocante que emanaba de las regiones inferiores, y en sus propios pulmones notaba que el aire de aquellas profundidades no estaba hecho para el género humano. Al cabo de un tiempo sintió una gran torpeza y somnolencia, pero siguió avanzando movido más por un impulso mecánico que por un deseo razonado. Ni siquiera se percató de cambio alguno cuando, de pronto, algo le cogió desde atrás, levantándole del suelo. Llevaba un rato volando a través de aquella atmósfera viciada, cuando las gomosas alimañas de la noche le advirtieron con sus malévolos pellizcos que venían a cumplir con su deber.

Despabilado de modo tan violento, vio al fin que se hallaba entre las zarpas viscosas y frías de aquellos seres sin rostro. Afortunadamente, recordó la contraseña de los gules y la pronunció en voz alta como pudo, en medio del viento y los torbellinos de aquel vuelo vertiginoso. Y aunque se dice que las alimañas descarnadas carecen por completo de entendimiento, el efecto fue instantáneo: los pellizcos cesaron inmediatamente y las criaturas de la noche se apresuraron a colocar a su presa en posición más cómoda. Alentado por esta nueva actitud, Carter se decidió a dar algunas explicaciones, hablándoles de la captura y tormento de tres gules a manos de las bestias lunares y de la necesidad de reunir un grupo para ir a rescatarlos. Las descarnadas alimañas, aunque no podían articular palabra, parecieron comprender lo que se les decía y aceleraron su vuelo. De pronto, la espesa negrura se disolvió en el crepúsculo gris de las entrañas de la tierra, y ante ellos apareció una de esas llanuras estériles donde tanto les gusta a los gules sentarse a roer. Las lápidas que por allí había dispersas y los fragmentos de huesos ponían de manifiesto la naturaleza de los pobladores de aquel paraje. Carter lanzó un grito de urgente llamada, y unas veinte madrigueras vomitaron en pocos momentos a todos sus moradores de aspecto perruno. Entonces las descarnadas alimañas de la noche descendieron y depositaron al pasajero en el suelo; después se apartaron un poco y formaron un apretado semicírculo, mientras los gules saludaban al recién llegado.

Carter comunicó rápida y detalladamente su mensaje a la grotesca compañía, y cuatro de los gules partieron inmediatamente a través de las distintas madrigueras para propagar la noticia y reunir un ejército que rescatara a sus hermanos. Después de una larga espera apareció un gul de cierta categoría que hizo una seña significativa a las alimañas descarnadas, y dos de las cuales alzaron el vuelo y se perdieron en la oscuridad. Luego el número de descarnadas alimañas congregadas allí fue aumentando progresivamente, hasta que por último el fangoso suelo de la llanura se vio cubierto por un verdadero enjambre. Entretanto, nuevos gules emergían de las madrigueras que, chillando con excitación, se iban incorporando a una tosca línea de batalla, no lejos de la muchedumbre de las nocturnas alimañas. Al poco rato apareció aquel orgulloso e influyente gul que un día fuera el artista Richard Pickman de Boston, y Carter le relató minuciosamente lo sucedido. El Pickman de otro tiempo, complacido de saludar nuevamente a su antiguo amigo, se mostró luego muy impresionado; y sostuvo una conferencia con los demás jefes, apartados de la creciente multitud.

Finalmente, después de pasar atenta revista a las filas, todos los jefes allí reunidos comenzaron a dar órdenes a la muchedumbre de gules y alimañas descarnadas que se habían congregado. Enseguida partió un nutrido destacamento de cornudos voladores, y el resto se dividió en parejas, que se arrodillaron con las patas delanteras extendidas, en espera de que los gules se fueran acercando de uno en uno. Cuando cada gul llegaba a las dos descarnadas alimañas que le habían asignado, estas le tomaban entre las dos y desaparecían veloces en la oscuridad; hasta que por último desapareció toda la multitud, excepto Carter, Pickman y los demás jefes, y unas pocas parejas de descarnadas alimañas. Pickman explicó que las descarnadas alimañas de la noche constituyen la vanguardia y, a la vez, los corceles de guerra de los gules, y que el ejército iba a salir por Sarkomand para enfrentarse a las bestias lunares. Luego, Carter y los horribles jefes se dirigieron a las alimañas portadoras, siendo izados por sus zarpas pegajosas y húmedas. Un momento más tarde giraban todos en el viento y las tinieblas, subiendo, y subiendo, y subiendo interminablemente, hasta llegar a la entrada de los leones alados y las ruinas espectrales de la arcaica Sarkomand.

Cuando al fin Carter se encontró bajo la luz enfermiza del cielo nocturno de Sarkomand, fue para contemplar la gran plaza central bullendo de gules y alimañas descarnadas dispuestos a luchar. El día no tardaría en despuntar, pero era tan numeroso el ejército, que no habría necesidad de sorprender al enemigo. El resplandor verdoso de la hoguera junto al muelle todavía temblaba débilmente, pero la ausencia de gritos daba a entender que la tortura de los prisioneros había concluido de momento. Susurrando instrucciones en voz muy baja a sus monturas y a la bandada de alimañas descarnadas que iban sin jinete, los gules se alzaron en enormes columnas aleteantes y sobrevolaron las ruinas desérticas en dirección al maldito resplandor. Carter iba ahora junto a Pickman, en la primera fila de gules, y vio cómo se acercaban al nauseabundo campamento donde las bestias lunares descansaban completamente confiadas. Los tres prisioneros yacían atados en el suelo, inmóviles junto a la hoguera, mientras sus opresores de cuerpo de sapo habían caído vencidos por el sueño desordenadamente. Los esclavos casi humanos también estaban dormidos, descuidando su deber de centinelas, que en estas regiones debió de parecerles meramente rutinario.

Por fin, los gules y sus alados portadores se lanzaron súbitamente en picado y, antes de que se oyese el menor ruido, cada una de aquellas blasfemias con aspecto de sapo fue atrapada por un grupo de alimañas descarnadas. Las bestias lunares carecían, naturalmente, de voz; pero ni siquiera los esclavos tuvieron tiempo de gritar antes de que las gomosas extremidades de las descarnadas alimañas los redujeran al silencio. Fueron horribles las contorsiones de aquellas anormalidades gelatinosas, mientras las sarcásticas alimañas descarnadas las atenazaban; pero nada podían hacer frente a la fuerza de aquellos miembros negros y prensiles. Cuando una de las bestias lunares se agitaba con demasiada violencia, una alimaña descarnada le echaba encima sus extremidades tentaculares, lo cual parecía producir en la víctima un dolor tal, que enseguida dejaba de forcejear. Carter había esperado ver una gran matanza, pero no tardó en comprobar que los gules tenían planes más arteros. Dieron órdenes tajantes a las bestias descarnadas, y estas se limitaron a sujetar a sus prisioneros, que fueron transportados en silencio al Gran Abismo para ser distribuidas equitativamente entre los dholes, los gugos, los lívidos y demás moradores de las tinieblas, cuyas formas de alimentación suelen ser bastante dolorosas para sus víctimas. Mientras tanto, los tres gules habían sido liberados y consolados por los vencedores, quienes revisaban, además, los alrededores por si quedaba alguna bestia lunar, y abordaban la galera negra y pestilente, amarada de costado al muelle, para asegurarse de que no se les había escapado ningún enemigo. Indudablemente, los habían capturado a todos, puesto que no pudieron distinguir el menor signo de vida en parte alguna. Carter, deseoso de conservar un medio de transporte para llegar a las demás regiones del País de los Sueños, pidió que no hundieran la galera; petición que fue concedida de buena gana en agradecimiento por haberles comunicado la apurada situación de los tres prisioneros. En el barco encontró objetos y ornamentos muy extraños, algunos de los cuales Carter arrojó al mar.

Los gules y las descarnadas alimañas de la noche formaron luego grupos separados, y los primeros pidieron a sus compañeros rescatados que contaran todo lo que les había sucedido. Al parecer, los tres habían seguido las indicaciones de Carter, y se dirigieron al bosque encantado de Dylath-Leen, siguiendo el curso del Nir y del Skai. Robaron ropas humanas en una granja y trataron de adoptar lo mejor posible la forma de andar de los hombres. En las tabernas de Dylath-Leen, sus maneras grotescas y sus rostros perrunos habían suscitado muchos comentarios, pero ellos siguieron preguntando por el camino de Sarkomand, hasta que, por último, un anciano viajero pudo orientarles. Entonces se enteraron de que sólo había un barco que podía llevarlos: el que hacía la ruta de Lelag-Leng, de modo que se dispusieron a aguardar pacientemente la llegada de ese buque.

Pero los malvados espías se habían enterado de todo, y poco después entraba en puerto una galera negra; y los mercaderes de rubíes de boca inmensa invitaron a los gules a beber en una taberna. Sacaron vino de una de sus siniestras botellas toscamente talladas en un único rubí; y después los gules no supieron más, sino que estaban prisioneros en la negra galera, como le había ocurrido a Carter. En esta ocasión, sin embargo, los invisibles remeros no pusieron proa a la luna, sino a la antigua Sarkomand, con la idea de llevar a los cautivos ante la presencia del gran sacerdote indescriptible. Tocaron la desgarrada roca del mar del norte que los marineros de Inquanok evitan siempre, y los gules vieron allí por vez primera a los rojos dueños del barco, poniéndose enfermos —a pesar de su propia insensibilidad— ante tal exceso de maligna deformidad y nauseabunda fetidez. Allí presenciaron también las ignominiosas diversiones de la guarnición de bestias lunares, descubriendo que tales diversiones eran las que daban lugar a esos aullidos nocturnos que tanto miedo provocaban en los hombres. Después atracaron en la ruinosa Sarkomand y comenzaron las torturas que habían terminado con el providencial rescate.

Pasaron a discutir nuevos planes, y los tres rescatados se mostraron partidarios de hacer una incursión en la roca desgarrada para exterminar a toda la guarnición de sapos lunares que allí había. Las descarnadas alimañas se opusieron a ello, sin embargo, ya que la perspectiva de volar sobre el agua no les agradaba en absoluto. La mayoría de los gules aprobaron la idea, pero no sabían cómo llevarla a cabo sin la ayuda de las alimañas descarnadas de la noche. Entonces Carter, viendo que no sabían navegar en la galera atracada, se ofreció a enseñarles a manejar las grandes filas de remos, a lo cual accedieron los gules de buena gana. Había amanecido gris el día y, bajo aquel cielo plomizo del norte, subió a bordo de la pestilente galera un destacamento de gules, cada uno de los cuales ocupó su puesto en la bancada de remeros. Carter observó en ellos cierta aptitud para aprender. Antes de que anocheciera habían dado tres vueltas de prueba alrededor del puerto. Hasta tres días después, sin embargo, no se consideraron en condiciones para intentar la expedición de conquista. Al tercer día, los remeros ocuparon sus puestos, las descarnadas alimañas se apiñaron en el castillo de proa, y la expedición se hizo finalmente a la mar. Pickman y otros jefes se reunieron en cubierta y discutieron los planes de abordaje y ataque.

Aquella misma noche oyeron ya los aullidos procedentes de la roca. Y tales eran sus acentos, que toda la tripulación de la galera se estremeció visiblemente; pero los que más temblaban eran los tres gules rescatados, pues sabían muy bien lo que significaban aquellos alaridos. Decidieron no intentar el ataque por la noche, así que mantuvieron el barco al pairo bajo la fosforescencia de las nubes, a la espera de que rompieran las grises claridades del día. Cuando la luz se hizo algo más clara y enmudecieron los alaridos, los remeros reanudaron su boga y la galera se fue acercando a la roca desgarrada, cuyas cimas graníticas se hincaban fantásticamente en el cielo apagado. Los costados de la roca eran muy escarpados; pero en numerosos salientes podían verse las combadas paredes de unas extrañas viviendas sin ventanas, así como los antepechos que protegían los altos caminos roqueros. Jamás se había acercado tanto a aquel lugar un barco tripulado por algún ser humano; al menos, ninguno se había acercado tanto y había vuelto a navegar después. Pero Carter y los gules no tenían miedo, y estaban firmemente decididos a seguir adelante. Dieron un rodeo hacia la cara oriental de la roca, en busca de los muelles que, según el trío de gules rescatados, se hallaban al sur, en el interior de un puerto natural formado por dos abruptos morros acantilados.

Aquellos promontorios eran verdaderas prolongaciones de la isla, y se adentraban en el mar tan próximos uno de otro, que entre ellos sólo cabía la eslora de un barco. Al parecer, no había nadie vigilando en el exterior, de modo que la galera enfiló osadamente hacia aquel escarpado canal y entró en las aguas pútridas y estancadas del puerto. Aquí, sin embargo, todo era bullicio y actividad: había varios barcos fondeados a lo largo de un repugnante muelle de piedra, y decenas de esclavos casi humanos y bestias lunares pululaban por los embarcaderos transportando banastas y cajones o conduciendo innominados y fabulosos horrores aparejados a pesados carruajes. Por encima de los muelles había un poblado de piedra tallado en un acantilado vertical, y de él arrancaba un camino sinuoso que ascendía en espiral hasta perderse de vista entre los salientes de la roca. Nadie podía decir qué secreto guardaría en su interior el prodigioso pico de granito que coronaba la isla, pero las cosas que se veían en el exterior distaban mucho de ser alentadoras.

Al ver la galera que entraba, la multitud que había en los muelles dio muestras de gran ansiedad. Los que tenían ojos se quedaron mirando intensamente con la mirada fija, y los que no los tenían agitaron sus sonrosados tentáculos con expectación. Por supuesto, nadie se había percatado de que la negra embarcación había cambiado de manos, porque los gules se parecen mucho a los cornudos esclavos casi humanos, y las alimañas descarnadas estaban todas ocultas bajo cubierta. Para entonces, los jefes habían trazado ya su plan, que consistía en soltar las alimañas descarnadas tan pronto como arrimaran el costado al muelle, y zarpar al instante, confiando enteramente el asunto a los instintos de aquellas criaturas casi desprovistas de entendimiento. Una vez desembarcados, lo primero que harían aquellos astados seres voladores sería atrapar cualquier cosa viviente que encontraran; después no pensarían absolutamente en nada, sino que, llevados por su instinto de retorno, olvidarían su temor al agua y regresarían velozmente al Abismo con sus presas nauseabundas, a las que darían un destino conveniente allá en las tinieblas, de donde poca cosa sale con vida.

El gul que fuera Pickman bajó a la bodega y dio unas breves instrucciones a las descarnadas alimañas de la noche, en tanto que el barco casi tocaba ya los ominosos y malolientes muelles. De pronto, una nueva agitación se manifestó a lo largo del puerto. Carter se dio cuenta de que el movimiento de la galera comenzaba a suscitar sospechas. Era evidente que el timonel no dirigía la embarcación hacia el muelle adecuado, y probablemente los mirones habían notado ya la diferencia entre los horribles gules y los esclavos casi humanos cuyos puestos ocupaban. Seguramente dieron una alarma silenciosa, porque casi enseguida empezó a acudir una horda mefítica de bestias lunares procedentes de las casas sin ventanas o del camino serpenteante de la derecha. Una lluvia de extrañas jabalinas cayó sobre la galera cuando su proa tocó el muelle, matando a dos gules e hiriendo ligeramente a otro; pero en ese momento se abrieron todas las escotillas de par en par, y exhalaron una nube negra de alimañas descarnadas que aletearon sobre el poblado como un enjambre de gigantescos murciélagos astados.

Las gelatinosas bestias lunares se habían armado de grandes pértigas y trataban de alejar el barco invasor, pero cuando las descarnadas alimañas de la noche cayeron sobre ellas, no pensaron más en eso. Fue un espectáculo sobrecogedor ver cómo se divertían aquellos seres gomosos y sin rostro, y era tremendamente impresionante contemplar cómo la espesa nube que formaban se desparramaba por el pueblo y sobre la sinuosa carretera que se perdía en las alturas. A veces, un grupo de estos negros seres voladores dejaba caer por error a su voluminoso prisionero lunar desde una altura enorme, y la forma con que reventaba al chocar contra el suelo era de lo más desagradable para la vista y el olfato. Cuando la última alimaña descarnada hubo abandonado el barco, los jefes dieron orden de alejarse, y los remeros iniciaron una boga silenciosa, saliendo del puerto entre los grises cabos, mientras en el pueblo continuaba el caos de la batalla.

El gul Pickman concedió a las descarnadas alimañas varias horas para que sus rudimentarios entendimientos desecharan todo temor a volar sobre el agua y mantuvo la galera a una milla de la costa desgarrada, curando las heridas de los gules alcanzados por las jabalinas. Cayó la noche, y el crepúsculo gris dio paso a la enfermiza fosforescencia de las nubes bajas; y durante todo este tiempo los jefes no apartaron la vista de los elevados picos de aquel peñón maldito, por si veían volar a las descarnadas alimañas de la noche. Hacia el amanecer se vio revolotear tímidamente una mancha oscura por encima del pico más alto, y poco después la mancha se había convertido en un verdadero enjambre. Justo antes de romper el día, el enjambre pareció extenderse, y un cuarto de hora más tarde se disipó en la lejanía, en dirección nordeste. Una o dos veces pareció caer algo desde la confusa bandada al mar, pero Carter no lo lamentó, porque sabía por propias observaciones que las bestias lunares no saben nadar. Finalmente, cuando los gules comprendieron que todas las descarnadas alimañas se habían marchado hacia Sarkomand y el Gran Abismo con su cargamento predestinado, la galera puso proa nuevamente hacia el puerto, pasó entre los cabos grisáceos, y toda la horrible tripulación bajó a tierra y deambuló curioseando por la roca desnuda, por sus torres y viviendas, y por sus fortificaciones cortadas en la piedra viva.

Horribles fueron los secretos que descubrieron en aquellas criptas malignas y ciegas, ya que los restos de sus interrumpidas diversiones eran abundantes y se hallaban en distintos grados de consumación. Carter apartó varias entidades que en cierto modo estaban vivas aún, y huyó presurosamente de otras sobre las que no estaba muy seguro de lo que se trataban. Las pestilentes viviendas estaban provistas en su mayoría de taburetes y bancos tallados en madera de árbol lunar, y sus paredes estaban decoradas con unos dibujos insensatos e indescriptibles. Había innumerables armas, herramientas y adornos por todas partes, y también algunos ídolos de gran tamaño, tallados en sólido rubí, que representaban a unos seres extraños jamás vistos en la tierra. Pese a su valor material, no invitaban a apropiárselos ni a seguir mirándolos por más tiempo, y Carter se tomó el trabajo de destrozar cinco de ellos y reducirlos a añicos. En cambio, recogió las lanzas y jabalinas esparcidas, que, con la aprobación de Pickman, distribuyó entre los gules. Tales armas eran nuevas para estos seres corredores y perrunos, pero la relativa sencillez de su uso les facilitó su manejo después de unas breves indicaciones.

En las partes más elevadas de la roca había más templos que viviendas, y en muchas cámaras excavadas en la piedra encontraron ciertos altares esculpidos de aspecto terrible, sobre los cuales había cuencos de dudosas manchas y santuarios destinados a adorar a unos seres aún más monstruosos que los dioses inexorables que reinan sobre Kadath. Del fondo de un gran templo arrancaba un pasadizo bajo y oscuro, por donde se introdujo Carter con una antorcha en la mano, que iba a desembocar en un inmenso recinto abovedado cuyos muros estaban adornados con unos relieves demoníacos. En el centro de este recinto descubrió la abertura de un pozo profundo y hediondo como el que viera en el horrible monasterio de Leng, en el salón donde mora solitario el gran sacerdote indescriptible. En la oscuridad lejana, al otro lado del pozo nauseabundo, le pareció vislumbrar un extraño postigo de bronce; pero, sin saber por qué, experimentó un indecible terror ante la idea de abrirlo o aun acercarse a él, por lo que se apresuró a volver junto a sus poco agraciados compañeros que andaban vagando con una tranquilidad y despreocupación que a él le era imposible compartir. Los gules también habían descubierto las inacabadas diversiones de las bestias lunares y las habían aprovechado a su manera. Habían encontrado también un tonel del poderoso vino lunar y se lo llevaban rodando hacia los muelles para cargarlo y emplearlo en sus negocios diplomáticos; pero el trío de gules rescatados, recordando el efecto que les había producido ese brebaje en Dylath-Leen, aconsejaron a sus compañeros que no lo probaran. En uno de los sótanos que había junto al agua descubrieron un gran almacén de rubíes de las minas lunares, unos pulidos y otros sin trabajar; pero cuando los gules comprobaron que no servían para comer, perdieron todo interés por ellos. Carter no quiso llevarse ninguno porque sabía demasiadas cosas de las criaturas que los habían extraído y labrado.

De pronto, se oyó la voz excitada de los centinelas que habían quedado en los muelles y los inmundos carroñeros interrumpieron sus ocupaciones para mirar hacia el mar y ponerse en marcha hacia el puerto. Una nueva galera avanzaba veloz por entre los cabos grisáceos, y los seres casi humanos que iban a cubierta tardaron muy poco en darse cuenta de que la isla había sido saqueada, dando la alarma a las monstruosas entidades que remaban abajo. Por fortuna, los gules llevaban todavía las jabalinas y las lanzas que entre ellos había distribuido Carter. Y este, apoyado por el gul que un día se llamara Pickman, ordenó formar en línea de batalla para evitar que el barco atracara. En la nueva galera se observó entonces un repentino movimiento de excitación, lo que hizo comprender a Carter que la tripulación entera se había dado cuenta de que las cosas en el puerto no marchaban como ellos habrían esperado, y la repentina detención del barco mostraba claramente que se habían percatado del gran número de gules desembarcados. Tras un momento de duda, la galera recién llegada dio la vuelta en silencio y volvió a cruzar los cabos, pero los gules no pensaron ni por un momento que el peligro había quedado conjurado. La tenebrosa embarcación iría en busca de refuerzos, o quizá su tripulación intentaría desembarcar en algún otro punto de la isla; por ello, se envió a la cima un grupo expedicionario para ver cuál era el rumbo que tomaba el enemigo.

Muy pocos minutos después regresó precipitadamente un gul anunciando que las bestias lunares y los casi humanos estaban desembarcando por la parte de afuera de los morros, más hacia oriente, y que subían por caminos ocultos y salientes de la roca que a una cabra le resultarían casi impracticables. Inmediatamente después, la galera fue vista otra vez cruzando por delante del angosto canal, pero sólo fue cuestión de un segundo. Unos momentos más tarde, un segundo mensajero llegó jadeante de arriba para decir que otro grupo estaba desembarcando en el otro morro; esta vez el número de los que desembarcaban era muy superior a los que aparentemente cabían en la galera. Y el propio barco, movido con lentitud por una diezmada fila de remos, avanzó entre los acantilados y entró en el fétido puerto como para presenciar la refriega e intervenir si fuera necesario.

Entretanto, Carter y Pickman habían dividido a los gules en tres grupos, de los cuales dos se enfrentarían a cada una de las dos columnas invasoras y el tercero permanecería en el poblado. Los dos primeros grupos se apresuraron a trepar por las rocas, cada uno en su respectiva dirección, mientras el tercero se subdividía en dos partes, una destinada a tierra y otra al mar. La del mar, mandada por Carter, subió a bordo de la galera apresada y zarpó en busca de la otra, que a la vista de esta maniobra retrocedió por el canal y salió a mar abierto. Carter no la persiguió inmediatamente porque sabía que podían necesitarle con más urgencia en el poblado.

Mientras, los tres destacamentos de bestias lunares y casi humanos habían llegado a lo alto de los morros, y sus siluetas se perfilaban espantosas en ambos lados contra el cielo gris del atardecer. Las flautas infernales de los invasores habían comenzado a gemir, y el efecto general de aquellas procesiones híbridas y semiamorfas era tan nauseabundo como el hedor que efectivamente emanaba de aquellas blasfemias de cuerpo de sapo procedentes de la luna. Luego entraron en escena los dos grupos de gules, recortándose también en lo alto de las rocas. Empezaron a volar las jabalinas desde ambos lados; y los aullidos de los gules y los bestiales alaridos de los casi humanos se unieron progresivamente al gemido infernal de las flautas, formando una barahúnda demencial y caótica. A cada paso caían cuerpos por los estrechos precipicios de ambos acantilados, yendo a parar al mar abierto o a las aguas estancadas de la dársena, en cuyo caso eran absorbidos rápidamente hacia el fondo por ciertas entidades submarinas cuya presencia solamente delataban las prodigiosas burbujas que dejaban escapar.

Durante una media hora, esta batalla se desarrolló con increíble ferocidad, hasta que los invasores fueron completamente liquidados en el acantilado de poniente. En el morro oriental, sin embargo, donde parecía estar presente el jefe de las bestias lunares, los gules no lo · estaban pasando tan bien y retrocedían lentamente buscando la protección de las laderas. Pickman envió rápidamente refuerzos a este frente con el grupo del poblado que tanto había ayudado durante la primera fase del combate. Después, cuando hubo terminado la lucha en el lado oeste, los victoriosos supervivientes corrieron en auxilio de sus atribulados compañeros, forzando al enemigo a retroceder por la estrecha cresta del morro. Los casi humanos habían caído ya todos, pero el último de los horrores batrácicos luchaba desesperadamente y se defendía con las lanzas que empuñaba con sus poderosas y repugnantes patas. Había pasado la ocasión de emplear las jabalinas, y la lucha se convirtió en un duelo cuerpo a cuerpo en el que, por la estrechez de la cresta, no podían atacar a un tiempo más que unos pocos lanceros.

A medida que aumentaba la furia y el arrojo, aumentaba también el número de los que caían al mar. Los que iban a parar a las aguas del puerto encontraban una muerte innominada en las fauces de aquellas criaturas invisibles y burbujeantes; pero los que caían al mar abierto podían nadar hasta el pie del acantilado y agarrarse en los escollos. Por su parte, la galera del enemigo recogía las bestias lunares que podía. El acantilado era prácticamente inabordable, excepto por donde los monstruos habían desembarcado, de forma que a los gules que volvían del mar les fue imposible llegar al frente de la batalla y se quedaron en los escollos. Algunos de ellos cayeron bajo las jabalinas de la galera contraria o de las bestias lunares que estaban en lo alto del promontorio, pero los demás sobrevivieron y pudieron ser rescatados. Cuando el triunfo de los gules se vio seguro, la galera de Carter salió de entre los cabos y se dirigió hacia el barco enemigo que estaba en mar abierto, deteniéndose a recoger a los gules que se habían agarrado a los escollos o nadaban aún en el océano. Varias bestias lunares que se habían refugiado en las rocas o en los arrecifes fueron rápidamente puestas fuera de combate.

Por último, cuando la galera de bestias lunares se hubo puesto a salvo alejándose de allí, y los enemigos desembarcados se hubieron concentrado en un solo punto, Carter hizo saltar una fuerza considerable al morro oriental, a espaldas del enemigo. Gracias a esta maniobra, la lucha fue efectivamente breve. Atacados en dos frentes, las fétidas entidades, ya vacilantes, fueron inmediatamente despedazadas o precipitadas al mar. Por fin, hacia el atardecer, los jefes de los gules comprobaron que el islote había quedado otra vez limpio de enemigos. La galera adversaria, entretanto, había desaparecido. Decidieron que lo más prudente sería abandonar la roca maligna, antes de que los horrores lunares consiguieran reclutar una horda numerosa y se lanzaran sobre ellos de nuevo.

De este modo, pues, llegó la noche. Pickman y Carter reunieron a todos los gules y les pasaron revista cuidadosamente, descubriendo que habían perdido más de la cuarta parte de sus efectivos en la refriega del día. Colocaron a los heridos en las literas del barco, ya que a Pickman le repugnaba la costumbre que tenían los gules de rematar y comerse a sus propios heridos, y los individuos disponibles fueron asignados a los remos o a los puestos en que pudieran ser más útiles. Bajo la fosforescencia de las nubes nocturnas, la galera se hizo a la mar, y Carter sintió el gran alivio de abandonar aquel islote de abominables misterios donde descubriera aquel recinto abovedado que tenía un pozo sin fondo y una repugnante puerta de bronce, que tanto había inquietado a su imaginación. El día sorprendió al barco frente a los ruinosos muelles basálticos de Sarkomand, donde, como centinelas, aguardaban todavía algunas descarnadas alimañas de la noche. En lo alto de las columnas truncadas y de las esfinges erosionadas de aquella espantosa ciudad que había vivido y muerto antes de aparecer el hombre sobre la tierra, las descarnadas alimañas velaban como negras gárgolas y fantásticas quimeras.

Los gules montaron su campamento entre las rocas derruidas de Sarkomand y despacharon a un mensajero con la misión de traer suficientes alimañas descarnadas para transportarles por los aires. Pickman y los demás jefes se mostraron efusivamente agradecidos por la ayuda que Carter les había prestado, y este se dio cuenta de que sus planes iban efectivamente por buen camino, puesto que ahora podría pedir ayuda a sus repugnantes aliados no sólo para salir de la región del País de los Sueños en que se hallaban, sino también para emprender su última expedición en busca de los dioses que reinan sobre la ignota Kadath y la maravillosa ciudad del sol poniente que tan extrañamente disipaban ellos de sus sueños. Por consiguiente, habló de estas cuestiones a los jefes de los gules y les dijo lo que sabía de la fría inmensidad donde se encuentra Kadath y de sus centinelas: tanto de los monstruosos shantaks como de las montañas esculpidas en forma de figuras bicéfalas. También les habló del miedo que los pájaros shantaks sienten por las descarnadas alimañas de la noche, y de cómo estos inmensos pájaros hipocéfalos salen chillando de sus negras madrigueras excavadas en lo alto de los picos desnudos y grises que separan el país de Inquanok de la odiosa meseta de Leng. Les habló asimismo de lo que había averiguado sobre las descarnadas alimañas de la noche en los frescos del monasterio del gran sacerdote indescriptible, y de cómo eran temidas incluso por los Grandes Dioses, y cómo su señor no era el caos reptante Nyarlathotep, sino el venerable e inmemorial Nodens, señor del Gran Abismo.

Carter contó todas estas cosas en el lenguaje de los gules allí reunidos, y luego les expuso a grandes rasgos la ayuda que tenía intención de solicitarles, no pareciéndole abusiva considerando los servicios que acababa de prestar últimamente a los perrunos y cartilaginosos carroñeros. Les pidió vivamente que le facilitaran los servicios de un número suficiente de alimañas descarnadas para sobrevolar el reino de los shantaks y las montañas esculpidas, y llevarle a la inmensidad fría, más allá de los últimos puntos alcanzados por los mortales más osados. Quería volar hasta el castillo de ónice que domina desde lo alto la ignota Kadath de la inmensidad fría, y presentarse ante los Grandes Dioses para pedirles ese acceso a la ciudad del sol poniente que Ellos le denegaban. Estaba seguro de que las descarnadas alimañas de la noche podrían llevarlos hasta allí sin dificultades, sobrevolando los peligros que acechan en la llanura y aquellas horribles figuras bicéfalas esculpidas en la montaña que hacen de eternos centinelas en la penumbra gris. Gracias a las descarnadas criaturas astadas y sin rostro, no correría peligro alguno, puesto que eran temidas incluso por los Grandes Dioses. Y aun cuando surgiera cualquier dificultad inesperada por parte de los Dioses Otros, los cuales acostumbran a inmiscuirse en los asuntos de los benignos dioses de la tierra, las descarnadas alimañas no tendrían por qué preocuparse, ya que los infiernos exteriores son totalmente inocuos para unos seres voladores, mudos y silenciosos como ellos, cuyo amo y señor no es Nyarlathotep sino el poderoso arcaico Nodens. Un bando de diez o quince alimañas descarnadas sería sin duda suficiente, según Carter, para disuadir a los shantaks de cualquier intervención. Acaso fuera también conveniente llevar consigo algunos gules para dirigirlas, ya que los gules las conocen mejor que los hombres. La expedición podía dejarle a él en el interior del recinto amurallado de aquella fabulosa ciudadela de ónice, y esperar después a que regresara por la noche o les diese alguna señal. Mientras tanto, iría él a orar ante los dioses de la tierra. Si alguno de los gules se decidiera a escoltarle hasta el salón del trono de los Grandes Dioses, él se lo agradecería infinitamente, ya que la presencia de los gules podría añadir más peso e importancia a su petición. Pero Carter no quería insistir en este detalle; únicamente pedía que le transportaran primero a la ignota Kadath, y después a la última etapa de su destino, que sería la maravillosa ciudad del sol poniente, en el caso de que los Grandes Dioses accedieran a concederle su favor, o a las Puertas del Sueño Profundo, en el bosque encantado, si sus súplicas resultaban vanas.

Mientras Carter hablaba, los gules todos escuchaban con gran interés, y a medida que pasaba el tiempo, el cielo se iba oscureciendo con las nubes de alimañas descarnadas que los mensajeros habían ido a buscar. Las aladas criaturas se posaron en semicírculo alrededor del ejército de gules, y aguardaron respetuosamente mientras sus perrunos cabecillas estudiaban la petición del viajero terrestre. El gul que un día fuera Pickman habló gravemente con sus compañeros, y al final ofreció a Carter mucho más de lo que él esperaba. Ya que Carter había ayudado a los gules en su lucha contra las bestias lunares, ellos le ayudarían en su atrevido viaje a las regiones de donde nadie ha regresado jamás; y no le transportarían sólo unas cuantas alimañas descarnadas, sino todo el ejército allí congregado: los gules veteranos de guerra y las alimañas descarnadas recién llegadas de refresco. Sólo quedaría en los muelles de Sarkomand una pequeña guarnición para custodiar la negra galera y el botín capturado en la roca desgarrada. Emprenderían el vuelo en el momento que dijera Carter, y una vez llegados a Kadath, le escoltaría un numeroso séquito de gules mientras él exponía su petición a los dioses de la tierra, en su palacio de ónice.

Conmovido por una gratitud y satisfacción indescriptibles, Carter trazó los planes de este viaje audaz con los jefes de los gules. Decidieron que el ejército volaría muy alto por encima de la espantosa meseta de Leng, de su innominado monasterio y de sus perversos poblados de piedra. Se detendrían sólo en las inmensas cumbres grises para exigir información a los atemorizados shantaks, cuyas madrigueras convierten los picos más altos en verdaderas colmenas. Después, de acuerdo con la información obtenida de estos moradores de la altura, elegirían la ruta final y se acercarían a la ignota Kadath a través del desierto de las montañas esculpidas, al norte de Inquanok, o bien se remontarían a regiones más septentrionales de la propia meseta de Leng. Perrunos unos y desalmadas otras, a los gules y a las alimañas descarnadas no les asusta lo que puedan descubrir en esos desiertos jamás hollados, ni tampoco experimentan pavor alguno ante la idea de la egregia y solitaria Kadath con su misterioso castillo de ónice.

Hacia mediodía, los gules y las descarnadas alimañas se dispusieron a emprender el vuelo; cada gul escogió la pareja de portadores que más le convenía. Carter fue colocado a la cabeza de la columna, junto a Pickman; y delante de todos, a modo de vanguardia, se constituyó una doble fila de descarnadas alimañas de la noche. A una voz de Pickman, el horrible ejército se alzó como una nube de pesadilla por encima de las rotas columnas y las esfinges ruinosas de la primordial Sarkomand, y se fue elevando más y más, hasta rebasar incluso la gran vertiente de basalto que se erguía tras la ciudad. Ante ellos fueron apareciendo los alrededores de la fría y estéril altiplanicie de Leng. Y aún más, se remontó la oscura hueste voladora, hasta que esta misma altiplanicie comenzó a empequeñecerse por debajo de ellos; y cuando tomaron rumbo hacia el norte y sobrevolaron la espantosa meseta que el viento barría, Carter vio de nuevo, con un escalofrío de horror, el círculo de toscos monolitos y el chato edificio sin ventanas que, como él sabía muy bien, cobijaba a aquella blasfemia enmascarada de seda, de cuyas garras había escapado tan milagrosamente. Esta vez no descendieron cuando el ejército cruzó como una bandada de murciélagos por encima del desolado paisaje, iluminado por el débil resplandor de las hogueras, ni se pararon a observar las morbosas contorsiones de los astados seres casi humanos que allí danzan y tañen sus instrumentos sin descanso. Una de las veces, vieron un shantak que volaba bajo, planeando sobre la llanura; pero cuando este los descubrió, soltó un chillido estremecedor y se alejó alocadamente hacia el norte, preso de un pánico indescriptible.

Al oscurecer, llegaron a los agrestes picos grises que forman la barrera de Inquanok y revolotearon en torno a esas cuevas que se abren junto a las cimas a las que tanto temen los shantaks. Ante los gritos insistentes de los jefes de los gules, brotó de cada madriguera una riada de negras alimañas astadas que luego se comunicaron con los gules y sus monturas por medio de gestos repugnantes. Tras una breve deliberación, se llegó a la conclusión de que lo mejor sería dirigirse a la inmensidad fría por el norte de Inquanok, ya que el acceso por la meseta de Leng estaba plagado de trampas invisibles bastante desagradables aun para las descarnadas alimañas de la noche. Había, además, ciertos edificios semiesféricos construidos sobre unas lomas extrañas, sobre los cuales se concentran influencias del abismo que la tradición popular relaciona con los Dioses Otros y el caos reptante Nyarlathotep.

Las roqueras alimañas de la noche no sabían nada de Kadath, salvo que podía tratarse de cierta ciudad maravillosa e imponente que había más al norte, custodiada por shantaks y montañas esculpidas. Aludieron a ciertas anormalidades desproporcionadas que existían por aquellas regiones jamás holladas, y recordaron vagas alusiones sobre un reino donde la noche impera eternamente; pero no pudieron aportar ningún dato concreto. Así que Carter y sus compañeros les dieron las gracias y, cruzando los más elevados picos de granito que se alzan en los cielos de Inquanok, descendieron después bajo las fosforescentes nubes de la noche para contemplar de lejos esas terribles gárgolas que habían sido montañas, hasta que una mano gigantesca y terrible esculpiera en ella la imagen del terror.

Sentadas sobre sus patas traseras, formaban un semicírculo infernal. Sus bases se hundían en la arena del desierto y sus mitras traspasaban las nubes luminosas. Eran siniestras sus formas de lobos bicéfalos y sus rostros airados, así como sus manos derechas levantadas en gesto amenazador. Hoscas y malignas, vigilaban los confines del mundo de los hombres y custodiaban las fronteras del frío mundo del norte en donde no existen los seres humanos. De sus entrañas espantosas surgieron los perversos shantaks, grandes como elefantes, pero huyeron lanzando chillidos enloquecedores cuando vislumbraron la vanguardia de alimañas descarnadas en el cielo brumoso. El alado ejército voló por encima de aquellas gárgolas grandes como montañas, y sobre leguas y leguas de tenebroso desierto donde jamás se había acotado un solo palmo de tierra. Las nubes se fueron haciendo cada vez menos luminosas, hasta que finalmente Carter se vio envuelto en tinieblas. No por ello vacilaron un momento sus portadores, criados en las más negras cavernas de la tierra y carentes de ojos, que se valían de toda la superficie de sus cuerpos resbaladizos y viscosos para orientarse. Y volaron más y más, y cruzaron vientos de extraños olores y ruidos de inquietante procedencia, siempre rodeados de la más espesa oscuridad, y recorrieron tan prodigiosas distancias que Carter se preguntó si no habrían dejado atrás el País de los Sueños terrestres.

De pronto, las nubes comenzaron a perder consistencia y aparecieron por arriba estrellas espectrales. Por abajo, todo seguía siendo oscuridad, pero los pálidos destellos del firmamento parecían palpitar con un significado que jamás tuvieron en otro lugar. No es que los rasgos trazados por las constelaciones fuesen diferentes, sino que aquellas mismas formas conocidas parecían revelar una significación que antes ocultaban. Todo convergía hacia el norte; cada curva, cada asterismo del tachonado firmamento formaba parte de un vasto trazado cuya función era orientar la mirada, y después, al observador entero, hacia un objetivo terrible y secreto situado más allá de la helada inmensidad que se extendía infinitamente ante ellos. Carter miró hacia el este, donde la gran barrera de picachos amurallaba las fronteras del país de Inquanok, y vio recortada en el firmamento su silueta mellada que ahora parecía más desgarrada aún con tremendas hendiduras y cumbres fantásticamente extravagantes. Carter estudió con atención los contornos y las curvas de aquel grotesco perfil, y sintió que este, como las estrellas, le instaba a apresurarse hacia el norte.

Volaban a una velocidad prodigiosa, de suerte que Carter tenía que esforzarse sobremanera para captar algún detalle, cuando de pronto descubrió, justo por encima de la línea de picos y recortado contra las estrellas, un bulto oscuro que se desplazaba con una trayectoria paralela a la que llevaba su propia expedición. Los gules lo habían visto igualmente, y Carter los oyó murmurar entre ellos. Por un momento le pareció que se trataba de un shantak gigantesco, de un ejemplar de proporciones infinitamente mayores a las de su propia especie. Pero no tardó en comprobar que la forma que cruzaba por encima de las montañas no era ningún pájaro hipocéfalo. Su perfil recortado contra las estrellas, aun confuso, recordaba más bien a una inmensa cabeza mitrada, o a un par de cabezas unidas y enormes. Su rápido vuelo por el firmamento no parecía debido al impulso de unas alas. Carter no podía decir de qué lado de las montañas avanzaba, pero no tardó en darse cuenta, cada vez que la altitud de la cordillera descendía, de que la forma que había visto en un principio se prolongaba hacia abajo en un cuerpo que tapaba todas las estrellas.

Luego vino un profundo vacío en la cadena de montañas, donde los confines de la tramontana meseta de Leng se unían a la fría inmensidad por un gran desfiladero a través del cual brillaban pálidamente las estrellas. Carter prestó especial atención a este vacío, porque en él podría captar la silueta entera de aquella cosa inmensa que se desplazaba en un vuelo ondulante por encima de las cumbres. El objeto volador había avanzado algo, y todos los ojos de la expedición se quedaron fijos en la hendidura donde iba a aparecer entera la enorme silueta. Se acercó esta poco a poco por encima de las cumbres, moderando su marcha como si se hubiera dado cuenta de que había dejado atrás al ejército de gules. Hubo otro minuto de suspenso, y luego, fugazmente, se reveló de lleno la esperada silueta. De los labios de los gules brotó un grito espantoso y enloquecedor que expresaba todo el terror cósmico. El viajero sintió en el alma un frío como no había sentido jamás. Aquella silueta colosal y bamboleante que descollaba por encima de la cordillera era sólo la cabeza —una doble cabeza mitrada— bajo la cual, con su terrible inmensidad, avanzaba a saltos por el desierto helado el cuerpo monstruoso al cual pertenecía. Grande como una montaña, el monstruo caminaba de manera furtiva y silenciosa. Su gigantesca figura era entre humana y de hiena, y al trotar, su par de cabezas tocadas con una mitra cónica se recortaba contra el cielo hasta media altura del cenit.

Carter no llegó a perder el conocimiento, ni dejó escapar ningún grito, porque era un soñador veterano. Pero miró hacia atrás y se estremeció de horror al ver que aún venían más cabezas monstruosas recortadas por encima de los picos, avanzando furtivamente detrás de la primera. Y justo detrás de ellos, descubrió que tres de las figuras talladas en la montaña, cuyos perfiles se dibujaban sobre las estrellas del sur, caminaban sigilosa y pesadamente, dando a sus mitras una oscilación de varios miles de pies al bambolear sus cabezas. Las montañas esculpidas, pues, no habían permanecido en el semicírculo del norte de Inquanok, inmóviles en su hierática postura, con sus manos derechas tendidas hacia arriba. Tenían una misión que cumplir y no la habían descuidado. Pero era horrible que no hablaran jamás, que jamás hicieran el menor ruido al caminar.

Entretanto, el gul que fue Pickman dio una orden a las descarnadas alimañas de la noche, y el ejército entero se elevó aún más en los aires. La columna ascendió velozmente hacia las estrellas, hasta que desaparecieron de su vista todas aquellas sombras recortadas contra el cielo, tanto la inmóvil cordillera de granito gris como las mitradas montañas caminantes. Todo estaba oscuro abajo, mientras la voladora legión avanzaba hacia el norte entre vientos furiosos y risas invisibles que surgían del éter. Y ni un shantak ni otra clase de entidad menos deseable alzó el vuelo de las malignas inmensidades para perseguirles. Cuanto más avanzaban, más veloz se hacía el vuelo, hasta que su vertiginosa velocidad superó la de una bala de rifle, aproximándose a la de un planeta en su órbita. Carter se preguntaba cómo era posible que a esa velocidad tuvieran aún la tierra debajo de ellos, pero recordó que en el País de los Sueños, las dimensiones poseían extrañas propiedades. Estaba convencido de que se encontraban en una región de noche eterna, y se figuró que las constelaciones de la bóveda celeste habían acentuado sutilmente su orientación al norte, juntándose todas allá arriba como para arrojar al ejército volador al vacío del polo boreal, de la misma manera que se comprimen los pliegues de un saco para arrojar a su fondo hasta la última mota de su contenido.

Entonces observó aterrado que las alas de las alimañas descarnadas habían dejado de moverse. Las astadas criaturas sin rostro habían plegado sus apéndices membranosos y permanecían totalmente pasivas en el caos huracanado que giraba y reía mientras las arrastraba. Una fuerza extraterrestre había atrapado al ejército, y los gules y las descarnadas alimañas de la noche se hallaban a merced de un remolino irresistible que los sorbía hacia el norte, de donde jamás ha regresado mortal alguno. Finalmente vislumbraron una pálida luz solitaria en la raya del horizonte, la cual se fue elevando a medida que ellos se acercaban, y bajo ella vieron extenderse una masa negra que tapaba las estrellas. Carter entendió que debía de ser algún faro situado sobre una montaña, ya que sólo una montaña podía ser tan enorme como para verse desde tan prodigiosa altura.

La luz se fue elevando más y más, así como la negrura que parecía sostenerla, hasta que la mitad del firmamento septentrional quedó oscurecido por aquella masa cónica y rugosa. Aun cuando el ejército viajaba a una altura inconcebible, aquel faro pálido y siniestro se alzaba por encima de él, descollando monstruosamente sobre todas las cumbres y demás accidentes de la tierra, hasta alcanzar el éter inconsistente donde oscilan la luna misteriosa y los locos planetas. Aquella montaña que se alzaba frente a ellos no era ninguna de las conocidas por el hombre. Las altas nubes de allá abajo no formaban sino una orla en torno a sus estribaciones, y el aire irrespirable de las más altas capas de la atmósfera no era sino una franja para los flancos. Aquel puente entre la tierra y el cielo ascendía espectral y altivo, tenebroso en la noche eterna, y estaba coronado por una diadema de desconocidas estrellas cuyo espantoso y significativo trazado se iba haciendo cada vez más evidente. Los gules chillaron aterrados al descubrirlo, y Carter se estremeció ante la posibilidad de que todo el veloz ejército se estrellara contra el ónice impertérrito de aquella muralla ciclópea.

Y la luz siguió elevándose más y más, hasta confundirse con las esferas más altas del cenit, y parpadeó hacia ellos como en un gesto de espeluznante sarcasmo. Por debajo de la luz pálida, solitaria, inasequible, el norte ya no era más que una espesa negrura, una espantosa tiniebla petrificada que se alzaba desde infinitas profundidades a alturas ilimitadas. Carter examinó la luz más atentamente, y distinguió por fin las formas y las líneas de la masa negra que se recortaba sobre las estrellas del cielo. Eran unas torres que descollaban en lo alto de aquel monte gigantesco, unas horribles torres rematadas por cúpulas distribuidas en incalculables filas y agrupaciones, más fantásticas de lo que el hombre se crea capaz de imaginar. Murallas y terrazas maravillosas y amenazantes, pero negras y diminutas en la lejanía, se recortaban contra la estrellada diadema que resplandecía maligna en el borde superior de aquella monstruosa visión. Coronando aquel conjunto inconmensurable de montañas había, pues, un castillo que rebasaba toda humana fantasía, y en él brillaba una luz diabólica. Entonces fue cuando Randolph Carter comprendió que el viaje tocaba a su fin; porque lo que tenía ante sí era el objeto de todas sus prohibidas andanzas y audaces visiones: la fabulosa, la increíble mansión de los Grandes Dioses, erigida en lo más elevado de la ignota Kadath.

En el mismo momento en que se daba cuenta de esto, notó Carter un cambio en la trayectoria de su expedición, inexorablemente sorbida por el viento. Se estaban elevando bruscamente, y era evidente que el destino de esta loca travesía era el castillo de ónice donde brillaba la pálida luz. Tan cerca estaban de la gran montaña tenebrosa, que sus laderas desfilaban vertiginosamente junto a ellos mientras ascendían;

y con la oscuridad no podían distinguir en ellas ninguno de sus detalles. Más y más crecían las inmensas torres negras de aquel castillo tenebroso, y Carter sintió que eran blasfemas por su misma inmensidad. Sus sillares podían muy bien haber sido tallados por los abominables canteros de aquel horrible abismo abierto en la roca del monte que viera en Inquanok, porque sus dimensiones eran tales que junto a ellos un hombre parecía encontrarse al pie de una de las más grandes fortalezas de la tierra. La diadema de desconocidas estrellas fulguraba con un resplandor lívido y enfermizo por encima de las torres infinitas de altísimas cúpulas, y esparcía una penumbra fantasmal alrededor de las sombrías murallas de bruñido ónice. Ahora se veía que la pálida luz que habían vislumbrado de lejos no era sino una ventana iluminada en la más alta de las torres; y mientras el desamparado ejército se aproximaba a la cúspide de la montaña, a Carter le pareció distinguir unas sombras inquietantes que se desplazaban lentamente por su interior. Tenía la ventana unos arcos muy singulares, y su trazado resultaba absolutamente desconocido en la Tierra.

La sólida roca dio paso entonces a los cimientos gigantescos del monstruoso castillo, y la velocidad del grupo pareció moderarse un poco. Aparecieron las enhiestas murallas y luego surgió un vasto pórtico a través del cual fueron absorbidos los viajeros. La oscuridad reinaba en el titánico patio de armas, pero luego se sumieron en una oscuridad más espesa aún al precipitarse la columna voladora en un portal de arcos inmensos. En la tenebrosa oscuridad de aquellos laberintos de ónice se formaron torbellinos de viento húmedo y frío, y Carter no llegó a saber jamás qué gigantescas escalinatas y corredores atravesaron en aquella loca carrera que no parecía terminar nunca. El impulso terrible los arrastraba invariablemente hacia arriba, y ni un ruido, ni un roce, ni un destello fugaz rasgó el espeso velo del misterio. El ejército de gules y descarnadas alimañas de la noche era innumerable, pero aun así se perdía en los prodigiosos espacios de aquel castillo supraterrestre. Y cuando finalmente se halló en el interior de la extraña habitación de la torre cuya altísima ventana iluminada había servido de faro, Carter tardó bastante tiempo en distinguir las lejanas paredes y el techo distante que sostenían, y en comprender que no se encontraba en un espacio abierto e ilimitado.

Randolph Carter había abrigado el propósito de penetrar en la sala del trono de los Grandes Dioses con todo aplomo y dignidad, escoltado por las impresionantes filas de gules en riguroso orden de ceremonia, y de presentar su petición como un gran señor, libre y poderoso entre los soñadores. Sabía que es posible tratar con los Grandes Dioses, pues estos no superan en poderío a los mortales, y había confiado en que los Dioses Otros y Nyarlathotep, el caos reptante, no vendrían a ayudarles en el momento decisivo, como había sucedido tantas veces cuando los hombres trataron de llegar a la morada de los dioses terrestres o a sus montañas. Y gracias a su escolta horrenda había confiado en poder desafiar incluso a los Dioses Otros, si llegaba el caso, pues los gules no tienen dueño ni señor, y las descarnadas alimañas de la noche no obedecen a Nyarlathotep, sino sólo al arcaico Nodens. Pero ahora veía que la excelsa Kadath, en el centro de la inmensidad fría, estaba cercada por oscuras maravillas e innominados centinelas, y que los Dioses Otros vigilan atentamente a los benévolos y tolerantes dioses terrestres. Pese a carecer de poderío sobre gules y alimañas descarnadas, las desalmadas y amorfas blasfemias de los espacios exteriores pueden, sin embargo, imponerse a ellos cuando llega el momento. Por consiguiente, no fue con las prerrogativas de libre y poderoso señor de soñadores como Randolph Carter llegó al salón del trono de los Grandes Dioses con su séquito de gules. Arrastrado en caótica confusión por tempestuosos torbellinos cósmicos, y acosado por los horrores invisibles de la inmensidad boreal, el ejército entero flotó cautivo e impotente en la cárdena penumbra, hasta que se derrumbó en el suelo de ónice cuando, obedeciendo a una orden muda, los vientos del terror se disiparon.

Randolph Carter no llegó ante ningún dorado dosel ni vio allí círculo alguno de augustos seres nimbados de rasgados ojos, largas orejas, fina nariz y barbilla puntiaguda, cuyo parecido con el rostro esculpido de Ngranek pudiera señalarles como Aquellos a quienes debía dirigir sus plegarias. Aparte de aquella habitación solitaria de lo alto de la torre, el castillo de ónice que dominaba Kadath estaba totalmente a oscuras, y sus moradores no estaban allí. Carter había llegado a la ignota Kadath de la inmensidad fría, pero no había encontrado a los dioses. Sin embargo, la desmayada luz brillaba en aquella habitación de la torre de inmensas dimensiones, cuyos muros y techo casi se perdían de vista en las brumas de la distancia. Era evidente que los dioses terrestres no estaban allí, pero de algún modo se percibían ciertas presencias menos visibles: allí donde están ausentes los dioses benignos de la Tierra, los Dioses Otros no dejan de tener representación. Y ciertamente el castillo de los castillos de ónice estaba muy lejos de hallarse deshabitado. Carter no podía ni figurarse qué formas atroces revestiría el terror a continuación. Presentía que su visita era esperada, y se preguntaba cuán cerca habría venido vigilándole el caos reptante Nyarlathotep. Porque es a Nyarlathotep, horror de infinitas formas y espíritu terrible, mensajero de los Dioses Otros, a quien sirven las fungosas bestias lunares. Y Carter recordó la negra galera que había desaparecido cuando las entidades lunares con cuerpo de sapo vieron perdida la batalla en la desgarrada roca que emerge del mar.

Reflexionando sobre estas cosas, sentía temblar sus piernas en medio de la horda de pesadilla que le acompañaba, y de pronto, sin previo aviso, resonó en aquella cámara ilimitada y oscura el espantoso bramido de una trompeta infernal. Por tres veces sonó aquella espeluznante llamada de bronce, y cuando enmudecieron los ecos de la tercera, Randolph Carter se dio cuenta de que estaba solo. No comprendía cómo, adónde o por qué razón habían desaparecido los gules y las descarnadas alimañas de la noche. Sólo sabía que de pronto se hallaba solo y que, fueran cuales fuesen los poderes que acechaban invisibles en torno suyo, no pertenecían al amistoso País de los Sueños de la Tierra. En este momento brotó un nuevo sonido de los últimos rincones de la estancia. Era también un ritmo de trompeta, pero de naturaleza completamente diversa a los roncos clarinazos que habían aniquilado a su excelente cohorte. Era ahora una suave melodía en la que resonaban todo el encanto y la maravilla de los sueños etéreos. Exóticos paisajes de inimaginable belleza brotaban de cada acorde singular y de cada cadencia delicada. Y el aroma de los inciensos se conjugaba con aquellas notas doradas. Y un gran resplandor difundió por el espacio en círculos concéntricos de colores desconocidos en el espectro luminoso de la Tierra, y se cambiaban según el ritmo de las trompetas componiendo fantásticas y armónicas sinfonías de luz. Unas antorchas brillaron a lo lejos, y un batir de tambores se fue acercando en medio de una atmósfera de tensa expectación.

De las brumas que se disolvían y de las nubes de extraños inciensos surgieron dos columnas paralelas de esclavos negros vestidos con taparrabos de seda iridiscente. Sobre la cabeza portaban, en forma de cascos, antorchas de reluciente metal de las que emanaban los vapores de unos bálsamos misteriosos. En la mano derecha llevaban unas varillas de cristal cuyo extremo superior ostentaba la figura de una quimera, mientras en la mano izquierda empuñaban las largas trompetas de plata que hacían sonar. Llevaban todos ajorcas y brazaletes unidos a una larga cadena de oro, lo cual les obligaba a marcar un paso lento y majestuoso. Lo primero que saltaba a la vista era que se trataba de auténticos hombres negros de la zona terrestre del País de los Sueños, pero ya parecía menos evidente que aquellos ritos y aquellos atavíos fueran de la Tierra. Las columnas se detuvieron a unos diez pasos de Carter, al tiempo que sus componentes se llevaban sus trompetas a los labios. El sonido que produjeron fue místico y salvaje; pero más salvaje fue el grito que brotó inmediatamente después de las oscuras gargantas haciéndole estremecer.

Entonces, por el amplio pasillo que formaban las dos columnas, avanzó una figura alta y delgada. Tenía el rostro de un joven faraón. Iba vestida con elegantes ropajes prismáticos y coronada por una diadema dorada que parecía relucir con luz propia. Se aproximó a Carter aquella figura majestuosa, cuyo porte regio y nobles rasgos le imprimían la fascinación de un dios de las tinieblas o de un arcángel caído, en tanto que sus ojos parecían ocultar el lánguido centelleo de un humor caprichoso. Entonces habló, y en su voz melodiosa vibró la música salvaje de las corrientes de Leteo:

—Randolph Carter —dijo la voz—. Has venido a ver a los Grandes Dioses, a quienes les está prohibido tener tratos con los hombres. Los centinelas han venido a decirlo y los Dioses Otros han gruñido mientras bailaban torpemente sus danzas estúpidas al son de las flautas, en el vacío final donde mora el sultán de los demonios cuyo nombre no se ha pronunciado jamás.

»El sabio Barzai escaló el Hatheg-Kla para ver danzar y ulular a los Grandes Dioses por encima de las nubes a la luz de la luna, y ya no regresó nunca más. Los Dioses Otros estaban allí, e hicieron lo que cabía esperar. Zenig de Aphorat trató de llegar a la ignota Kadath de la inmensidad fría, y ahora su cráneo adorna el anillo del dedo meñique de alguien a quien no es necesario nombrar aquí.

»Pero tú, Randolph Carter, has arrostrado todos los obstáculos de la zona terrestre del País de los Sueños, y aún estás inflamado por el fuego de tu aventura. No has venido por curiosidad, sino para cumplir con tu deber; y no has dejado nunca de venerar a los benevolentes dioses de la Tierra. Sin embargo, estos mismos dioses son los que te han alejado de la maravillosa ciudad del sol poniente de tus sueños, y lo han hecho por mezquina codicia; porque ciertamente deseaban poseer la fantástica belleza de esa ciudad forjada por tu fantasía, y han jurado que en adelante ningún otro lugar será su morada.

»Y así, han abandonado este castillo que poseen en la ignota Kadath para instalarse en tu ciudad maravillosa. Y allí, durante el día, recorren el palacio de mármol veteado; y cuando el sol se pone, salen a los perfumados jardines para contemplar el dorado esplendor de los templos y columnatas, los arcos de los puentes y los plateados surtidores de las fuentes, las grandes avenidas flanqueadas de ánforas cubiertas de flores y las hileras de relucientes estatuas de marfil. Y cuando llega la noche, suben a las altas terrazas y allí se sientan al relente, en los bancos de pórfido, a escudriñar las estrellas, o se apoyan en las blancas balaustradas a contemplar la encrespada marca de techumbres y a ver cómo se van encendiendo, una a una, las ventanitas de los viejos y picudos hastiales con la luz acogedora y amarillenta de las velas.

»A los dioses les gusta tu maravillosa ciudad, y han abandonado sus maneras de dioses. Han olvidado las altas regiones de la Tierra y las montañas que los habían visto de jóvenes. La Tierra ya no tiene dioses que sean propiamente tales, y únicamente los Dioses Otros de los espacios exteriores gobiernan la inmemorable Kadath. En el lejano valle de tu juventud, Randolph Carter, juegan ahora sin tribulaciones los Grandes Dioses. Has soñado demasiado bien, ¡oh, prudente soñador! Has conseguido que los dioses del sueño se alejen del mundo de las visiones comunes a todos los hombres, para instalarse en un universo que es enteramente tuyo. Y de los pequeños sueños de tu niñez, has sabido edificar una ciudad más hermosa que todas las quiméricas fantasías nacidas hasta ahora.

»No es bueno que los dioses de la Tierra abandonen sus tronos para que la araña hile en ellos su tela y los Dioses Otros gobiernen a su manera tenebrosa. Y no dudarían los poderes exteriores en arrastrarte al caos y al horror, Randolph Carter, ya que eres la causa de su zozobra, si no supieran que tú eres el único que podría hacer que los dioses volvieran a su mundo. En esa zona semivigil del País de los Sueños que te pertenece no puede influir ningún poder de las últimas tinieblas, y sólo tú puedes convencer amablemente a los Grandes Dioses para que salgan de tu maravillosa ciudad del sol poniente, a través de la región crepuscular del norte, y retornar al lugar que les corresponde: a la cima de la ignota Kadath, de la inmensidad fría.

»De modo, Randolph Carter, que en nombre de los Dioses Otros, te perdono y te conmino a que cumplas puntualmente lo que yo te ordene. Y mi orden es que busques tu propia ciudad del sol poniente y que envíes acá a los traviesos y soñolientos dioses a quienes aguarda el mundo de los sueños. No te será difícil descubrir ese rosado capricho de los dioses, esa fantasía de trompetas celestiales, ese clamor de címbalos inmortales, ese lugar misterioso que te han hecho buscar por los recintos del mundo de la vigilia y por los abismos del sueño, atormentándote con insinuaciones de recuerdos evanescentes, con el dolor de las cosas perdidas, trascendentales y terribles. No te será difícil encontrar ese símbolo, esa reliquia de tus días de ensueño; porque, en verdad, no es sino la gema inalterable y eterna donde toda maravilla fulgura cristalizada, iluminando tu camino nocturno. ¡Escucha! No es a través de mares desconocidos por donde debes dirigir tus pasos, sino a través de años conocidos y pasados, hacia las visiones luminosas de tu infancia, hacia esas vivencias empapadas de sol y de magia que los viejos paisajes despiertan en una mirada joven.

»Pues sabe que tu dorada y marmórea ciudad de ensueño no es sino la suma de todo lo que has visto y amado de tu infancia. Está formada con el esplendor de los puntiagudos tejados de Boston y las ventanas de poniente encendidas por los últimos rayos del sol; con la fragancia de las flores del Common, la inmensa cúpula erguida en lo alto de la cuesta, y el laberinto de buhardillas y chimeneas que se alzan en el valle violáceo donde el Charles discurre perezosamente por debajo de los innumerables puentes. Todas estas cosas contemplaste, Randolph Carter, cuando tu nodriza te sacó a pasear por primera vez un día de primavera, y será lo último que verás con ojos de nostalgia y de amor. Y tiene también la imagen de Salem y su historia sombría;

y la de la espectral Marblehead que escaló rocosos precipicios en los siglos del pasado; y el esplendor glorioso de las torres de Salem y de los campanarios que se ven a lo lejos desde los prados de Marblehead y desde el puerto tras el cual se pone siempre el sol.

»Y la ciudad de tu sueño está hecha de la fantástica y señorial Providence con sus siete colinas en torno al puerto azul, con sus terrazas de césped que conducen a campanarios y ciudadelas de una antigüedad viva aún; y de Newport, que se eleva fantasmal desde su escollera. Y de Arkham también, con sus techumbres invadidas por el musgo, y sus praderas ondulantes y rocosas. Y de la antediluviana Kingsport, blanqueada por los años, ciudad de innumerables chimeneas y muelles desiertos y buhardillas torcidas; y de la maravilla de sus acantilados sobre el mar, y del océano cubierto de brumas lechosas en cuyas aguas se mecen las boyas tintineantes.

»En tu ciudad están los fríos valles de Concord, los empedrados callejones de Portsmouth, los caminos rústicos y umbríos de New Hampshire, cuyos olmos gigantescos casi ocultan las blancas paredes de las viejas granjas y las caídas techumbres de los pozos. Están los muelles salitrosos de Gloucester y los mimbrales de Truro azotados por el viento. Están los paisajes con pueblecitos lejanos y torres de campanario, y los montes que se alzan tras las colinas a lo largo de la Costa del Norte, y las sosegadas laderas rocosas y las cabañas bajas cubiertas de hiedra, construidas al socaire de los enormes farallones que se elevan en la región septentrional de Rhode Island. Están el olor a mar, la fragancia de los campos, el hechizo de los bosques oscuros y la alegría de los huertos y jardines al amanecer. Todas estas cosas, Randolph Carter, son tu ciudad; porque todas ellas son tu mismo ser. Nueva Inglaterra te ha dado la vida y ha derramado en tu espíritu un límpido encanto que no puede perecer. Este encanto, moldeado, cristalizado y bruñido por los años de recuerdos y de ensueños constituye la misma esencia de tus maravillosas terrazas y tus puestas de sol. Y para encontrar ese antepecho de mármol ornado de extraños jarrones y balaustradas esculpidas, y para descender finalmente por esas escalinatas deslumbrantes hasta las plazas anchísimas y las fuentes prismáticas de tu ciudad, sólo necesitas retroceder a los pensamientos y visiones de tu juventud llena de anhelos.

»¡Mira! A través de esa ventana brilla la luz eterna de las estrellas. Pues esa misma luz brilla ahora sobre los paisajes que has conocido y estimado, y se nutre de sus encantos para brillar después con más belleza sobre los jardines del sueño. Mira allá a Antarés, que en este instante brilla también sobre los tejados de Tremont Street. Tú podrías verla desde tu ventana de Beacon Hill. Y más allá de esas estrellas se abren los abismos desde donde he sido enviado por mis amos desprovistos de alma. Algún día podrás atravesar tú también esos espacios; pero si eres prudente, te cuidarás de cometer tal insensatez, porque de todos los mortales que han estado allí y han regresado, sólo uno conserva sano su entendimiento tras los horrores lacerantes y desgarradores del vacío. Horrores y blasfemias se devoran unos a otros en el espacio, y en los más pequeños hay más maldad que en los mayores. Pero esto ya lo sabes por los hechos de los que han intentado entregarte a mí, mientras que yo ni siquiera albergaba propósito alguno de hacerte el menor daño, y aun te habría ayudado hace mucho a llegar hasta aquí, de no haber estado ocupado en otros servicios y de no haber tenido la seguridad de que encontrarías el camino por ti mismo. Elude, pues, los infiernos exteriores y concéntrate en las cosas apacibles y bellas de tu juventud. Descubre tu maravillosa ciudad y expulsa de ella a los perezosos Grandes Dioses. Convéncelos para que regresen a los escenarios de su propia juventud, donde se aguarda con inquietud su llegada.

»Pero más fácil aún que el confuso camino de los recuerdos es el que voy a preparar para ti. ¡Mira! Ahí viene un monstruo shantak guiado por un esclavo que, para no perturbar tu espíritu, ha sido obligado a permanecer invisible. Monta y prepárate. ¡Ya! Yogash el negro te ayudará a cabalgar sobre este pájaro repugnante. Dirígete hacia la estrella más brillante que veas junto al sur del cenit: es Vega. Y dentro de dos horas te hallarás en una terraza de tu ciudad del sol poniente. Pero sólo irás en esa dirección hasta que oigas una lejana canción en lo alto del éter. Más arriba acecha la locura, así que contén al shantak en cuanto te sientas atraído por la primera nota de esa canción. Mira entonces hacia la Tierra, y verás brillar el fuego inmortal del altar de Ired-Naa que se alza en la terraza sagrada de un templo. Ese templo se encuentra en tu deseada ciudad del sol poniente, así que dirígete hacia él antes de que empieces a prestar atención a esos cánticos porque de lo contrario estarás perdido.

»Cuando estés llegando ya a la ciudad, busca el elevado parapeto desde donde contemplabas el esplendoroso espectáculo en tiempos pasados, y castiga al shantak hasta que lo oigas chillar. Los Grandes Dioses, sentados en las perfumadas terrazas, lo oirán; y al reconocer ese chillido, sentirán tal nostalgia y añoranza que ninguna de las maravillas de tu ciudad les consolará de la ausencia de su lúgubre castillo de Kadath y de la diadema de estrellas que lo corona.

»Entonces debes aterrizar entre ellos con el shantak y dejarles ver y tocar el nauseabundo pájaro hipocéfalo, a la vez que les hablas de la ignota Kadath, de la que tan poco tiempo hace que habrás salido. Y les contarás cuán hermosos y oscuros son los salones del castillo donde ellos solían brincar y gozar envueltos en un halo glorioso. Y el shantak les hablará a la manera de los shantak, pero nada les persuadirá tanto como el recuerdo de los tiempos pasados.

»Una y otra vez deberás hablar a los errabundos Grandes Dioses de su hogar y de su juventud, hasta que finalmente comenzarán a sollozar y te pedirán que les enseñes el camino de regreso, pues ellos lo han olvidado. Entonces puedes desprenderte del shantak y enviarlo hacia el cielo, y él lanzará al aire la llamada de su especie. Al oírla, los Grandes Dioses empezarán a dar saltos y cabriolas y, recobrando su antiguo júbilo, se lanzarán en pos del pájaro repugnante volando como vuelan los dioses; y cruzarán los profundos abismos del cielo hasta llegar a sus familiares torres y cúpulas de Kadath.

»Entonces la maravillosa ciudad del sol poniente será tuya, y podrás habitarla y gozar de ella para siempre; y otra vez los dioses de la Tierra regirán los sueños de los hombres desde su mansión habitual. Vete ahora: la puerta está abierta y las estrellas aguardan en el exterior. Ya jadea y resuella tu shantak con impaciencia. Vuela hacia Vega a través de la noche, pero tuerce tu rumbo cuando oigas los primeros cánticos. No olvides mi consejo, no vayas a ser absorbido por horrores inconcebibles hacia un abismo de locura. Acuérdate de los Dioses Otros: son inmensos y terribles, carecen de alma y acechan en los vacíos exteriores. Ellos son los dioses que a todo trance debes evitar.

¡Hei! ¡Aa-shanta 'nygh! ¡Eres libre! Devuelve los dioses terrestres a la morada que poseen en la ignorada Kadath, y ruega a todo el espacio que jamás llegues a verme en ninguna de mis otras mil encarnaciones. ¡Adiós, Randolph Carter, y guárdate de mí, porque yo soy Nyarlathotep, el caos reptante!

Y Randolph Carter, perplejo y confuso, a lomos de su shantak, salió disparado al espacio, hacia el parpadeo azul y frío de Vega. Se volvió y miró hacia atrás, y contempló la caótica confusión de torres de aquella pesadilla hecha ónice, en donde todavía brillaba el cárdeno resplandor solitario de la ventana por encima del aire y de las nubes de la zona terrestre del País de los Sueños. Junto a él desfilaron horrores enormes en forma de pólipos, y oyó los aletazos de una bandada de invisibles murciélagos; pero siguió agarrado a la sucia crin de aquel nauseabundo e hipocéfalo pájaro escamoso. Las estrellas danzaban burlescas, y a cada momento parecían cambiar de posición para formar unos signos fatales que casi se podían descifrar, aun cuando no hubieran sido vistos antes jamás, y los vientos inferiores aullaban constantemente en las vagas tinieblas y en las soledades de más allá del cosmos.

De pronto, de la bóveda resplandeciente que le envolvía descendió un silencio premonitorio, y todos los vientos y horrores se escabulleron como se disipan las sombras de la noche con las claridades del alba. En oleadas temblorosas de luz sobrenatural, comenzaron a hacerse audibles los primeros atisbos de una melodía lejana cuyos apagados acordes resultaban ajenos a nuestro universo. Y cuando estos acordes crecieron, el shantak levantó las orejas y se lanzó adelante, y Carter se inclinó para escuchar también aquella fascinante melodía. Era una canción; pero una canción que no provenía de voz alguna, una canción que cantaban la noche y las esferas, y que ya era vieja cuando nacieron el espacio, y Nyarlathotep, y los Dioses Otros.

El shantak apresuró el vuelo y su jinete se inclinó aún más, embriagado por visiones de inconcebibles abismos, preso en torbellinos de cristal de un poder ultraterreno. Luego, demasiado tarde ya, recordó la advertencia, el sarcástico aviso que le diera el emisario diabólico, previniéndole contra la locura que acecha en esa canción. Sólo para burlarse de él le había señalado Nyarlathotep el camino de la salvación que conduce a la maravillosa ciudad del sol poniente; sólo para mofarse de él había revelado el negro mensajero el secreto de los traviesos dioses terrestres, a quienes tan fácilmente podría haber conducido a Carter. Pero la locura y la salvaje venganza del vacío son las únicas mercedes que Nyarlathotep concede a los presuntuosos. Aunque el jinete se esforzaba por hacer que diera media vuelta su repugnante montura, el shantak, riendo y agitando sus enormes alas viscosas con maligno regocijo, proseguía su impetuosa carrera hacia esos pocos impíos adonde no llega jamás ningún sueño, hacia esa vorágine amorfa y final de la más negra confusión donde babea y blasfema en el centro del infinito el estúpido sultán de los dominios, Azathoth, cuyo nombre jamás se atrevieron labios algunos a pronunciar.

Sin desviarse un solo punto, obediente a los órdenes del innoble emisario de los Dioses Otros, aquel pájaro infernal se precipitaba por entre las multitudes de seres sin forma que acechan y se retuercen en las tinieblas, por entre manadas de entidades necias que van a la deriva en el espacio exterior, palpando y arañando, y arañando y palpando; larvas abominables que son de los Dioses Otros y que, como ellos, carecen de ojos y de espíritu, y están poseídas en cambio de una sed y un hambre insaciables.

Firme siempre y sin desviarse un ápice, riendo bulliciosamente al escuchar las burlas y las carcajadas cósmicas en que se había convertido la canción de la noche y las esferas, aquel monstruo escamoso e inflexible transportaba a su indefenso jinete. Con la velocidad de un meteoro rasgó el límite extremo de los abismos exteriores. Atrás quedaron las estrellas y los distintos reinos de la materia, y atravesó el vacío sin forma, más allá del tiempo, hacia las inconcebibles cavidades donde, en la absoluta oscuridad, roe Azathoth —voraz y amorfo— al ritmo sordo y enloquecedor de unos tambores perversos y unas flautas execrables de tenue y monótono gemido.

Delante seguía el viaje enloquecedor, a través de unos abismos henchidos de aullidos cósmicos y poblados de oscuras criaturas sin nombre...Y entonces, en la mente del predestinado Randolph Carter surgió una imagen y un pensamiento venidos desde algún lejano y brumoso lugar de paz. Nyarlathotep había planeado demasiado bien su burla y su tormento al despertarle recuerdos que ni la más aterradora experiencia podría borrar totalmente de su alma: su casa, Nueva Inglaterra, Beacon Hill, su mundo de la vigilia.

«Porque sabe que tu dorada y marmórea ciudad de ensueño no es sino la suma de todo lo que has visto y amado en tu infancia. Está hecha con el esplendor de los puntiagudos tejados de Boston y con las ventanas de poniente encendidas por los últimos rayos del sol; con la fragancia de las flores del Common, la inmensa cúpula erguida en lo alto de la cuesta, y el laberinto de buhardillas y chimeneas que se alzan en el valle violáceo donde el Charles discurre perezosamente por debajo de los innumerables puentes... Este encanto, moldeado, cristalizado y bruñido por los años de recuerdos y de ensueños, constituye la misma esencia de tus maravillosas terrazas y tus puestas de sol; y para hallar ese antepecho de mármol ornado de extraños jarrones y balaustradas esculpidas, y para descender finalmente por esas escalinatas deslumbrantes hasta las plazas anchísimas y las fuentes prismáticas de tu ciudad, sólo necesitas retroceder a los pensamientos y visiones de tu juventud llena de anhelos».

Adelante, adelante, siempre adelante, a una velocidad prodigiosa en dirección al destino final proseguía el viaje, a través de las tinieblas en donde unas entidades ciegas palpan el espacio con sus tentáculos y husmean con sus hocicos viscosos mientras otros seres abominables ríen y ríen locamente. Sin embargo, aquella imagen y aquel pensamiento habían aparecido en la mente de Randolph Carter, y este comprendió claramente que estaba soñando y sólo soñando, y que en algún lugar existía aún el mundo de la vigilia y la ciudad de su infancia. Volvió a recordar las palabras: «Solo necesitas retroceder a los pensamientos y visiones de tu juventud llena de anhelos». Retroceder... Retroceder... La negrura le envolvía por todas partes, pero Randolph Carter pudo retroceder.

Pese a hallarse casi paralizado por un vértigo que embotaba sus sentidos, Randolph Carter pudo dar la vuelta y moverse. Había recobrado el movimiento y, si quería, podía saltar del perverso shantak que le conducía fatalmente al destino señalado por Nyarlathotep. Podía saltar, y desafiar aquellas profundidades tenebrosas que se abrían a sus pies, cuyos terrores no excederían en horror al destino inexpresable que le aguardaba solapado en el corazón del mismo caos. Podía dar la vuelta, y moverse, y saltar de su montura... y quería hacerlo... quería... quería...

Y entonces el predestinado soñador saltó de aquella enorme abominación hipocéfala, y cayó por los vacíos infinitos de palpitante negrura. Devanáronse vertiginosamente millones y millones de años, se consumieron los universos y nacieron otra vez, se fundieron las estrellas en oscuras nebulosas y las nebulosas se hicieron estrellas... y Randolph Carter siguió cayendo por ilimitados vacíos de palpitante negrura.

Luego, en el curso lento y sinuoso de la eternidad, el cielo supremo del cosmos llegó al término de una de sus consunciones y todas las cosas volvieron a ser nuevamente como habían sido innumerables *kalpas* antes. La materia y la luz nacieron una vez más, tal como habían sido antes en el espacio; y los cometas, los soles y los mundos se lanzaron inflamados a la vida, pero nada sobrevivió para atestiguar que habían existido y habían desaparecido después, que habían existido y dejado de existir una y otra vez, desde siempre, sin un primer principio ni un último fin.

Y surgieron nuevamente un firmamento, y un viento, y un resplandor de luz purpúrea ante los ojos del soñador, que seguía cayendo. Y aparecieron dioses, y presencias, y voluntades que se hacían obedecer, y la belleza y la maldad, y el grito ululante de la noche maligna privada de su presa. Porque, a través del ignorado ciclo final, había sobrevivido un pensamiento y una visión que pertenecían a la juventud de un soñador; y en torno a esa visión y a ese pensamiento se habían reconstruido un mundo de la vigilia y una vieja y amable ciudad que los encarnaba y justificaba. El gas violeta S'ngac había indicado el camino, y el arcaico Nodens había gritado desde insospechadas profundidades la dirección conveniente.

Las estrellas dieron paso a amaneceres, y los amaneceres reventaron en mil fuentes de oro, carmín y púrpura, y el soñador aún seguía cayendo. Horribles gritos rasgaron el éter en el momento en que inmensos haces de luz esplendorosa dispersaban a los demonios del exterior. Y el venerable Nodens lanzó un aullido de triunfo cuando Nyarlathotep, cerca de su presa, se detuvo desconcertado por un resplandor que convertía en polvo gris los cuerpos informes de sus horribles perros de caza. Randolph Carter había descendido finalmente las inmensas escalinatas de mármol y se hallaba en su maravillosa ciudad. Porque, efectivamente, había regresado otra vez al mundo limpio y puro de la Nueva Inglaterra que le había dado la vida.

Y así, a los acordes de los mil susurros matinales, a la luz inflamada del amanecer que teñía de púrpura los cristales de la gran cúpula dorada de State House, en lo más alto de la ciudad, Randolph Carter saltó gritando del lecho en su habitación de Boston. Cantaban los pájaros en ocultos jardines, y el perfume de las enredaderas se elevaba de los cenadores que había construido su abuelo. Luz y belleza resplandecían en la chimenea de esculpida cornisa y en las paredes adornadas con figuras grotescas. Un gato negro y lustroso se levantó bostezando del sueño hogareño que el sobresalto y el alarido de su dueño habían interrumpido. Y a una distancia infinita de infinitos, más allá de la Puerta del Sueño Profundo, y del bosque encantado, y del país de los jardines, y del mar Cerenario, y de los límites crepusculares de Inquanok; Nyarlathotep, el caos reptante, penetró ceñudo en el castillo de ónice que se eleva en la cúspide de la ignota Kadath, en la inmensidad fría, e insultó enojado a los amables dioses de la Tierra, a quienes acababa de arrancar violentamente de las terrazas perfumadas de la maravillosa ciudad del sol poniente.

LA LLAVE DE PLATA
(1926)

Cuando Randolph Carter tenía treinta años, perdió la llave de la puerta de los sueños. Antes de ese momento, él había compensado el aburrimiento de la vida mediante excursiones nocturnas a ciudades extrañas y antiguas más allá del espacio y encantadoras tierras de increíbles jardines más allá de mares etéreos. Pero al alcanzar la edad madura sintió que iba perdiendo poco a poco tal capacidad de evasión, hasta que finalmente le desapareció por completo. Ya no pudieron hacerse a la mar sus galeras para remontar el río Oukranos, hasta más allá de las doradas agujas del campanario de Thran, ni vagar sus caravanas de elefantes a través de las fragantes selvas de Kled, donde duermen bajo la luna, hermosos e inalterables, unos palacios de veteadas columnas de marfil[21].

Había leído muchas historias acerca de las cosas tal y como son y había hablado con demasiada gente. Filósofos bien intencionados le habían enseñado a analizar las relaciones lógicas de las cosas y a analizar los procesos que forman sus pensamientos y fantasías. Había desaparecido el encanto y había olvidado que toda la vida no es más que un conjunto de imágenes existentes en nuestro cerebro, sin que se dé diferencia alguna entre las que surgen de las cosas reales y las engendradas por sueños que sólo tienen lugar en la intimidad, ni ningún motivo para considerar las unas por encima de las otras. La costumbre le había atiborrado los oídos con un respeto supersticioso por todo lo que es tangible y existe físicamente. Los sabios le habían dicho que sus ingenuas figuraciones eran insulsas y pueriles, y más absurdas aún, puesto que los soñadores se empeñan en considerarlas llenas de sentido e intención, mientras el ciego universo va dando vueltas sin objeto, de la nada a las cosas, y de las cosas a la nada otra

---

[21] La acción de este relato breve se produce a continuación de *La búsqueda en sueños de la ignota Kadhar* y simultánea a *A través de las puertas de la llave de plata*. *(N. del T.)*

vez, sin preocuparse ni interesarse por la existencia ni por las súplicas de unos espíritus fugaces que brillan y se consumen como una chispa efímera en la oscuridad.

Lo habían encadenado a lo real y, después, le habían explicado cómo era su funcionamiento hasta que el misterio había desaparecido del mundo. Cuando se lamentó y sintió deseos de huir imperiosamente a regiones crepusculares donde la magia moldeaba hasta los más pequeños detalles de la vida, y convertía sus meras asociaciones mentales en paisaje de asombrosa e inextinguible delicia, le encauzaron en cambio hacia los últimos prodigios de la ciencia, invitándole a descubrir lo maravilloso en los vórtices del átomo y el misterio en las dimensiones del cielo. Y cuando hubo fracasado, y no encontró lo que buscaba en un terreno donde todo era conocido y susceptible de medida según leyes concretas, le dijeron que le faltaba imaginación y que no estaba maduro todavía, ya que prefería la ilusión de los sueños al mundo de nuestra creación física.

Así que Carter había intentado hacer lo mismo que los demás: pretender que los eventos y emociones comunes de las mentes terrenales eran más importantes que las fantasías de las almas raras y delicadas. Aceptó, cuando se lo dijeron, que el dolor de un cerdo apaleado, o de un labrador dispéptico de la vida real, es más importante que la incomparable belleza de Narath, la ciudad de las cien puertas labradas, con sus cúpulas de calcedonia, que él recordaba confusamente de sus sueños; y bajo la dirección de tan sabios caballeros fomentó laboriosamente su sentido de la compasión y de la tragedia.

Sin embargo, de vez en cuando, no podía evitar darse cuenta de lo superficiales, volubles y sin sentido que son todas las aspiraciones humanas y cómo nuestros vacíos impulsos reales contrastan con esos pomposos ideales que profesamos mantener. Otras veces miraba con ironía los principios con los cuales le habían enseñado a combatir la extravagancia y artificiosidad de los sueños, porque él veía que la vida diaria de nuestro mundo es en todo igual de extravagante y artificiosa, y muchísimo menos valiosa por su escasa belleza y a su estúpida obstinación en no querer admitir su propia falta de razones y sentido. De este modo, se fue convirtiendo en una especie de amargo humorista, sin darse cuenta de que incluso el humor carece de sentido en un universo estúpido y privado de cualquier tipo de autenticidad.

En los primeros días de esta esclavitud se había volcado a la gentil fe de la iglesia que le era querida, aunque sólo por la ingenua confianza de sus padres, pues de allí se extendían avenidas místicas que parecían prometer un escape de la vida. Sólo una observación más cuidadosa le hizo comprender la falta de fantasía y de belleza, la rancia y prosaica vulgaridad, la gravedad de la lechuza y las grotescas pretensiones de inquebrantable fe que reinaban de manera aplastante y opresiva entre la mayor parte de quienes la profesaban. Lamentaba profundamente la torpeza con que trataban de mantenerla viva, como si aún fuera el intento de una raza primordial por combatir los terrores de lo desconocido. A Carter le aburría la solemnidad con que la gente trataba de interpretar la realidad terrenal a partir de viejos mitos, que a cada paso eran refutados por su propia ciencia jactanciosa. Y esta seriedad inoportuna y fuera de lugar mató el interés que podía haber sentido por las antiguas creencias, de haberse limitado a ofrecer ritos sonoros y expansiones emocionales con su auténtico significado de pura fantasía.

Pero cuando se acercó a conocer a los que habían desechado los viejos mitos, los encontró aún más horribles que los que no lo habían hecho. No sabían que la belleza radica en la armonía, ni que la belleza de la vida no tiene un estándar en medio de un cosmos sin rumbo, sino únicamente a su consonancia con los sueños y los sentimientos que han modelado ciegamente nuestras pequeñas esferas a partir del caos. No veían que el bien y el mal, y la felicidad y la belleza, son únicamente productos ornamentales de nuestro punto de vista, que su único valor reside en su relación con lo que por azar pensaron y sintieron nuestros padres; y que sus características, aun las más sutiles, son diferentes en cada raza y en cada cultura. En cambio, negaban todas estas cosas rotundamente, o las explicaban mediante los instintos vagos y primitivos que todos compartimos con las bestias y los patanes; de este modo, sus vidas se arrastraban penosamente por el dolor, la fealdad y el desequilibrio; aunque, eso sí, henchidas del ridículo orgullo de haber escapado de un mundo que en realidad no era menos sólido que el que ahora les sostenía. Lo único que habían hecho era cambiar los falsos dioses del temor y de la fe ciega por los del libertinaje y la anarquía.

A Carter no le gustaban demasiado las libertades modernas. Le resultaban mezquinas e inmundas a su espíritu amante de la belleza única; por otra parte, su razón se rebelaba contra la lógica endeble mediante la cual sus paladines pretendían adornar los brutales impulsos humanos con la santidad arrebatada a los ídolos que acababan de deponer. Veía que la mayor parte de la gente, como el mismo clero desacreditado, seguía sin poder sustraerse a la ilusión de que la vida tiene un sentido distinto del que los hombres le atribuyen, ni establecer una diferencia entre las nociones de ética y belleza, aun cuando, según sus descubrimientos científicos, toda la naturaleza proclama a los cuatro vientos su irracionalidad y su impersonal amoralidad. Predispuestos y fanáticos por las ilusiones preconcebidas de justicia, libertad y conformismo, habían abandonado el antiguo saber, las antiguas costumbres y creencias, y jamás se habían parado a pensar que ese saber y esas costumbres seguían siendo la única base de los pensamientos y de los criterios actuales, las únicas guías y normas de un universo carente de sentido, de objetivos estables y de hitos fijos. Una vez perdidos estos marcos artificiales de referencia, sus vidas quedaron privadas de dirección y de interés, hasta que finalmente tuvieron que ahogar el tedio en el bullicio y en la pretendida utilidad de las prisas, en el aturdimiento y en la excitación, en bárbaras expansiones y en placeres bestiales. Y cuando se hallaron hartos de todo esto, o decepcionados, o la náusea les hizo reaccionar, entonces se entregaron a la ironía y a la mordacidad, y echaron la culpa de todo al orden social. Jamás lograron darse cuenta de que sus principios eran tan inestables y contradictorios como los dioses de sus mayores, ni de que la satisfacción de un momento es la ruina del siguiente. La belleza serena y duradera sólo se halla en los sueños; pero este consuelo ha sido rechazado por el mundo cuando, en su adoración de lo real, arrojó de sí los secretos de la infancia.

En medio de este caos de vacíos y desórdenes, Carter trató de vivir como un hombre de pensamiento agudo y buen patrimonio. Con sus sueños desvaneciéndose por el sentido del ridículo de la edad, ya no podía creer en nada, pero el amor por la armonía lo mantuvo cerca de los caminos de su raza y condición. Caminó impasible por las ciudades de los hombres, suspirando porque ningún escenario le parecía enteramente real, porque cada vez que veía los rojos destellos del sol reflejados en los altos tejados, o las primeras luces del anochecer en las plazoletas solitarias, recordaba los sueños que había vivido de niño, y añoraba los países etéreos que ya no podía encontrar. Viajar era sólo una burla, ni siquiera la Guerra Mundial le conmovió gran cosa, aunque participó en ella desde el principio en la Legión Extranjera de Francia. Durante cierto tiempo trató de buscar amigos, pero no tardó en darse cuenta de que todos ellos eran groseros, banales y monótonos, y demasiado apegados a las cosas terrenales. Se alegraba vagamente de no tener trato con sus familiares, porque ninguno le habría sabido comprender, excepto, quizá, su abuelo y su tío abuelo Christopher, pero hacía tiempo que ambos habían muerto.

Así que retomó una vez más su tarea de escribir libros, que había dejado cuando los sueños le fallaron por primera vez. Pero tampoco encontró aquí satisfacción ni desahogo, porque aun sus pensamientos eran demasiado mundanos y no podía pensar en cosas hermosas, como antes. Los destellos de humor irónico echaban abajo los minaretes fantasmales que su imaginación erigía y su terrenal aversión por todo lo inverosímil marchitaba las flores más delicadas y fascinantes de sus maravillosos jardines. La religiosidad convencional que adjudicaba a sus personajes los impregnaba de un sentimentalismo empalagoso, en tanto que el mito del realismo y de la necesidad de pintar acontecimientos y emociones vulgarmente humanos, degradaban toda su elevada fantasía, convirtiéndola en un fárrago de alegorías mal disimuladas y superficiales sátiras de la sociedad. Así, sus nuevas novelas alcanzaron un éxito que jamás habían conocido las de antes; pero al comprender cuán insulsas debían ser para agradar a la vana muchedumbre, las quemó todas y dejó de escribir. Eran unas novelas triviales y elegantes, en las que se sonreía educadamente de los propios sueños que apenas si describía por encima, pero se dio cuenta de que eran artificiosas y falsas, y carecían de vida.

Después de esto, empezó a cultivar deliberadamente el recurso a la ensoñación y se interesó por nociones de lo extraño y lo excéntrico como antídoto contra el lugar común. Estos campos no tardaron, sin embargo, en poner de manifiesto su pobreza y su esterilidad y se dio cuenta enseguida de que las habituales creencias ocultistas son tan escasas e inflexibles como las científicas, aunque desprovistas de toda verosimilitud. La estupidez grosera, la superchería y la incoherencia

215

de las ideas no son sueños, ni ofrecen a un espíritu superior ninguna posibilidad de evadirse de la vida real. Así, pues, Carter compró libros todavía más extraños y buscó escritores más profundos y terribles, de fantástica erudición. Se sumergió en los arcanos menos estudiados de la conciencia, ahondó en los profundos secretos de la vida, de la leyenda y de la remota antigüedad, y aprendió cosas que le dejaron marcado para siempre. Decidió vivir a su modo y amuebló su casa de Boston de forma que pudiera armonizar con sus cambios de humor. Consagró una habitación a cada uno de ellos, y las pintó con los colores adecuados, disponiendo en ellas los libros convenientes y dotándolas de objetos y aparatos que le proporcionasen las sensaciones requeridas en cuanto a luz, calor, sonidos, sabores y aromas.

En una ocasión, escuchó hablar de un hombre en el sur que era rechazado y temido por las cosas blasfemas que leía en libros antiguos y tablillas de arcilla que traía de contrabando desde la India y Arabia. Fue a visitarlo, y vivió con él y compartió sus estudios durante siete años, hasta que una noche les sorprendió el horror en un viejo cementerio abandonado[22], del que, de los dos que entraron, sólo uno regresó. Entonces volvió a Arkham, la ciudad terrible y embrujada de Nueva Inglaterra, donde habían vivido sus antepasados, y allí hizo experiencias en la oscuridad, entre sauces venerables y ruinosos tejados, que le hicieron sellar para siempre ciertas páginas del diario de uno de sus predecesores, de una mentalidad excepcionalmente tenebrosa. Pero estos horrores sólo le llevaron hasta los límites de la realidad y, no pudiendo traspasarlos, no llegó a la auténtica región de los sueños por la que él había vagado durante su juventud. De este modo, cuando cumplió los cincuenta años, perdió toda esperanza de paz o de felicidad, en un mundo demasiado atareado para percibir la belleza y demasiado intelectual para tolerar los sueños.

Comprendió por fin el vacío y la inutilidad de las cosas reales y Carter decidió pasar sus días de jubilación apartado del mundo y rodeado de los tristes recuerdos de una juventud llena de sueños. Entonces, llegó a la conclusión de que era una estupidez seguir viviendo de esa manera y, por mediación de un sudamericano conocido suyo, consiguió un elixir muy singular, capaz de sumirle sin sufrimiento en

---

[22] Se refiere a Harley Warren, quien en la narración *El testimonio de Randolph Carter,* desciende a una tumba para no regresar jamás. *(N. del T.)*

el olvido de la muerte. La desidia y la fuerza de la costumbre, no obstante, le hicieron aplazar esta decisión, y siguió languideciendo sin resolverse a poner fin a su vida y vagando por el mundo de sus recuerdos. Quitó las extrañas colgaduras de las paredes y volvió a arreglar la casa como en sus primeros años de juventud, con espesas cortinas purpúreas, muebles victorianos y todo lo demás.

Pasó el tiempo, y casi se alegró de haber detenido el suicidio, porque las reliquias de su juventud y su separación del mundo hicieron que la vida y su sofisticación parecieran muy lejanas e irreales; tanto, que un toque de magia y expectación se adueñó de su sueño nocturno. Durante años, en sus noches de ensueño, sólo había visto los reflejos deformados de las cosas cotidianas, tal como las veían los más vulgares soñadores; pero ahora comenzaba a vislumbrar de nuevo el resplandor de un mundo extraño y fantástico, de una naturaleza confusa, aunque pavorosamente inminente, que adoptaba la forma de escenas nítidas de sus tiempos de niñez y le hacía recordar hechos y cosas intranscendentes, largo tiempo olvidados. A menudo se despertaba llamando a su madre y a su abuelo, cuando hacía ya un cuarto de siglo que ambos descansaban en sus tumbas.

Entonces, una noche, su abuelo le recordó la llave. El viejo erudito gris, tan vivo como en la vida, le habló larga y seriamente de su antigua estirpe y de las extrañas visiones de los delicados y sensibles hombres que la componían. Le habló del cruzado de ojos llameantes que aprendió los secretos de los sarracenos cuando lo mantuvieron cautivo; y del primer sir Randolph Carter, que estudió magia cuando Isabel I era reina. También le habló de Edmund Carter, que acababa de escapar de la brujería de Salem, y que había colocado en una caja antigua una gran llave de plata que le habían dado sus antepasados. Antes de que Carter despertara, el gentil visitante le había dicho dónde encontrar esa caja: una caja de roble tallado de maravilla arcaica cuya grotesca tapa no había levantado ninguna mano durante dos siglos.

Encontró el cofre entre el polvo y las sombras del gran ático, remoto y olvidado en el fondo de un cajón de una alta cómoda. El cofrecillo tenía un tamaño de unos treinta centímetros y lucía unos bajorrelieves góticos tan tenebrosos, que no se extrañó de que nadie se hubiera atrevido a abrirlo desde los tiempos de Edmund Carter. No sonó nada dentro al sacudirlo, pero despidió místicos perfumes de especias olvidadas. Lo de que contenía una llave no era, sin duda alguna, más que una oscura leyenda. Ni siquiera el padre de Randolph Carter había sabido nunca que existiese tal cofrecillo. Estaba reforzado con tiras de hierro herrumbroso y no parecía haber medio alguno de abrir su imponente cerradura. Carter tenía el vago presentimiento de que dentro encontraría la llave de la perdida puerta de los sueños, pero su abuelo no le había dicho una sola palabra de cómo y dónde usarla.

Un viejo sirviente forzó la tapa de la caja, sin dejar de temblar impresionado, mientras lo hacía, por los horribles rostros que miraban desde la madera ennegrecida, como si no confesara que tenía familiaridad con ella. En el interior, envuelto en un pergamino descolorido, había una enorme llave de plata deslustrada cubierta con arabescos crípticos, pero no había allí explicación legible de ninguna clase. El pergamino era voluminoso y estaba cubierto de extraños jeroglíficos pertenecientes a una lengua desconocida, trazados con un antiguo junco. Carter reconoció en ellos los mismos caracteres que había visto en cierto rollo de papiro que perteneciera al terrible sabio del sur, el que desapareció una noche en determinado cementerio de remota antigüedad. Aquel hombre se estremecía siempre que consultaba el rollo, y Carter tembló ahora también.

Pero él limpió la llave y todas las noches la guardaba en su caja aromática de roble antiguo. Entretanto, sus sueños se fueron haciendo más vívidos y, aunque en ellos no aparecía ninguna de aquellas extrañas ciudades, ni los increíbles jardines de sus viejos tiempos, fueron adquiriendo un significado definido cuya finalidad no dejaba lugar a dudas. Era llamado en sueños desde un pasado remoto, y se sentía arrastrado por las voluntades unidas de todos sus antepasados hacia alguna fuente oculta y ancestral. Entonces comprendió que debía penetrar en el pasado y confundirse con las viejas cosas; y día tras día pensó en las colinas del norte, donde se hallan la encantada ciudad de Arkham y el impetuoso Miskatonic, y la rústica y solitaria morada de su familia.

Un día, bajo la tempestuosa luz del otoño, Carter tomó el antiguo camino que va más allá de las líneas gráciles de colinas ondulantes y prados con muros de piedra, el valle lejano cubierto de bosques, la serpenteante carretera con sus granjas y los arrecifes de cristal del Miskatonic, cruzados aquí y allá por rústicos puentes de madera o piedra. En una de sus curvas vio el grupo de olmos gigantescos donde había desaparecido misteriosamente uno de sus antepasados hacía ciento cincuenta años, y se estremeció al sentir el viento que soplaba de modo significativo entre sus troncos. Luego apareció la casa solitaria y ruinosa del viejo Goody Fowler, el brujo, con sus ventanucos endemoniados y su gran tejado que descendía casi hasta el suelo por la parte de atrás. Pisó el acelerador al pasar por delante, y no moderó la marcha hasta haber coronado la colina donde había nacido su madre, y los padres de su madre, en un blanco y viejo caserón que todavía conservaba su imponente aspecto desde la carretera, colgado sobre un paisaje trágico y maravilloso de rocosas pendientes y valles verdeantes, en cuyo horizonte se divisaban los lejanos campanarios de Kingsport, y aún más allá se adivinaba la presencia de un mar arcaico y henchido de sueños.

Después subió por una pendiente más empinada, que ocupaba un antiguo lugar que Carter no había visto en más de cuarenta años. Caía ya la tarde cuando llegó al pie del lugar, y a mitad de camino se detuvo a contemplar la extensa comarca dorada y celestial, inundada por la luz sesgada del sol poniente. Toda la fantasía y el anhelo de sus sueños recientes parecían encarnar en este paisaje apacible y extraño que le sugería la ignorada soledad de otros planetas. Recorrió con la mirada el tapiz desierto de los prados que se estremecía entre tapias derruidas y mágicos macizos de bosque que destacaban por encima del ondulado perfil de las colinas, y el valle espectral, poblado de árboles, que se precipitaba entre sombras hacia los húmedos bordes de los riachuelos cuyas aguas sollozaban al discurrir cantarinas entre turgentes y retorcidas raíces.

Algo le hizo darse cuenta de que los coches no pertenecían al reino que buscaba, por lo que dejó su automóvil en el borde del bosque y, colocando la gran llave en el bolsillo de su abrigo, subió la colina. Se internó en lo profundo del bosque, aun a sabiendas de que el edificio estaba en lo alto de una loma totalmente despejada de árboles, excepto por el norte. Se preguntó qué aspecto ofrecería la casa, puesto que estaba vacía y abandonada, en parte por culpa suya, desde la muerte de su extraño tío abuelo Christopher, ocurrida hacía treinta años. Durante su niñez había pasado largas temporadas allí, y había descubierto extrañas maravillas en los bosques que se extendían al otro lado del huerto.

La noche se aproximaba y las sombras se espesaron a su alrededor. A su derecha, se abrió entre los árboles un calvero, de suerte que, durante un momento, pudo distinguir leguas y leguas de praderas bañadas de luz crepuscular y, al fondo, el campanario de la Congregación, que se alzaba sobre la colina central de Kingsport. Arrebolados con el último resplandor del día, los cristales redondos de las lejanas ventanitas parecían despedir llamaradas del fuego. Sin embargo, al sumergirse de nuevo en las sombras, recordó de pronto, con un sobresalto, que esta visión fugaz no podía proceder sino de algún trasfondo de su memoria infantil, ya que hacía mucho tiempo que la iglesia había sido derruida para construir en su lugar el Hospital de la Congregación. Había leído la noticia con interés, ya que el periódico hablaba además de las extrañas galerías o pasadizos que se habían encontrado en la roca, bajo sus cimientos.

En medio de su perplejidad, escuchó una voz aguda y se dio cuenta de que le era familiar, a pesar de los años, por lo que sintió un nuevo sobresalto. El viejo Benijah Corey había sido el hombre contratado por su tío Christopher y ya en los remotos tiempos de sus visitas de infancia, era un anciano. Ahora debía de tener más de cien años, pero esa voz aguda no podía venir de nadie más. No pudo distinguir ni una palabra, pero el tono era inquietante e inconfundible. ¡Y pensar que el viejo Benijy seguía vivo!

—¡Señorito Randy! ¡Señorito Randy! ¿Dónde se ha metido? ¿Acaso quiere matar a su tía Marthy de un susto? ¿No le dijo ella que no se alejara de la casa y que volviera antes de oscurecer? ¡Randy! ¡Ran... dyyy! En mi vida he visto un chiquillo que le guste tanto corretear por el bosque. Se pasa el día merodeando por esa maldita Guarida de las Serpientes... ¡Eh, Ran... dyyy!

Randolph Carter se detuvo en la oscuridad total y se frotó los ojos con la mano. Algo raro sucedía. Estaba en un lugar donde no debería estar; se había extraviado por un paraje muy apartado, adonde no debería haber ido, y ahora era imperdonablemente tarde. No había mirado la hora en el reloj del campanario de Kingsport, aun cuando podía haberla visto fácilmente con su catalejo de bolsillo; pero sabía que su retraso se debía a algo muy extraño y sin precedentes. No estaba seguro de haberse traído consigo el catalejo, y se metió la mano en el bolsillo de la blusa para cerciorarse. No, no lo traía, pero en cambio llevaba una llave de plata que había encontrado en alguna parte, dentro de una caja. El tío Chris le dijo una vez algo muy raro acerca de una caja cerrada donde había una llave, pero tía Martha le hizo callar bruscamente, diciendo que no debía contar historias de ese género a un muchacho que ya tenía la cabeza demasiado llena de quimeras. Entonces intentó recordar exactamente dónde había encontrado la llave, pero todo era muy confuso. Se preguntó si no sería en el desván de su casa de Boston y se acordó vagamente de haber sobornado a Parks con el sueldo de media semana para que le ayudara a abrir la caja y guardara silencio después; pero al evocar la escena, la cara de Parks le resultó muy extraña, como si las arrugas de innumerables años hubieran hecho presa de pronto en el vivo y menudo *cockney*[23].

—¡Ran... dyyy! ¡Ran... dyyy! ¡Eh, Ran... dyyy!

Una linterna ondulante dio la vuelta a la curva negra y el viejo Benijah se abalanzó sobre la silueta silenciosa y desconcertada del extraviado.

—¡Maldita sea, muchacho, ya le tengo! ¿No tiene lengua en la boca para contestar? Estoy llamándole desde hace media hora, ¡y no ha podido no oírme! ¿No sabe que su tía Martha está muy preocupada por su culpa? ¡Espere y verá, cuando se lo diga a su tío Chris! ¡Ya sabe que estos bosques no son un buen lugar para andar por ahí a estas horas! Se puede encontrar con cosas de las que nada bueno se puede esperar, eso es algo que ya se sabía muy bien en tiempos de mi abuelo. ¡Vamos, señorito Randy o Hanna no nos guardará la cena!

De modo que Randolph Carter siguió por la carretera, donde las admirables estrellas brillaban a través de las altas ramas otoñales. Y oyeron ladrar a los perros, y vieron la luz amarillenta de las ventanas tras la última revuelta del camino, y contemplaron el parpadeo de las Pléyades por encima del calvero donde se erguía un gran tejado negro contra el agonizante crepúsculo de poniente. Tía Martha estaba en el umbral, y no regañó demasiado al pequeño tunante cuando Benijah lo hizo entrar. Demasiado bien sabía por tío Chris que estas cosas eran propias de los Carter. Randolph no le enseñó la llave, sino que cenó

---

[23] El *cockney* es un argot que se usa en una zona determinada de Londres y, por extensión, hay que entender que Parks es londinense, del East End. *(N. del T.)*

en silencio y sólo protestó cuando llegó la hora de acostarse. Él solía soñar mejor despierto y, por otra parte, quería utilizar la llave aquella.

Por la mañana, Randolph se levantó temprano y habría echado a correr a la parte superior de la parcela si el tío Chris no lo hubiera atrapado y obligado a sentarse a la mesa del desayuno. Miró a su alrededor con impaciencia, por aquella estancia de suelo inclinado, por la alfombra andrajosa, por las descubiertas vigas del techo y por los pilares angulares, y sólo sonrió cuando las ramas del huerto arañaron los cristales de la ventana del fondo. Los árboles y las colinas estaban allí cerca, a su lado, y constituían las puertas de aquel reino intemporal que era su verdadera patria.

Una vez que quedó libre, se registró el bolsillo de la blusa para asegurarse de que llevaba la llave y tranquilizándose, saltó a través del huerto hacia la colina que hay más allá, donde el bosque vuelve a ascender hasta las alturas, hasta convertirse en un montículo sin árboles. Los grandes peñascos cubiertos de musgo se erguían indolentes, bajo la luz difusa, como enormes monolitos de druidas entre los troncos inmensos y retorcidos de un bosque sagrado. A mitad de su ascenso, Randolph cruzó un torrente cuyas cascadas, un poco más abajo, cantaban misteriosos sortilegios a los faunos escondidos, a los egipanes y a las dríades[24].

Luego llegó a la extraña cueva en la ladera del bosque, a la temida Guarida de las Serpientes, que los campesinos evitan y contra la que Benijah le había advertido una y otra vez. La cueva era profunda, más profunda de lo que cualquiera habría sospechado, porque Randolph había descubierto una hendidura en el rincón en lo más recóndito y oscuro de su interior, que daba acceso a otra gruta más grande aún: a un espacio secreto y sepulcral cuyas graníticas paredes daban la impresión de haber sido trabajadas por un ser inteligente. Esta vez entró reptando, como en las demás ocasiones, y alumbrándose con las cerillas que había cogido del cuarto de estar, y se deslizó por la grieta del final con una ansiedad inexplicable para sí mismo. No sabía por qué razón se aproximó a la pared del fondo con tanta resolución, ni por qué sacó instintivamente la gran llave de plata. Pero siguió adelante y cuando, aquella noche, regresó excitado a casa, no dio ninguna expli-

---

[24] Egipan y fauno es el mismo ser mitológico, mitad hombre, mitad cabra, y las dríades son las ninfas de los robles. *(N. del T.)*

cación por su tardanza, ni prestó la más mínima atención a la regañina que se ganó por haber ignorado totalmente la llamada de cuerno que anunciaba la comida de mediodía.

Ahora todos los parientes lejanos de Randolph Carter están de acuerdo en que algo le sucedió cuando tenía diez años que incrementó su imaginación. Su primo, Ernest K. Aspinwall, Esq.[25], de Chicago, es diez años mayor que él; y recuerda claramente un cambio en el niño después del otoño de 1883. Randolph había visto escenas de fantasía que pocos más podían haber visto, pero más extraños aún eran algunos de los poderes que mostró en relación con cosas muy reales. Parecía, en suma, haber adquirido el don singular de la profecía y, a veces reaccionaba de un modo extraño ante cosas que, pese a carecer totalmente de importancia en aquel momento, justificaban más tarde sus singulares aptitudes. En el curso de los decenios siguientes, a medida que se hacían nuevos descubrimientos, se creaban nuevos inventos, con nombres nuevos o se escribían nuevos acontecimientos en el libro de la historia, la gente recordaba sorprendida cómo Carter había contado años antes cosas que, de algún modo, pero inequívocamente, se relacionaban con ellos. Él mismo no comprendía sus propias palabras, ni sabía por qué ciertas cosas le producían determinada emoción, aunque lo atribuía a algún sueño que, como suele suceder, no lograba recordar. A principios de 1897, cuando cierto viajero mencionó el pueblo francés de Belloy-en-Santerre, se puso pálido, y sus amigos lo recordaron después cuando, en 1916, durante la Guerra Mundial, recibió en ese pueblo una herida que estuvo a punto de costarle la vida.

Los familiares de Carter hablan mucho de estas cosas porque hace poco que ha desaparecido. Su viejo criado, el pequeño Parks, que durante muchos años había soportado con paciencia sus extravagancias, fue el último que le vio aquella mañana en que cogió el coche y se fue con una llave que acababa de encontrar. Parks le había ayudado a sacar la llave del antiguo cofrecillo que la contenía y se sentía singularmente impresionado por los grotescos relieves que adornaban dicha caja y

---

[25]   Esq. es «esquire», lo más parecido a un título nobiliario que hay en Estados Unidos, viene a ser como «terrateniente», aunque el origen de la palabra es francés y significa «escudero». *(N. del T.)*

por alguna otra causa que no le era posible contar. Cuando Carter se marchó, dejó dicho que iba a los alrededores de Arkham a visitar la comarca de sus antepasados.

A medio camino de la montaña Elm, en el camino a las ruinas de la antigua casa de los Carter, encontraron su coche aparcado junto a la carretera y en él estaba la caja de madera fragante, cuyas tallas asustaron a los paisanos que tropezaron con ella. La caja contenía tan sólo un pergamino, cuyos caracteres no pudieron descifrar ni lingüistas ni paleógrafos. La lluvia había borrado las huellas de sus pasos, pero parece que la Policía de Boston podría haber dicho mucho sobre el desorden que reinaba entre las vigas derrumbadas de la mansión de los Carter. Era, según dijeron, como si alguien hubiera andado revolviendo entre las ruinas recientemente. Encontraron, algo más allá, un pañuelo blanco de bolsillo entre las rocas del bosque, pero no pudieron demostrar que perteneciera al desaparecido.

Ahora, los herederos de Randolph Carter quieren repartirse sus bienes, pero yo me opondré firmemente porque no creo que esté muerto. Existen repliegues en el tiempo y en el espacio, en la fantasía y en la realidad, que sólo un soñador puede adivinar y, por lo que sé de Carter, creo que lo que ha sucedido es que ha descubierto un medio de atravesar estos nebulosos laberintos. Si volverá o no alguna vez, es cosa que no puedo afirmar. Él buscaba las perdidas regiones de sus sueños y sentía nostalgia por los días de su niñez. Después encontró una llave y me inclino a creer que logró utilizarla para sus extraños fines.

Le preguntaré cuando lo vea, porque espero encontrarme con él en breve en una ciudad de ensueño que los dos solíamos frecuentar. Se rumorea en Ulthar, más allá del río Skai, que un nuevo rey gobierna sobre el trono de ópalo en Ilek-Vad[26], esa fabulosa ciudad de torrecillas en lo alto de los acantilados de vidrio que dominan el mar crepuscular, en el que los gnorri, seres barbudos provistos de aletas, construyen sus singulares laberintos, y creo que sé cómo interpretar ese rumor. Ciertamente, espero con impaciencia echarle un ojo a esa gran llave de plata, ya que en sus arabescos crípticos pueden estar inscritos todos los símbolos y misterios de un cosmos ciegamente impersonal.

---

[26] El narrador de esta historia es Ward Phillips, personaje que aparece en *A través de las puertas de la llave de plata,* que se opone al reparto de los bienes de Carter porque asegura que sigue vivo y es rey en Ilek-Vad. *(N. del T.)*

LA TUMBA
(1917)

Sedibus ut saltem placidis in morte quiescam.

VIRGILIO[27]

Al relatar las circunstancias que me han llevado a verme recluido en este refugio para dementes, estoy advertido de que lo natural es que mi situación genere dudas sobre la autenticidad de lo que me dispongo a narrar. Es un desafortunado hecho que la visión mental del común de los mortales es demasiado estrecha como para valorar con calma e inteligencia aquellos fenómenos aislados que sólo unos pocos pueden ver y sentir gracias a un sentido psicológico más agudo que subyace fuera de su vivencia habitual. Los hombres de intelecto más amplio saben que no existe una distinción clara entre lo real y lo irreal; que todas las cosas se nos aparecen tal y como son únicamente en virtud de nuestros frágiles sentidos físicos y mentales, a través de los que somos conscientes de ellas; pero el prosaico materialismo de la mayoría condena a la categoría de locura los destellos de clarividencia que van más allá de la obviedad empírica.

Mi nombre es Jervas Dudley, y desde mi más tierna infancia he sido un soñador y un visionario. Lo suficientemente adinerado como para no necesitar llevar una vida de trabajo y de un carácter poco inclinado a estudios convencionales ni al tipo de entretenimiento social de mis semejantes, por lo que siempre he vivido en lugares alejados del mundo real, y he pasado mi adolescencia y juventud rodeado de libros viejos muy poco conocidos, remoloneando por los prados y bosques de la comarca donde se encuentra la casa de mis ancestros. No creo que lo que yo leí en aquellos libros y vi en esos prados y bosques fuera

---

[27] «Que al menos en la muerte descanse en un lugar tranquilo», verso de la *Eneida* de VIRGILIO, Libro VI. «The Tomb» es uno de los relatos escritos en 1917 por un H. P. Lovecraft ya adulto en el año en que comienza realmente su producción literaria. *(N. del T.)*

algo que estuviera al alcance de otros chicos de mi edad, pero me veo en la obligación de no hablar demasiado sobre estos hechos, ya que hacerlo con detalle sólo conseguiría atraer más crueles infamias sobre mi estado mental, como las que capto entre las murmuraciones de los enfermeros que me rodean. Para mí es suficiente con limitarme a relatar los hechos sin meterme a analizar las causas.

He dicho que vivía apartado del mundo real, pero no que viviera solo. Eso es algo que ninguna criatura humana debería hacer, porque la falta de compañía de los vivos, inevitablemente se suple con la compañía de cosas que no tienen vida o que han dejado de tenerla. Cerca de mi casa hay una singular hondonada boscosa, en cuyas profundidades crepusculares pasé gran parte de mi tiempo leyendo, pensando y soñando. Fue en sus laderas cubiertas de musgo donde yo di mis primeros pasos de niño y, alrededor de sus robles sarmentosos llenos de nudos, tejí mis primeras fantasías infantiles. Llegué a conocer bien las dríades[28] que protegían a esos árboles y, a menudo, he visto sus danzas salvajes a la luz de la luna menguante... pero ahora no debo hablar de estas cosas. Me ceñiré a la tumba solitaria escondida en lo más espeso de la fronda; la tumba abandonada de los Hyde, una vieja familia de rancio abolengo cuyo último descendiente directo fue enterrado dentro de ese oscuro nicho muchas décadas antes de mi nacimiento.

La cripta a la que me refiero es de granito antiguo, desgastada y descolorida por las nieblas y la humedad de generaciones. Excavada en la ladera, la única parte visible de su estructura es la entrada. La puerta, una imponente y pesada losa, cuelga sobre unos goznes de hierro oxidado y se halla entornada de una manera extrañamente siniestra a pesar de las pesadas cadenas de hierro y los candados colocados de acuerdo con las truculentas costumbres de hace medio siglo. La mansión de la estirpe cuyos vástagos se encuentran aquí inhumados se erguía, en su día, sobre la loma de la hondonada, pero hace ya mucho que fue devorada por un fuego provocado por el desafortunado impacto de un rayo. De aquella tormenta de medianoche que destruyó la sombría mansión, los habitantes más viejos de la región a veces murmuran con voz queda y con inquietud; su constante alusión a lo que

---

[28] Según el diccionario de la RAE, «Dríade: ninfa de los bosques, cuya vida duraba tanto como la del árbol a que se suponía unida». *(N. del T.)*

ellos llaman «cólera divina» provocó que la fuerte fascinación que yo sentía por el sepulcro abandonado del bosque fuera creciendo con el tiempo. Un solo hombre había perecido en el fuego. Cuando el último de los Hyde fue enterrado en este lugar sombrío y tranquilo, la fúnebre urna con sus cenizas llegó desde la lejana región a la que la familia se había trasladado cuando la mansión se incendió. Nadie queda para poner flores ante el portal de granito y son pocos los que se acercan a desafiar las deprimentes sombras que parecen persistir extrañamente sobre las piedras desgastadas por el agua.

No olvidaré la tarde en que tropecé por primera vez con aquella casa de muerte medio escondida. Era a mediados de verano, cuando la alquimia de la naturaleza transmuta los campos asilvestrados en una homogénea masa de color verde; cuando los sentidos se ven intoxicados por una oleada de húmedo verdor y por los aromas sutilmente indefinibles de la tierra y la vegetación. En estos parajes, la mente pierde perspectiva; el tiempo y el espacio se vuelven fútiles e irreales y los ecos de un pasado prehistórico y olvidado palpitan insistentemente en la conciencia cautivada. Me pasé el día merodeando por entre las místicas arboledas de la hondonada, pensando en cosas de las que no es necesario hablar y conversando con seres a los que no debo mencionar. A la edad de diez años, yo ya había visto y oído multitud de maravillas que permanecen ocultas para el común de los mortales; para ciertos asuntos, yo ya era muy maduro. Estaba tratando de atravesar entre dos abruptos zarzales cuando me topé de frente con la entrada de la cripta, aunque en ese momento no era consciente de mi descubrimiento. Los ennegrecidos bloques de granito, la puerta singularmente entreabierta y los relieves funerarios tallados en el arco no despertaron en mí ningún sentimiento lúgubre ni temor. Sobre tumbas y sepulcros ya era mucho lo que yo sabía e imaginaba, a pesar de que mi peculiar forma de ser me había mantenido alejado siempre de camposantos y cementerios. Aquella extraña construcción de piedra sobre la ladera era para mí tan sólo una fuente de interés y especulación, y su interior, húmedo y frío, al que traté en vano de asomarme a través de la rendija dispuesta de forma tan incitante, no me supuso ninguna connotación relacionada con la muerte ni con la decadencia. Pero en ese momento de curiosidad, nació el irracional deseo que me ha llevado al infierno de mi actual reclusión. Espoleado por una voz que debía de provenir del espantoso corazón del bosque, me decidí a penetrar en aquellas tinieblas que me atraían, a pesar de las rotundas cadenas que me impedían el paso. Bajo la luz del día que se extinguía, comencé a sacudir con fuerza una y otra vez los oxidados cierres, dispuesto a franquear la puerta de piedra, e incluso intenté deslizar mi flaco cuerpo por la rendija entreabierta, pero ninguna de las dos estrategias resultó útil. La curiosidad del principio dejó paso a un frenesí que me hizo jurar a todos los dioses del bosque, cuando, en el crepúsculo, regresaba ya hacia mi casa, que un día me abriría paso, a cualquier precio, hasta aquellas oscuras y frías profundidades que tanto parecían llamarme. El médico de barba gris que me pasa consulta cada día le dijo una vez a un visitante que aquel juramento fue el inicio de una penosa monomanía; pero dejaré que los lectores emitan su propio juicio una vez que conozcan todos los detalles de la historia.

Empleé los meses siguientes a mi descubrimiento en un fútil intento de forzar el complicado candado de la puerta entreabierta de la cripta, así como en discretas indagaciones sobre la historia y naturaleza de aquella construcción. Dado el naturalmente receptivo oído de los niños, aprendí mucho, aunque mi habitual reserva hizo que no contara a nadie ni los datos reunidos ni mi decisión. Tal vez valga la pena mencionar que conocer la naturaleza de la tumba no me provocó ni sorpresa ni miedo alguno. Mis originales ideas en lo referente a la vida y la muerte habían hecho que yo relacionara, de alguna manera vaga, la fría arcilla y el cuerpo animado; y sentía que esa familia grande y siniestra cuya mansión había ardido estaba de alguna manera representada dentro de aquel recinto pétreo que yo deseaba explorar. Las murmuraciones sobre ritos extraños y celebraciones impías celebrados en este lugar en tiempos pasados, acrecentaron mi interés por el sepulcro, ante cuya puerta podía sentarme durante horas y más horas cada día. En una ocasión, coloqué una vela ardiendo en el hueco de la entrada, pero no pude ver nada más que un tramo descendente de escaleras de piedra húmeda. El olor que emanaba del lugar me produjo al mismo tiempo rechazo y fascinación. Tenía la extraña sensación de haberlo percibido con anterioridad, en un pasado remoto previo a todo lo que recuerdo, incluso, antes de mi permanencia en el cuerpo que ahora habito.

Un año después del descubrimiento de la tumba me encontré, en el ático atestado de libros de mi casa, una traducción carcomida por los gusanos de las *Vidas* de Plutarco. Enfrascado en la vida de Teseo, quedé muy impresionado por el pasaje en que cuenta como el héroe en su juventud habría de encontrar las señales de su destino debajo de una formidable roca cuando tuviera fuerza suficiente para alzarla. Este mito apaciguó bastante la impaciencia que sentía por penetrar en la cripta, ya que me hizo sentir que no había llegado el momento. Dentro de un tiempo, me dije, alcanzaré la fuerza y el ingenio suficientes para superar con facilidad los obstáculos que me impiden franquear la puerta; pero, hasta que llegue ese momento, debía conformarme con los designios que me tenía reservado el destino.

En consecuencia, mis devaneos por el húmedo portal se hicieron menos frecuentes, mientras dedicaba mi tiempo a otras actividades igualmente extrañas. A veces, me levantaba sigilosamente durante la noche y salía a pasear por los cementerios y camposantos a los que mis padres me habían prohibido terminantemente acercarme. No pienso contar lo que hacía en esos lugares, pues no estoy completamente seguro de que algunas cosas sucedieran en realidad, pero sí sé que el día después de uno de aquellos paseos solía asombrarme a mí mismo la posesión de un nuevo conocimiento sobre materias que fueron olvidadas hace ya muchas generaciones. Fue tras una de aquellas noches que dejé asombrada a la comunidad con una idea extraña acerca del sepelio del rico y famoso Squire Bewster, todo un personaje en la historia de la comarca que fue sepultado en 1711 y cuya lápida de pizarra, en la que había grabadas una calavera y dos tibias cruzadas, se estaba desmoronando poco a poco hasta convertirse en polvo. En un momento de infantil imaginación, llegué a jurar no sólo que el enterrador, un tal Goodman Simpson, le había robado los zapatos con hebilla de plata, las medias de seda y los calzones de raso al difunto, sino que el mismo Squire, no totalmente muerto, se había girado por dos veces en su ataúd cubierto de tierra el día después de ser sepultado.

Pero la idea de entrar en la tumba nunca abandonó mis pensamientos; es más, se vio estimulada ante el inesperado descubrimiento genealógico de que mis propios antepasados por parte de madre poseían siquiera un ligero vínculo con la familia supuestamente extinguida de los Hyde. Último de mi estirpe paterna, ahora era también el último de ese otro linaje más antiguo y misterioso. Empecé a considerar aquella tumba como parte de mí y a mirar el futuro con mayor entusiasmo, a la espera del momento en que pudiera traspasar la puerta de piedra y descender en la oscuridad por aquel tramo viscoso de escaleras. Adquirí el hábito de escuchar con gran atención junto al portal entornado, aprovechando la quietud de la medianoche, que mi hora preferida para tan extraña vigilia. Cuando alcancé la edad adulta, ya había conseguido despejar un pequeño claro entre la maleza frente a la fachada cubierta de moho de la ladera; dejé que la vegetación adyacente circundara y techara aquel espacio con su selvático enramado de forma que aquella glorieta era mi templo, la puerta encadenada mi santuario, y sobre el suelo cubierto de musgo solía yacer entregado a mis extraños pensamientos e insólitas ensoñaciones.

La noche de la primera revelación hacía un calor bochornoso. Debí quedarme dormido a causa de la fatiga, ya que tuve la clara sensación de despertar cuando oí las voces. Tengo dudas sobre si debo describir sus tonos y acentos; sobre su cualidad no hablaré; pero sí puedo decir que noté ciertas diferencias sorprendentes en su vocabulario, su pronunciación y en la construcción de sus frases. Todos los matices del dialecto de Nueva Inglaterra, desde las toscas sílabas de los colonos puritanos hasta la retórica precisa de cincuenta años atrás, parecían hallarse representadas en aquel sombrío coloquio, aunque sólo más tarde caí en la cuenta de lo importante. En ese instante, de hecho, mi atención estaba centrada en otro fenómeno; un suceso tan fugaz que no podría jurar si había sido realidad o lo había imaginado: apenas desperté, una luz se apagó en lo más hondo del sepulcro. No creo que me sorprendiera ni que me asustara, pero fui consciente de que, a partir de aquella noche, algo en mí había sufrido un cambio enorme y permanente. Al regresar a mi casa, sin albergar ninguna duda, subí al ático y en el interior de un carcomido baúl, encontré la llave que al día siguiente abriría sin dificultades la barrera contra la que tanto tiempo había luchado en vano.

Fue bajo el suave resplandor del final de la tarde que, por vez primera, penetré en la tumba abandonada de la ladera. Me sentía poseído por una especie de hechizo y mi corazón latía con tanto regocijo que no me es posible describirlo. Cerré la puerta a mis espaldas y mientras descendía por los húmedos escalones a la luz de mi solitaria vela, me invadía la sensación de que conocía el camino y, aunque la vela chisporroteaba por la agobiante atmósfera del sitio, me sentía singularmente a gusto en aquel aire viciado, como de osario. A mi alrededor, pude vislumbrar una multitud de losas de mármol con ataúdes, o lo que quedaba de ellos. Algunos estaban sellados e intactos, pero otros casi se habían desvanecido, dejando sólo los asideros de plata y las placas caídas sobre un curioso montón de polvo blanquecino. En una de las placas leí el nombre de sir Geoffrey Hyde, que había llegado de Sussex en 1640 y muerto unos años después. En un llamativo hueco había un ataúd bastante bien conservado y vacío que me hizo sonreír y estremecerme al mismo tiempo. Un extraño impulso me llevó a encaramarme a la amplia losa, apagar la vela y acostarme dentro de la caja vacía.

A la luz gris del alba salí tambaleándome de la tumba y cerré la cadena de la puerta a mi espalda. Ya no era un joven, aun cuando tan sólo veintiún inviernos habían enfriado mi cuerpo. Los aldeanos más madrugadores que pudieron presenciar mi regreso a casa me contemplaron atónitos, perplejos por ver en mí, una persona cuya vida era tenida por sobria y solitaria, señales evidentes de haber pasado la noche de jarana. No me presenté ante mis padres hasta después de un largo y reparador sueño.

Desde entonces, fui a la tumba cada noche; vi, escuché y realicé actos que jamás debo revelar. Mi forma de hablar, siempre susceptible de las influencias más inmediatas, fue lo primero que sucumbió al cambio: la repentina aparición de giros arcaicos en mi forma de expresarme fue pronto advertida. Más tarde, una extraña audacia y temeridad se apropiaron de mi conducta, hasta el punto de que inconscientemente comencé a comportarme como si fuera un hombre de mundo, a pesar de mi vida aislada. Mi lengua, anteriormente silenciosa, se tornó voluble, con la gracia fácil de un Chesterfield o el cinismo impío de un Rochester. Empecé a mostrar una curiosa erudición, completamente alejada de los saberes fantasiosos y monásticos que había estudiado en mi adolescencia, y cubría las hojas de respeto de mis libros con improvisados epigramas que mostraban influencias de Gay, Prior y de los más ingeniosos poetas satíricos del Neoclasicismo. Una mañana, durante el desayuno, rocé el desastre al recitar, con un tono manifiestamente ebrio y una efusión propia de una bacanal del siglo dieciocho, un canto festivo georgiano nunca recogido en libro alguno, que decía más o menos así:

Venid aquí, mis muchachos, con vuestras jarras de cerveza.
Y bebed por el presente antes de que desfallezca;
apilad en vuestras fuentes una montaña de carne,
pues comer y beber nos proporciona placer:
así que llenad vuestros vasos,
porque la vida pronto pasará.
¡Cuando hayáis muerto, no podréis brindar por el rey ni por vuestra
[novia!

Anacreonte tenía la nariz roja, según dicen;
pero ¿qué importa una nariz roja si eres feliz y alegre?
¡Dios me parta! Prefiero ser rojo mientras estoy aquí
¡que blanco como un lirio... y muerto hace medio año!
Así que Betty, mi señorita,
Ven a darme un beso.
¡En el infierno no hay una hija de posadero como tú!

El joven Harry se levanta tan recto como es capaz,
pronto perderá su peluca y caerá bajo la mesa;
pero llenad vuestras copas y hacedlas circular.
¡Mejor bajo de la mesa que bajo de la tierra!
Así que reíd y burlad
vuestra sed de un trago:
¡Mal reiréis bajo seis pies de tierra sucia!

¡El demonio me deprime! Apenas puedo caminar,
¡y maldita sea si puedo ponerme de pie o hablar!
Aquí, posadero, dile a Betty que me traiga una silla;
intentaré irme a casa en un rato, ¡porque mi esposa no está allí!,
así que echadme una mano;
no me tengo en pie,
¡Pero seré alegre mientras siga sobre la faz de la tierra!

Por esa época despertó el pánico que hoy siento por el fuego y las tormentas. Antes indiferente a tales cosas, sentía ahora un indescriptible horror ante ellas; y me refugiaba en el rincón más profundo de la casa cuando los cielos amenazaban con aparato eléctrico. Uno de mis lugares preferidos para pasar el día era el sótano en ruinas de la mansión quemada, que reconstruía con mi imaginación hasta verla tal y como había sido en su apogeo. En cierta ocasión conduje en secreto a un sorprendido aldeano hasta un oscuro semisótano cuya existencia conocía a pesar de que había permanecido oculto y olvidado durante muchas generaciones.

Al final ocurrió aquello que yo durante tanto tiempo me había temido. Mis padres, alarmados por la alteración de costumbres y de aspecto de su único hijo, comenzaron a espiar con discreción mis movimientos, lo que amenazaba con acabar en desastre. Yo no había contado a nadie mis visitas a la tumba, las había guardado en secreto con religioso celo desde la infancia, y ahora me veía obligado a ser precavido cuando deambulaba por los laberintos de la hondonada boscosa, para despistar a cualquier posible perseguidor. La llave de la cripta la llevaba siempre conmigo, colgando de un cordel del cuello, algo que sólo yo sabía y nunca saqué del sepulcro nada de lo que encontré entre sus muros.

Al salir de la húmeda tumba una mañana, estaba cerrando las cadenas de la puerta con mano no demasiado firme, cuando advertí entre el matorral adyacente el temido rostro de alguien que me observaba. Sin duda, el fin estaba cerca; mi glorieta había sido descubierta y el secreto de mis devaneos nocturnos desvelado. El hombre no me abordó, por lo que me apresuré a volver a casa con la intención de escuchar el informe que fuera a trasladar a mi preocupado padre. ¿Estaban mis visitas más allá de la puerta encadenada a punto de ser reveladas al mundo? Se pueden imaginar mi regocijo y mi asombro cuando oí que el espía le contaba a mi padre, en cautelosos susurros, *que yo había pasado la noche en el enramado exterior a la tumba;* ¡con mis ojos somnolientos clavados en el hueco que dejaba la puerta entreabierta y encadenada! ¿Qué milagro había confundido al observador? Ahora estaba convencido de que un agente sobrenatural me protegía. Envalentonado por esta ventaja enviada desde el cielo, comencé a visitar abiertamente la cripta, seguro de que nadie podría ver cómo entrada.

Durante una semana saboreé todos los placeres de ese osario que no debo describir y, entonces, sucedió aquella cosa que fue la causa de que me trajeran a esta maldita residencia llena de tristeza y monotonía.

No debí haberme aventurado a salir aquella noche, ya que las nubes daban señales de tormenta y una infernal fosforescencia brotaba del fétido pantano ubicado al fondo de la hondonada. La llamada de los muertos, además, fue diferente. Esta vez no procedía de la tumba de la ladera, sino del sótano quemado en lo alto de la colina, cuyo demonio guardián me hacía señas con dedos invisibles. Cuando salí de la espesura al llano que se extiende delante de las ruinas contemplé, bajo la brumosa luz de la luna, algo que siempre había esperado vagamente. La mansión, destruida un siglo antes, se erguía de nuevo majestuosa ante mi extasiada mirada; cada ventana resplandecía con el brillo de multitud de velas. Por el largo sendero llegaban los carruajes de la aristocracia de Boston, al tiempo que una muchedumbre de empolvados personajes iba llegando a pie desde las mansiones vecinas. Me mezclé con el gentío, aunque sabía que mi sitio estaba entre los anfitriones, no entre los invitados. En el salón resonaban la música y las risas, y no había una mano sin vino. Reconocí algunas caras, aunque las hubiera distinguido mucho mejor de haber estado secas, o consumidas por la muerte y la descomposición. En medio de aquella multitud salvaje e imprudente, yo era el más extravagante y disoluto. Alegres blasfemias brotaban como torrentes de mis labios y con mi humor grosero faltaba a la ley de Dios, del Hombre y de la Naturaleza. De pronto, el retumbar de un trueno sonó incluso por encima del bullicio de aquella juerga tumultuosa, rugió sobre el mismo tejado e impuso un silencio temeroso sobre la jarana. Lenguas rojas de fuego y tremendas ráfagas de calor envolvieron la casa, y los presentes, aterrorizados por una inminente calamidad que tenía el aspecto de que iba a superar todos los límites de la ciega naturaleza, huyeron vociferando en la noche. Sólo yo permanecí allí, un terror como nunca antes había sentido me obligaba a permanecer inmóvil en mi asiento. Y en ese instante un segundo horror se apoderó de mi alma. Si me quemaran vivo hasta acabar reducido a cenizas, mi cuerpo se dispersaría a los cuatro vientos, ¡y jamás podría yacer en la tumba de los Hyde! ¿Acaso no tenía derecho a descansar para el resto de la eternidad entre los descendientes de sir Geoffrey Hyde? ¡Sí! Exigiría mi herencia de muerte aun cuando mi espíritu tuviera que buscar durante eras otra morada corpórea que la situase en aquella losa vacía del nicho de la cripta. ¡Jervas Hyde no compartiría el triste destino de Palinuro[29]!

Cuando el espejismo de la casa ardiendo se desvaneció, me encontré gritando y debatiéndome como un loco entre los brazos de dos hombres, uno de los cuales era el espía que me había seguido hasta la tumba. La lluvia caía a raudales y al sur, sobre el horizonte, se veían los fogonazos de los relámpagos que acababan de pasar sobre nuestras cabezas.

Mi padre, con un gesto de tristeza en el rostro, permanecía inmóvil mientras yo exigía a voces que me llevaran a reposar en la tumba, advirtiendo con insistencia a mis captores que me trataran con toda la delicadeza posible. Un círculo ennegrecido en el suelo del sótano en ruinas mostraba un violento golpe desde los cielos; un grupo de aldeanos curiosos se agrupaban en este lugar examinando con sus faroles un pequeño cofre de manufactura antigua que el rayo había hecho aflorar. Cesé en mis vanos, y ahora sin objeto, forcejeos, y observé a los aldeanos mientras curioseaban el tesoro que también se me permitió admirar. El cofre, cuyos cierres se habían saltado por el mismo golpe que lo había desenterrado, contenía muchos papeles y algunos objetos de valor; pero yo sólo tenía ojos para una cosa. Era una miniatura de porcelana de un joven con una elegante peluca rizada, que llevaba las iniciales «J. H.». Vi su rostro como si lo estuviera mirando en un espejo, porque era exactamente igual al mío.

Al día siguiente me encerraron en esta habitación con barrotes en las ventanas, pero me he mantenido al tanto de ciertas cosas gracias a un viejo sirviente un poco simplón, por el que sentí un gran cariño durante mi infancia, y que, como yo, adora los cementerios. Lo que me he atrevido a relatar sobre mis experiencias dentro de la cripta sólo me ha deparado sonrisas compasivas. Mi padre, que me visita con frecuencia, me asegura que en ningún momento crucé aquella puerta encadenada y jura que, cuando fue a examinar el candado oxidado, tenía pinta de que no había sido tocado por mano alguna en los últimos cincuenta años. Me dice, incluso, que todo

---

[29] Palinuro, piloto de Eneas, se quedó dormido al timón y cayó al mar pero, tras unos días peleando con las olas, logró llegar a Lucania, una isla desierta de la que dijo la frase que sirve de cita de este cuento. (Ver nota 27. N. del T.)

el pueblo conocía de mis excursiones a la tumba y que, a menudo, me habían visto dormido en la glorieta frente a la sombría fachada, con los ojos entornados y fijos en la ranura de la puerta. No tengo pruebas tangibles que puedan rebatir todas estas afirmaciones, ya que incluso perdí la llave del candado en la refriega de aquella noche de pesadilla. Mi extraordinario conocimiento sobre chismes del pasado, adquirido durante esas reuniones nocturnas con los muertos, se atribuye a la lectura voraz e incansable de los antiguos volúmenes que llenan la biblioteca de mi hogar. Si no hubiera sido por mi viejo sirviente Hiram, yo mismo ya estaría convencido de mi locura.

Pero Hiram, fiel hasta el final, ha confiado en mí y me ha animado a hacer pública al menos una parte de mi historia. Hace una semana, forzó la cerradura que mantenía la puerta de la tumba perpetuamente entreabierta y descendió con un farol hacia su oscura profundidad. Sobre una losa, en el interior de un nicho, encontró un ataúd viejo pero vacío, cuya placa empañada lleva una única palabra «Jervas». En ese ataúd y en esa tumba me han prometido que seré enterrado.

ÍNDICE